EROTICAL

Band 3

Damenwahl

10 erotische Kurzgeschichten

von

Simon Jorsen

2019

Herstellung und Verlag:
BoD – Books on Demand, Norderstedt

ISBN 978-3-7481-9030-1

INHALT

Eine unanständige Frau 5

Betriebsfrieden 9

Eigentum oder Miete? 33

Es gibt Tage, an denen… 60

Das Auge des Gesetzes 81

Blind Date 92

Die Sekretärin 135

Der erste Hochzeitstag 174

Scheidung 198

Me-Too… - männlich! 238

Eine unanständige Frau

Als er abends nach Hause kam, fand er unter seiner Post einen Brief unfrankiert und adressiert: „Von mir an Dich!" Er erkannte die Handschrift; sie war die seiner Frau. Er erschrak. Hatte sie ihm etwas mitzuteilen, was sie sich nicht getraute, ihm ins Angesicht zu sagen? War es etwas unangenehmes, etwas sehr unangenehmes? Er öffnete den Umschlag mit zitternden Händen und las:

Mein lieber Ehemann,

vorgestern hast du mich eine unanständige Frau genannt, und das nach wunderschönen Liebesstunden. Ich habe nichts darauf erwidert, aber ich habe lange darüber nachgedacht, um herauszufinden, wie das auf mich wirkte. Seltsamerweise fühlte ich mich keineswegs beleidigt oder erniedrigt. Im Gegenteil, irgendwie fühlte ich mich geschmeichelt, ja geradezu geadelt. Hattest du es so gemeint? Einerlei! Immerhin traf mich dein Urteil in einem Alter, in dem es längst vorbei sein sollte, mit der weiblichen Lust! Du erinnerst dich, ich war nicht immer so. Ich war eine liebevolle, zugewandte Ehefrau und wir hatten eine sehr schöne Zeit miteinander. Ich will mich also keinesfalls beklagen. Als unser Liebesleben aber etwas einzuschlafen begann, ließ ich etwas mehr Würze zu. Ich gebe ja zu, dass die Initiative von mir ausging. Aber du hast sehr positiv darauf reagiert, so dass ich das als Ermutigung deutete. Als ich mir damals dieses sehr kurze, hautenge, schwarze Kleidchen kaufte, das mit dem gewagten Dekolleté, warst du ganz aus dem Häuschen. Ich bereitete ein leichtes, festliches Dinner. Als ich dich dann zum Tanz aufforderte, du den Arm um meine Taille legtest und du fühltest, dass da nicht das geringste darunter war, zündeten wir ein Feuerwerk, wie schon lange nicht mehr.

Von nun an bereicherten immer mehr neue erotische Spielereien unser Liebesleben. Ich muss dir gewiss nicht all das aufzählen, schließlich warst du ja immer dabei. Oder denke nur an unsere erotischen Gespräche, in denen wir über Dinge sprachen, die uns zwar heiße Ohren verschafften, die wir aber nie umzusetzen gedachten. Du hattest plötzlich Wünsche, die du früher niemals auszusprechen wagtest. Nie war davon die Rede, dass wir Unanständiges taten. Können eigentlich nur Frauen unanständig sein? Und was ist schon am gemeinsamen Experimentieren im Bett verwerflich? Schließlich kam niemand zu Schaden. Jedenfalls haben wir sehr viel gelacht. In deiner Gegenwart wurde ich immer mutiger; zugegeben, ich tat nur das, was schon immer in mir schlummerte, wie vielleicht in jeder Frau. Du hast mich nur erweckt! Befürchtest du nun, dass du die Geister, die du riefst, nun nicht mehr los wirst? Das glaube ich kaum! Ich habe die Begeisterung in deinen Augen gelesen. Den Punkt of no return haben wir längst überschritten. Es würde mich also sehr interessieren, was du einer Prostituierten alles für diese neuerlichen Lustbarkeiten bezahlen müsstest. Was wären sie dir wert?

Willst du mich mit deiner Bemerkung „unanständig" etwa ausbremsen? Du ahnst, dass das nicht gelingen wird. Glaubst du etwa, dass ich das woanders fortsetzen würde, was mit dir begann? Angst ist kein guter Ratgeber, und du solltest diese Variante verwerfen. Denn ich schreibe dir diesen Brief, der vielleicht eine heilsame Aussprache anregen kann. Mir hat unsere Entwicklung ungemein gut getan. Ich bin zwar eine Frau in einem schon recht fortgeschrittenen Alter; aber, mein Liebling, ich habe mich noch nie zuvor so wohl gefühlt. Ich fühle mich jung und lebendig; nie war ich so gesund und voller Energie; ich bin so glücklich, eine Frau mit solch starken Emotionen zu sein. Ich schlafe wahnsinnig gerne mit dir. Das habe ich dir zu verdanken. Nenne du mich unanständig, ich nenne es Glückseligkeit. Ich habe gierige Pläne mit dir, die ich dir bei Gelegenheit noch schonend beibringen muss, damit ich dich nicht verschrecke.

Weil ich so oft nach dir verlange, glaubtest du, mir im Bett nicht zu genügen. Warum immer alles so negativ sehen? Was so schön ist, will man doch verständlicherweise gerne wiederholen. Und wenn du mich öfter überwältigen würdest, mich ermahnen oder gar verwarnen würdest und mich an meine Aufgaben als Ehefrau erinnern würdest, dann wäre ich sanftmütiger und würde dich auch häufiger schonen.

Ich vermute, deine Urangst steckt dahinter. Dein bestes Stück könnte streiken, was einem Weltuntergang gleichkäme. Fakt ist, dass es nicht streikt, wenn man mit ihm liebevoll umgeht. Du bist immer gleich so ungehalten, wenn er nicht gleich prachtvoll zur Verfügung steht, wenn er gebraucht wird. Du sagtest einmal, er würde mir mehr gehorchen als dir. Das ist auch richtig so! Immerhin soll er ausschließlich mir zu Diensten sein. Mir soll er Wonnen bereiten und zwar reichlich. Daher bin ich ihm auch so wohlgesonnen und als sensibles Körperteil spürt er das. Er ist ein wahres Wunderwerk. Was so alles in ihm steckt, ist unglaublich. Ich mag ihn auch, wenn er weich und sanft schlummert und sich von seinen Anstrengungen erholt. Dann sieht er so unschuldig aus und man traut ihm gar nicht zu, welche Wunder er vollbringen kann. Ein wahrer Zauberstab. Ich halte ihn auch gern zärtlich in meiner Hand und spüre, wenn er aufwacht und sich mit neuer Kraft erhebt und sich reckt und schreckt. Dann drängt es mich, ihn sofort zu verstecken, damit ihn mir niemand wegnimmt und um ihn zu beschützen. Nicht ein einziges Mal hat er dagegen protestiert. Wir verstehen uns also prächtig. Allerdings muss ich gestehen, dass ich seine Grenzen schon gerne ausloten möchte. Das ist ein fairer Wettkampf; er hat ja auch die Chance, mich an meine Grenzen zu jagen.

Brav ist er auch meinem Wunsche gefolgt, mich nach dem ersten Mal nicht zu verlassen und sich bei mir zu erholen. Beim nächsten Mal ist er dann viel ausdauernder. Merkwürdig, findest du nicht? Was ich jetzt schon anregen möchte, ist mein Wunsch, dass sich mein Freund auch das zweite Mal bei mir erholen sollte. Ich denke, er ist nirgendwo so gut aufgehoben und er wird rasch wieder verwendungsfähig sein. Auch beim dritten Mal werde ich ihn nicht ausweisen.

Du siehst, mein lieber Gatte, da kommen vielfältige Aufgaben auf dich zu. Ich empfehle, aufgeschlossen zu sein und sich überraschen zu lassen. Wenn ich dir allerdings von meiner Lilith erzähle, was sie für Wünsche und Vorstellungen äußert, dann würdest du nur noch die Ohren anlegen. Dann wirst du froh sein, nur eine unanständige Frau geheiratet zu haben, denn daran wird sich nichts mehr ändern.

Oder kann man Unanständigkeit noch steigern?

Danke für das Leben mit dir! Deine so gar nicht fromme Helene.

Betriebsfrieden

Als ich nach Abschluss meines Studiums meine erste Anstellung annahm, sollte ich zunächst Patente durcharbeiten, um mich mit der Materie und dem Entwicklungsstand meiner neuen Firma vertraut zu machen. Ich arbeitete als junger Chemiker bei den Wabaemi-Werken, die Waschpulver für Waschbären herstellte, einem sehr lukrativen und expandierenden Markt, wie sich herausstellen sollte, denn die Waschbärenpopulation nahm signifikant zu. Mir gefiel diese Tätigkeit nicht sonderlich, wie jede Büroarbeit, auch wenn mir mein Berufsleben schon von Anfang an mit einem eigenen Büroraum versüßt wurde. Ich hätte mich sehr viel lieber im Entwicklungslabor aufgehalten, um dort auf praktische Weise meinen Ideen nachzugehen. Doch der Schreibtisch blieb mir nicht erspart. So schrieb ich kurze Gebrauchs- und Sicherheitshinweise und fragte mich, ob dies ein Waschbär überhaupt lesen und verstehen konnte, so ganz ohne Brille.

Mir wurde eine freundliche, zwar schon etwas ältere aber sehr hübsche Sekretärin zugewiesen, damit ich mich besser zurechtfinden konnte. Sie half mir bei Recherchen und bei der Ausarbeitung meiner Vorträge, die ich dann bei Besprechungen halten sollte. Auf meinem Schreibtisch stand ein Foto von meiner damaligen Freundin, das sie mit Kussmund zeigte. Frau Berthold bot mir an, sie mit Vornamen Doris anzureden. Das *Sie* und Vornamen sei in der Firma so üblich. Sie war mir recht wohl gesonnen.

Meine Freundin, Vanessa, war ein frisches, vitales, gar wildes Mädel, das zu jeder Zeit hochfliegende Pläne hatte und diese versuchte, auch durchzusetzen. Das erwartete sie auch von mir, der etwas bedachtsamer und überlegter handelte. Ihr Unterbewusstsein schien verstanden zu haben, dass mein bedächtiges Wesen ihr gut tat, um sie fester am Boden zu halten. Ich hatte das Gefühl, dass wir uns beide hervorragend ergänzten, und so gab es nur selten Meinungsverschiedenheiten. Mein Leben schien rund, wohl behütet und in ruhigen, geordneten Bahnen zu verlaufen. Unerwartetes, Aufregendes, Ungeplantes ließ mich sehr rasch nervös werden. Doch es sollte mir nicht erspart bleiben.

Eines Tages klopfte es an meiner Bürotür; Doris steckte den Kopf herein:

„Horst, Ihre Freundin ist hier und hätte Sie gerne gesprochen! Ist das OK?"

Doch da war sie schon in meinem Büro, der Wirbelwind Vanessa... Doris schloss die Tür.

„Was soll das denn? Du musst deine Sekretärin fragen, ob ich dich besuchen darf?" fauchte sie.

„Nein, es war umgekehrt! Sie fragte mich, ob ich dich gerade empfangen kann!" korrigierte ich.

„Daran besteht doch wohl kein Zweifel! Ich möchte stets Zugang zu dir! Das ist mein Recht als deine Freundin. Das musst du ihr erklären. Aber egal! Ich habe es einfach nicht so lange bis heute Abend ausgehalten. Ich musste einfach sofort zu dir kommen. Ich habe mir gerade ein neues Schlüpferchen gekauft, das ich dir unbedingt zeigen wollte."

Schon hatte sie ihren kurzen Rock angehoben, sich langsam um die eigene Achse gedreht und besagtes Teilchen meinen Augen zur Begutachtung dargeboten.

„Ist es nicht süß? Wie findest du es? Steht es mir nicht prächtig? Macht es mich nicht sexy? Nun sag' doch schon was!"

Ich staunte nicht schlecht:

„Oh ja! Es steht dir ausgezeichnet und wie winzig es ist!"

„...und es bedeckt trotzdem alles!" freute sie sich.

„Nun..." wandte ich ein, „der rückwärtige Teil ist so gut wie unbedeckt!"

„Das ist gewollt! Du behauptest doch immer, ich habe einen so wunderschönen, weiblichen Po, so schön einladend aber nicht ausladend... Das sind deine Worte! Oder hast du mich etwa angeschwindelt?"

Schneller als ich protestieren konnte, war das winzige Ding abgelegt... es fiel der Rock und im Nu war Zweckundienliches beiseitegeschoben und sie saß auf meinem Schreibtisch. Sie griff nach meinem Schlips und zog mich nahe zu sich heran:

„So, ich muss jetzt sofort die Wahrheit wissen – an diesem dem Profanen geweihten Ort! Das hat nicht Zeit bis später!"

Schon war mein Gürtel geöffnet und der Reißverschluss gab mit leisem Geräusch jeden Widerstand auf; eine kurze Überprüfung, eine geringe Korrektur und alles war am Ort der Bestimmung. Vanessa war nicht kleinlich mit der lauten Verbreitung ihres Wohlbefindens. Ich hatte mich schon daran gewöhnt, auch meinen Nachbarn war die Geräuschkulisse bekannt und wurde wohlmeinend toleriert. Hier im Büro war das anders. Schließlich war hier meine Tür nicht geräuschgedämmt, wie die in der Chefetage. Man hatte bei der Bauplanung mit derartigem Tun nicht gerechnet. In der Chefetage schon, der Alphatiere wegen. Kurzum, Frau Doris Berthold deutete die Laute richtig, hatte sogar den Mut, den

Raum des Geschehens zu betreten, was sie ohnehin vorhatte, um uns beiden eine Tasse Kaffee zu bringen. Sie stellte den Kaffee auf dem Aktenschrank ab, ohne dass wir etwas davon mitbekamen. Nach vollzogener Tat kam Vanessa rasch wieder zu sich und war mit sich und der Welt und natürlich auch mit mir vollauf zufrieden. Das Gewölk war verschwunden und die Sonne strahlte aus ihren Augen und nach dem alles wieder seinen Bestimmungsort gefunden hatte, war sie mit einem Winke-Winke verschwunden. Frau Berthold strafte sie mit Ungnade und gönnte ihr nicht ein Grußwort.

Doris betrat mein Büro, roch das fremde Parfum und sagte deutlich schnippisch:

„Ich hatte Ihnen zwei Tassen Kaffee hereingestellt; aber ich sehe, er ist nicht einmal angerührt. Schmeckt Ihnen mein Kaffee nicht mehr?"

„Doch, doch Doris! Er ist vorzüglich! Ich werde ihn auch gleich zu mir nehmen. Ich trinke ihn sowieso nicht gerne so heiß. Aber das wissen Sie schon!"

Ich fühlte mich irgendwie ertappt, auch wenn ich nicht gerade ein Verbrechen begangen hatte. Hätte es keinen Zeugen, besser keine Zeugin, meiner Tat gegeben, ich würde mich behaglicher fühlen. Irgendwie hatte ich das Gefühl, dass da noch was nachkommt. Ich sollte mich nicht irren und konnte mich nicht mehr so recht auf meine Arbeit konzentrieren.

Frau Berthold schrieb die Vorträge oder Notizen, die ich diktierte auf ihrem Computer und schickte sie für gewöhnlich auf meinen Bildschirm, wo ich sie erneut las, sie anschließend speicherte oder ausdruckte. Nur ab und zu kam es zu einer Aussprache über meine beziehungsweise ihre Version. An diesem Tag kam sie kurz vor Dienstschluss noch einmal in mein Büro. Ohne Umschweife sprach sie mich an:

„Horst, ich habe durchaus Verständnis, dass Sie die Stabilität Ihres Schreibtischs überprüfen wollen. Das ist legitim, schließlich weiß man ja nie, was einmal auf diesem Schreibtisch alles geschehen wird oder was nur abgelegt werden wird. Dass Sie aber dazu Ihre Freundin oder Verlobte zu diesem Test verwenden, kann ich allerdings nicht verstehen. Wenn der Schreibtisch nun nicht standgehalten hätte und es hätte Personenschaden gegeben, wer wäre dann dafür aufgekommen? Die Versicherung unserer Firma gewiss doch nicht, wegen der betriebsfremden Person. Sie hätten mich zu Rate ziehen müssen; wir Sekretärinnen sind für derartige Dinge ausgebildet und gut vorbereitet. Außerdem, lieber Horst, gefährden Sie den Betriebsfrieden, wenn Sie eigenmächtig outsourcen."

Ich wollte noch etwas sagen und beschwichtigen, doch Doris rauschte davon. Ich trank zwei Tassen Kaffee, fühlte mich aber nicht besser. Ich hoffte, die Zeit würde die unbeabsichtigte Kränkung von Doris rasch heilen. Auch mir war an einem intakten Betriebsfrieden sehr gelegen. Doris verschwand an diesem Feierabend, ohne sich zu verabschieden, was mich erneut beunruhigte. Ich nahm mir vor, sie am nächsten Morgen um Entschuldigung zu bitten und bereitete innerlich eine entsprechende Ansprache vor.

Doch am nächsten Morgen war alles ganz anders. Ich war vor Doris da und machte mir Notizen. Die Tür zwischen unseren beiden Zimmern ließ ich einen Spalt offen, damit ich sie kommen höre. Sie kam und steckte den Kopf zur Tür herein:

„Hallo, guten Morgen Horst! Geht's gut?"

Sie war fröhlich und guter Dinge:

„Ich zieh nur rasch den Mantel aus und komme dann gleich zu Ihnen!"

Das war vielleicht eine Überraschung; Doris schien völlig verändert, auch äußerlich. Sie sprühte vor guter Laune. Sie trug einen kurzen, engen schwarzen Rock, dazu eine einfache weiße Bluse mit halblangen Ärmeln und eine bunte Halskette. Ihre Strümpfe knisterten, als sie zu mir kam und sich auf den Rand meines Schreibtischs setzte. Ihr elegantes, frisches Parfum füllte augenblicklich den ganzen Raum. Sie legte ihre Hand auf meine, sah mich an und sprach mit warmer Stimme:

„Horst, bitte verzeihen Sie mir! Ich habe gestern wohl etwas überreagiert; tragen Sie es mir bitte nicht nach und vergeben Sie mir. Sie haben gestern nicht richtig gehandelt, aber wohl aus Unkenntnis sind Ihnen Fehler unterlaufen. Wie Sie wissen, Horst, besteht meine Aufgabe darin, Sie anzuleiten. Ich fühlte mich einfach übergangen; das kränkte mich etwas. Aber ich hätte nicht so überreizt reagieren dürfen. Schließlich lag in Ihrer Vorgehensweise keine böse Absicht. Also bitte, Schwamm darüber! Einverstanden?"

Ich nickte erleichtert und stimmte ihr freudig zu.

„Allerdings..." fuhr sie alsbald fort, „werden wir den Test wiederholen müssen und zwar so, wie es die Vorschrift vorsieht. Ich muss darüber eine ordnungsgemäße Aktennotiz schreiben und abheften. Einverstanden?"

Ich nickte heftig. Sie begann bereits, die Utensilien auf dem Tisch beiseite zu schieben, wobei sie mir einen tiefen Einblick in ihren Blusenausschnitt gewährte. Ich sah sehr viel der beiden wunderbaren Dinge, aber nichts von einem Kleidungsstück, das sie hätte bedecken sollen. Sie nahm einen Notizblock zur Hand, um unser Gewicht zu notieren. Das sei wichtig für die Einschätzung unseres Testberichts.

„Der Test besteht aus zwei Einzeltests. Zuerst werden wir die Scherfestigkeit überprüfen, das heißt, wie leicht oder wie schwer lässt sich der Tisch bei seitlicher Belastung verschieben. Im zweiten Teil werden wir den Tisch auf seine Tragfähigkeit von zunächst einer dann von zwei Personen überprüfen. Alles klar?"

Mein Gesicht war ein einziges Fragezeichen. Doris lachte: „Bitte nicht alles so verbissen sehen! Es soll ja auch ein bisschen Spaß machen! Tun Sie ganz einfach, was ich Ihnen sage!"

Ich nickte. Sie drehte mir den Rücken zu und begann, ihre Bluse aufzuknöpfen.

„Horst, würden Sie freundlicherweise den Reißverschluss meines Rockes öffnen? Darüber befinden sich noch zwei Häkchen; die müssen Sie auch öffnen, dann lässt sich der Rock ganz leicht herunterziehen." bat sie.

Ich tat es und meine Hände zitterten etwas.

„Es besteht kein Grund, nervös zu werden. Sie besitzen doch gewiss Grundkenntnisse?" ermutigte sie.

„Oh!" entfuhr es mir.

„Gefällt es Ihnen? Als ich heute früh an Sie dachte, war mir so nach einem roten Höschen... Ziehen Sie es einfach herunter!"

Ich tat es und sie hob erst das eine dann das andere Bein.

„Ich hoffe, Sie mögen meinen Gürtel... Ihn und meine Strümpfe würde ich gerne anbehalten. Schwarz und Rot harmonieren sehr gut, finden Sie nicht? Ich denke, dieser Anblick wird sich positiv auf die Festigkeit Ihres Prüfkörpers auswirken. Lassen Sie mich nicht im Ungewissen, gefällt Ihnen, was Sie sehen?"

„Oh ja! Das gefällt mir sehr! Sie haben einen wunderschön ausgeformten, femininen Po!"

„Sie sagen das so schön poetisch! Ich dachte immer, ich hätte einfach nur einen zu dicken Hintern!" lachte sie.

Sie beugte sich nach vorne über auf die Tischplatte, machte es sich bequem und grätschte ihre Beine. Als nichts geschah, fragte sie:

„Horst, was ist? Benötigen Sie Starthilfe? Sie haben doch Grundkenntnisse? Sie müssen jetzt Ihren Prüfkörper einführen, ihn erst sanft dann rascher und kräftiger bewegen. Verstehen Sie?"

Ich verstand und folgte ihren Anweisungen. Der Schreibtisch bewegte sich erst in der Schlussphase etwas in Richtung meiner Bewegungen. Doris war voll des Lobes und machte ein paar Notizen.

„Ich denke, wir können mit dem Ergebnis dieses Tests zufrieden sein!" murmelte sie. „Wir kommen jetzt zum zweiten Teil. Sie sind doch ein junger Mann und können gewiss sogleich den zweiten Test vollziehen. Einverstanden?"

Ich nickte und war beeindruckt über die Auswirkung ihrer manuellen Initiative. Sowas hatte ich noch nicht erlebt!

Wir beide strahlten. Sie meinte:

„Na, sehen Sie, es geht doch! Braver Junge! Wie es eben sein soll! Ich werde mich jetzt auf die Tischplatte setzen und mich nach hinten ausstrecken. Sie legen sich auf mich, platzieren meine Beine rechts und links gegen ihre Schulter und setzten erneut ihren Prüfkörper ein. Der Tisch muss nun unser beider Gewicht aushalten. Die Möbelfirma versicherte mir einst, dass ihre Büromöbel solchen Belastungen standhalten, auch bei etwas fülligerem Personal... Dabei wird die

Tischplatte etwas besudelt. Wir können also auch gleich die Qualität der Lackierung überprüfen."

Wir schritten lächelnd zur Tat. Doris war etwas deutlicher vernehmbar, als beim ersten Mal. Offenbar war sie entspannter. Ihre hübsche volle Brust tanzte anmutig im Rhythmus meiner Bewegungen. Wieder steigerten wir gegen Ende der Testphase das Tempo und den Impuls, der sich bekanntlich aus dem Produkt von Geschwindigkeit und Masse errechnen lässt. Pure Physik! Der Tisch hielt stand. Auch die Lackierung hatte nicht gelitten. Die Besudelung ließ sich leicht mit meinem Taschentuch entfernen. Wir waren beide mit dem Testergebnis sehr zufrieden. Doch Doris erhob sich nicht.

„Was ist?" fragte ich. „Haben wir noch etwas vergessen?"

„Ja!" nickte sie. „Sie müssen noch unterschreiben!"

„Unterschreiben?" fragte ich verwundert zurück.

Sie tastete hinter sich und fand einen Kugelschreiber.

„Oder unterschreiben Sie lieber mit einem Füllfederhalter?" fragte sie.

„Nein, mit dem Kugelschreiber! Aber wo soll ich denn unterschreiben?"

„Einfach hier, etwa gut eine Handbreit unter meinem Bauchnabel!" deutete sie.

Mich wunderte heute gar nichts mehr. Ich unterschrieb und Doris schlüpfte wieder in ihre Kleidung. In der Tür schickte sie mir noch einen Luftkuss und verschwand mit einem Augenzwinkern in ihrem Vorzimmer. Mir ging es prächtig, auch nachdem ich alles wieder wohl verpackt hatte und meine Gedanken sammelte.

Doris schrieb tatsächlich eine Aktennotiz über die erfolgreiche Überprüfung der Stabilität eines Büromöbels. Wir unterschrieben beide das Dokument, was letztendlich abgeheftet wurde.

Der Betriebsfrieden sei nun vollständig wieder hergestellt, meinte Frau Doris Berthold. Nun müsse man ihn nur noch erhalten. Ich stimmte dem zu, ahnte aber noch nicht den tieferen Sinn, der in ihrer Bemerkung steckte.

Am darauffolgenden Tag beklagte sich Doris darüber, dass meine Unterschrift unter ihrem Bauchnabel beim Duschen abhandengekommen sei. Offenbar habe ich keinen wasserfesten Stift verwendet. Sie bat mich, meine Unterschrift zu wiederholen; schließlich bedeute sie ihr sehr viel und zudem hätte ich ihr sehr gut getan. Ich schlug vor, doch das nächste Mal ein Brandeisen zu verwenden, das sei dauerhafter. Davon wollte sie aber nichts wissen, schließlich sei sie kein argentinisches Rindvieh und auch hinsichtlich der Dauer wolle sie sich noch nicht festlegen, da die Besitzverhältnisse noch unklar seien. Hier musste ich ihr zustimmen. Vielleicht ließe sich da heute noch was einschieben. Das wird wohl möglich sein, stimmte ich ihr wiederum zu.

Am späten Nachmittag war dann etwas Zeit zur Unterschrift. Sie wollte aber nicht nur die Unterschrift. Schließlich leiste man eine Unterschrift gewissermaßen als Bestätigung für eine erbrachte Dienstleistung. So ließ sie, als sie mir die Unterschriftenmappe vorlegte, sehr effektvoll und wie zufällig eine Brust aus ihrer Bluse hüpfen. Sie schimpfte mit dem vorwitzigen und ungezogenen Ding, ließ aber unerwähnt, dass sie ihre Bluse nicht sorgfältig genug geschlossen hatte.

Ich belehrte sie:

„Ein kleines Vögelchen würde auch aus dem Käfig fliegen, wenn die Käfigtür nicht ordentlich geschlossen ist."

Sie nickte:

„Aber es war so rührend mit anzusehen, wie behutsam sie die Kleine eingefangen und wieder hinter den Vorhang geleitet haben! Sie waren sehr geistesgegenwärtig! Vielleicht ist es mir vergönnt, Ihnen auch einmal behilflich zu sein, wenn mal bei Ihnen etwas aus der Wäsche springt!"

Es soll nicht unerwähnt bleiben, dass sich der Freiheitsdrang der süßen Brust künftig mehrmals am Tag ereignete. Dennoch wurde die Bluse nicht ordentlich geschlossen. Mir sollte es recht sein. Es diente offenbar dem Betriebsfrieden. Jedenfalls verließ Doris frisch signiert darauf ihr Büro.

Einige Tage später erhielt ich von ihr eine elektronische Nachricht:

„Ich habe darüber nachgedacht und bin zu dem Schluss gekommen, dass ich eigentlich drei Unterschriften pro Tag vertragen könnte, Platz sei schließlich genug da. Ich sei sehr talentiert aber noch ausbaufähig. Es wäre schade, wenn ein solches Talent nicht gefördert würde."

Ich fragte elektronisch nach Details. Prompt kam die Antwort. Offenbar war alles schon wohl durchdacht. Sie schlug vor, dass es schon zu früher Morgenstunde, gewissermaßen vor Dienstbeginn zur Motivierung, zur ersten Begegnung kommen könnte. Dazu würde sich besonders die Position wie beim ersten Mal anbieten. Die Unterschrift könnte ich auf der linken Pobacke leisten, aber bitte mit Vor- und Zunamen. Zum Glück sei ihre Backe ja groß genug und ich hätte ja auch nicht einen solch langen Namenszug. In der Mittagspause könnten wir die erste Begegnung wiederholen, zur Entspannung und Auffrischung. Nun würde sich die rechte Backe zur Unterschrift anbieten. Als Anerkennung und Lob zum Feierabend könnte die dritte Begegnung stattfinden, diesmal aber frontal. Falls der Unterbauch schon mit Unterschriften übersät sein sollte, könnte ich ja die Oberschenkel verwenden. Ich schlage vor, wir versuchen das mal und schauen, wie wir uns dabei fühlen.

Und wir versuchten es. Es bekam uns beiden gut. Doris war sehr einfallsreich und vollbrachte wahre Wunderwerke an mir. Sie meinte, als ich sie einmal darauf ansprach, das läge an mir, ohne mein Talent für derartige Dinge wäre sie erfolglos. Manchmal enthielten ihre kurzen E-Mailnachrichten aber auch derart deftige Hinweise und Bemerkungen, die mir zwar gefielen, die ich aber hier nicht wiedergeben kann. Sie wissen, der Datenschutz!

Einen Haken hatte allerdings mein beruflicher Eifer. Meine Freundin Vanessa bemerkte sehr wohl mein nachlassendes Interesse an ihr. Sie sprach mich auf meine Appetitlosigkeit an. Ich verwies auf beruflichen Stress und Ärger am Arbeitsplatz. Sie ließ mich wissen, dass ich ein junger Mann sei und dass sie häufigerer Sex entspannen und friedfertig stimmen würde. Dadurch ließ sich mein verzweifelter Einsatz zwar nicht steigern, dagegen ihr Mistrauen. Sie wurde zänkischer und der häusliche Frieden litt - verständlicherweise.

Eines Tages sagte sie mir ins Gesicht:

„Schläfst du etwa mit deiner Sekretärin?"

Ich wollte sie nicht belügen und schwieg.

„Du schläfst mit deiner Sekretärin! Nun sprich schon! Wie lange geht das schon!"

Ich schwieg. In unsere Stille knallten zwei überaus saftige Ohrfeigen. Vanessa griff ihre paar Habseligkeiten, fauchte noch einmal kräftig. Die Tür knallte so laut hinter ihr zu, dass ein jeder in der Wohnsiedlung mitbekam, bei uns hat's geknallt! Ich sah Vanessa nie wieder. Dass das Leben immer wieder grausame Bestrafungen in Aussicht stellt, wenn der Mann freudige Dinge tut, wollte mir nicht einleuchten.

Frau Doris Berthold ließ keine Trauer über meinen Verlust aufkommen. Ich solle nur aufmerksam voraus in die Zukunft blicken, denn die Zukunft hielte eine Menge positiver Dinge für mich bereit. Das war in erster Linie sie.

Sehr häufig schrieb sie mir aufmunternde und begeisternde Mails. Sie waren es wert, ausgedruckt und gesammelt zu werden. Schließlich brachten sie mich auf andere Gedanken. Es tat auch physisch gut, dass mein mittlerweile auf Hochtouren laufender Organismus nicht einfach total ausgebremst wurde. Doris verfügte über die bewundernswerte Gabe, ihre Anliegen und Ausführungen sehr einfach und allgemeinverständlich zu vermitteln, zumindest so überzeugend herüberzubringen, dass auch ich männlicher Esel sie verstand. So erklärte sie mir völlig plausibel:

„Sehen Sie, lieber Horst...," Dabei lag ihre warme Hand auf meiner, während sie in kurzem Rock auf meinem Schreibtisch saß und die Beine schaukeln ließ. „... auch ich war nicht so recht mit unserer Anfangsphase zufrieden. Vielleicht waren wir alle drei unglücklich. Die Häufigkeit unserer Begegnungen war zwar zufriedenstellend aber doch immer viel zu kurz. Mit dem weiblichen Körper verhält es sich ähnlich wie mit einem Hochleistungsmotor. Er kommt vielleicht etwas schwer in die Gänge, wenn er aber über längere Zeit auf Hochtouren gefahren wird, zeigt er erst, was so in ihm steckt. Der Verschleiß ist auch geringer, als wie bei viel zu langsamen und häufigen Kurzstrecken. Passionierte Autofahrer wissen das, und fahren ihr Schmuckstück häufig aus, jagen es über die Autobahn, so dass einem Hören und Sehen vergeht. Wenn Sie verstehen, was ich meine!"

Ich verstand es und sie fuhr mit ihrem Sachkundeunterricht fort:

„Das, was wir tun, ist zwar sehr anregend, aber da sind noch deutliche Nachjustierungen vonnöten. Stellen Sie sich eine Oper oder ein Schauspiel im Theater vor, meinetwegen *Der Ring der Nibelungen* von Richard Wagner oder *Wie es Euch gefällt* von Shakespeare. Ich habe also längere Darbietungen gewählt. Eine Oper beginnt mit einer Ouvertüre, zu Deutsch mit einem Vorspiel. Das ist bei Richard Wagner sehr lang. Beim *Rheingold* darf auch schon einmal der Fluss über die Ufer treten. Dem Vorspiel schließen sich verschiedene Akte an. Nach jedem Akt fällt der Vorhang. Dabei kommt niemand auf die Idee, in dieser kurzen Zeitspanne den Zuschauerraum zu verlassen. Man wechselt vielleicht ein paar freundliche Worte mit der Begleitperson, die dem besseren Verständnis dienen. Dann hebt sich der Vorhang wieder und die Handlung geht weiter. Erst nach mehreren Akten schließt sich eine längere Pause an, so dass man den Raum verlassen und eine Erfrischung zu sich nehmen kann. Sie sollte nicht zu lang sein, damit man nicht den Faden verliert. Erst nach dieser Pause strebt die Handlung dem Höhepunkt, dem Finale zu. Man sollte sich diese Dramaturgie zu Eigen machen. Oder denken Sie an das großartige Crescendo im Finale einer Oper, der pure, entfesselte Aufschrei... Übrigens, die Oper kennt auch kleine, hübsche Intermezzi, wenn Sie verstehen, was ich meine?"

Doris hatte sich in eine gewisse Verzückung hineingesteigert. Ich befürchtete, sie würde mich zu einigen Unziemlichkeiten verleiten. Aber sie beließ es beim Heraushüpfen der linken Brust, die ich für gewöhnlich behutsam wieder an ihren Platz hob.

„Um meine Ausführungen abzuschließen", fuhr sie alsdann unbeirrt fort, „auch nach Verlassen des Theaters sollte man nicht sogleich auseinander laufen. Man kann und sollte durchaus Romantisches nachklingen lassen. Vielleicht überträgt man die Dramaturgie des Theaters in einen intimen Rahmen oder man nimmt gemeinsam ein erotisch anregendes Abendessen zu sich. Der Kreativität sind hier keine Grenzen gesetzt."

Doris war von sich begeistert. Auch ich war beeindruckt von ihrer klaren, bildhaften und deutlichen Sprache. Wie aus einer Trance kehrte sie zurück ins Hier und Jetzt und schrieb in meinen Terminkalender:

Am Sonnabend, achtzehn Uhr, Überprüfung meiner Kenntnisse bei Doris zuhause. Pünktlich sein!!!

Ich war pünktlich! Sie öffnete in einem duftigen Negligé, das sie wie eine Wolke umwehte. Nach einem gehauchten Begrüßungsküsschen deutet sie auf ihr Outfit:

„Damit da keine Missverständnisse aufkommen!"

Es gab einen leichten, schmackhaften Imbiss. Sie meinte beiläufig, dass ihr ihre Aufgabe, die Ausbildung von männlichen Berufsanfängern, gegenwärtig sehr viel Spaß mache.

„Horst, ist Ihnen eigentlich aufgefallen, dass wir uns trotz unserer intimen gegenseitigen Rundumversorgung noch immer siezen?" fragte Doris.

„Allerdings! Ich hielt es für eine Frage der Höflichkeit, Ihr Angebot abzuwarten. Dieses Angebot kommt für gewöhnlich vom Älteren oder von der Dame. Auf Sie trifft beides zu!"

Doris lächelte milde:

„Es ist auch eine Frage der Höflichkeit, eine Dame nicht an ihr Alter zu erinnern, gerade dann nicht, wenn sie etwas älter ist als man selbst. Aber da ich Ihnen bereits schon sehr viel von mir angeboten habe und Sie stets zu meiner uneingeschränkten Zufriedenheit mit all dem, was ich Ihnen anbot, umgegangen sind, sei Ihnen verziehen. Ich glaube auch zu verstehen, was Sie eigentlich meinen. Sie gestatten mir, schamlos entblößt mit Ihnen bei Tisch zu sitzen. Das tun Sie, weil Sie mich wegen meines Alters achten und meine Erfahrung schätzen!"

Ich nickte heftig:

„Oh ja! Ich durfte durch Sie schon eine Menge lernen. Sie haben mir eine neue Welt erschlossen. Ich machte Erfahrungen, die ich nie wieder missen möchte und all das habe ich Ihnen zu verdanken. Ich respektiere Sie auch als Gastgeberin, die selbstverständlich das Privileg hat, Ihre Garderobe den Absichten gemäß zu gestalten."

„Das freut mich zu hören! Dann haben sich meine Bemühungen also gelohnt! Aber wir wollen nicht ins Philosophische aufgleiten. Das, was wir taten und tun werden, macht das Leben auf der Erde schön, sehr schön! Bleiben wir also irdischer! Fiel Ihnen nichts an unseren intimen Kontakten auf?"

Natürlich war mir seit langem schon etwas aufgefallen und jetzt sprach ich es aus:

„Wir haben uns nie geküsst!"

Doris lächelte:

„Richtig, mein Freund!"

Ich war erleichtert und fragte:

„Aber warum küssten wir uns nie, wie es Liebende für gewöhnlich tun, wenn sie...?"

„Liebende? Sind wir Liebende? Wir hatten Sex und ich habe Sie sehr genossen; ich hatte Gelegenheit, Sie sehr genau zu studieren, wie Sie mit mir umgingen. Ich habe mich Ihnen schamlos angeboten. Sie haben mich nie herabwürdigend behandelt oder mich verachtet. Sie sahen in mir stets die Dame und würdigten mich in jedem Augenblick in Gegenwart und Abwesenheit von Anderen als Dame. Das hat mir sehr gefallen und unauslöschlich beeindruckt. Sie haben etwas verändert in mir: meine Selbstwahrnehmung. Ich weiß nicht warum, aber ich habe ein ungewöhnlich starkes Bedürfnis nach sexueller Betätigung und nach allem, was man so leichtfertig als unanständig bezeichnet. Ich konnte nie darüber sprechen, ohne nicht künftig als Flittchen eingestuft zu werden. Meine Freundinnen hielten ihre Männer von mir fern. Also schwieg ich, verhielt und kleidete mich sittsam."

Doris schwieg eine Weile. Ich legte meine Hand auf ihre. Das tat ihr sichtlich gut, denn sie atmete tief durch und sah mich an:

„Ich hoffe, ich habe jetzt mit meiner Beichte keinen Fehler gemacht!"

„Nein, Doris, überhaupt nicht. Es freut mich, über Sie zu hören. Es hilft mir, Sie besser kennenzulernen, zu verstehen!" antwortete ich leidenschaftlich.

„Dann interessieren Sie sich für mich?" fragte sie und sah mich an. „Dann will ich Ihnen noch etwas anvertrauen, ich küsse für mein Leben gern. Für mich ist Küssen sehr viel intimer als die sexuelle Vereinigung. Es ist für mich das Intimste überhaupt. Ich werde Sie jetzt küssen. Danach werden wir uns duzen und anschließend werden Sie mir in mein Schlafzimmer folgen. Ist Ihnen die Reihenfolge angenehm?"

Ich nickte. Sie trippelte um den Tisch herum:

„Darf ich den Herrn dann um den ersten Kuss bitten?"

Sie musste sich etwas auf die Zehenspitzen stellen, als sie mich umarmte, erst ihre dann meine Lippen anfeuchte, mich sanft anblies, mich dann küsste und genießend die Augen schloss. Der Kuss war sensationell und ging durch Mark und Bein, und natürlich fuhr er in meine Lenden. Meine Fingerspitzen glitten über das dünne Gewebe ihres Negligés, das dann am unteren kurzen Ende kaum noch die blanke Haut bedeckte. In einer kurzen Pause fragte sie:

„Ich hoffe, du fühlst dich durch meine Geständnisse angesprochen, aufgefordert, aber nicht als Opfer!"

Doch bevor ich antworten konnte, küsste sie schon wieder. Wozu auch dummes Zeug reden. Sie nahm mich bei der Hand und raunte:

„Komm' jetzt, folge mir in mein Schlafzimmer. Es ist alles vorbereitet."

Der Raum war geschmackvoll eingerichtet, abgedunkelt gegen die untergehende Sonne. Doris huschte umher und breitete ein buntes Tuch über die Nachttischlampe. Sie meinte:

„Kerzen wären vielleicht romantischer. Aber man muss sie ständig im Auge behalten, sonst können sie Unheil anrichten. Ich brauche deine ungeteilte Aufmerksamkeit, und wenn hier jemand lodern soll, dann sind wir das. Dennoch wirst du lernen, dein Streichholz wirkungsvoll zu verwenden. Ich kann ruhig in Flammen aufgehen. Dann wirst du mich aus meinen Turbulenzen erlösen."

Nachdem ich sie mit Bedacht und sie mich vollständig entkleidet hatte, kuschelten wir in die weichen Kissen ihres Bettes. Ein langer, hingebungsvoller Kuss schuf zusätzliche Behaglichkeit. Sie bat mich um totale Passivität. Ich sah sie fragend an:

„Nun!" meinte sie „Ich bin mir noch nicht schlüssig, nach welchem Konzept ich nun verfahren sollte. Schließlich sehe ich deine entblößte prächtige Männlichkeit zum ersten Mal. Ich möchte dich erkunden, überprüfen, mich inspirieren lassen, vielleicht ein paar Tests machen. Ich denke, nach dem Über-die-Ufer-treten des Vater Rheins im *Rheingold* ist es wohl noch zu früh. Allerdings ist der lange, kräftige Hals des Schwans im *Schwanensee* schon recht eindrucksvoll, wenn auch vielleicht für den Anfang etwas zu ruhig. *Der fliegende Holländer* scheint mir auch zu Beginn etwas zu verwirrend; er enthält sehr viele Missverständnisse. *Tannhäuser* ist auch nicht das richtige, zu getragen zu elegisch, wenig temperamentvoll... *Die Meistersinger von Nürnberg* zu viele Männer auf einmal...".

Gedankenverloren begann Sie mich sorgfältig zu betrachten:

„Du siehst prächtig aus! So ein richtiger Siegfried, männlich aber dennoch mit Gefühl und Tiefgang und mit einer prächtigen Lanze..."

„Siegfried agiert aber mit dem Schwert!" korrigierte ich sie und wollte damit auch meine Sachkunde unter Beweis stellen.

„Du solltest dir abgewöhnen, alles immer so eng zu sehen. Wir müssen improvisieren und variieren. Im Augenblick erhebt Siegfried eben seine Lanze und kein Schwert. Das ist doch wohl ganz offenkundig; ich werde mich jedenfalls nicht daran schneiden, wenn ich sie berühre!"

„Da hast du recht!" gab ich zu.

Sie begann, mich zu betasten und erinnerte mich:

„In jedem Fall solltest du beherzigen, zwischen den einzelnen Akten nicht den Raum zu verlassen und abwarten, bis der Vorhang sich wieder hebt und das Spiel fortgesetzt wird!"

Sie setzte ihre Erkundung fort:

„Schön dieses helle, weiche Präriegras auf deiner Brust... Auch dass du deine Lanze nicht in dichtem Gebüsch versteckst, finde ich sehr mutig! Dreh dich einmal um!"

Ich gehorchte.

„Schön, sehr schön!" sagte sie versonnen. „Leicht hügelig, frei und unverstellt, weich aussehende aber steinharte Erhebungen dort unten; das verspricht bebensichere kräftige Lenden...! Sehr empfindsam, wenn man darüberstreicht...!"

Ich legte mich wieder auf den Rücken. Doris bettete ihr Haupt auf meinen Bauch und ließ sich auf und abwiegen. Ihr Haar kitzelte, was wohl beabsichtigt war.

„Ich hätte da mal eine Idee!" begann ich.

„Und die wäre?" fragte sie gespannt und griff mal kräftig zu.

„Nun, es wäre ein ziemliches Operngemantsche, aber ich denke Richard wird es uns verzeihen, angesichts unserer Startschwierigkeiten."

„Wir haben keine Startschwierigkeiten, wenn ich mir das hier so ansehe. Aber du machst mich neugierig! Freie Entfaltung ist oberstes Gebot und wir kennen keine Regeln!"

„Nun, ich beginne mit dem Vorspiel der *Meistersinger von Nürnberg*; das ist lang und sehr stimmungsvoll. Ich bin sicher, es wird dich ermuntern mit dem *Walkürenritt* fortzufahren."

„Oh ja!", jubelte sie. „Ich werde aber ohne Zaumzeug und Sattel reiten! Aber wie wäre es in meinen schwarzen Stiefeln? Ich könnte sie auch wirkungsvoll als Sporen einsetzen! Was meinst du?"

Mir gruselte aber ich fuhr tapfer fort:

„Anschließend ein erneutes Vorspiel für *Tristan und Isolde*; nach der Pause dann die *Entführung aus dem Serail*..."

Doris strahlte:

„Ich wollte schon immer von einem wüsten Kerl entführt werden. Und danach spiele ich auf deiner *Zauberflöte*!"

„Und zum Schluss die *Hymne an die Freude*" mit einem besonders kräftigen Crescendo!" ergänzte ich.

„Dann müssen wir wohl die langen Oralien der Tenöre auf morgen verschieben?" fragte sie etwas enttäuscht. „Vermutlich auch kein Jägerchor aus dem *Freischütz*. Dabei hätte ich so gerne zugeschaut, wie du Pulver in deine Flinte füllst und die goldene Kugel einlegst!"

„Du meinst wohl Arien!" korrigierte ich.

„Ist doch egal! Hauptsache, du verstehst, was ich meine! In diesen düsteren Opern fließt auch viel Blut; das muss ja auch nicht sein! Hauptsache es fließt viel Anderes zwischen uns und es vereint sich zu einem schönen Mix aus allem!"

„Genauso soll es sein! Wir müssen ja nicht gleich alles auf einmal tun!" pflichtete ich ihr bei. „Übrigens, ich vermisse etwas!"

Doris sah mich an.

„Ich vermisse einen wasserfesten Kugelschreiber! Ich werde doch wohl unterschreiben müssen?"

„Nein, du brauchst nicht zu unterschreiben! Heute geschieht alles aus purer privater Liebelei! Und da ist ja auch kaum noch Platz zwischen Nabel und Knie...!"

Wir verbrachten einen vergnüglichen Abend und spielten unser Programm bis tief in die Nacht. Die Sonne wagte nicht, am nächsten Morgen aufzugehen. Sie verhängte den ganzen Sonntag mit dunklen Regenwolken, was uns nur recht sein konnte. Wir blieben im Bett und vertieften unsere Kenntnisse und Fähigkeiten und studierten neue ein. Als die unermüdliche Doris auf die Länge der chinesischen Oper hinwies - sie dauern bekanntlich Tage – da keimten Vorstellungen von Unersättlichkeit in mir auf. Ob ich dem gewachsen sein werde? Doris schien, Gedanken lesen zu können. Sie beruhigte:

„Du solltest nicht denken, dass ich nymphomanisch sei, schließlich bin ich's nur mit dir! Aber einen gewissen Appetit will ich nicht bestreiten. Du solltest nur verstehen, dass es für uns nach oben hin keine Grenzen in unserer Aktivitätsskala geben sollte. *Im Rausch der Emotionen* könnte ja der Titel unserer ganz speziellen, persönlichen Oper sein.

Dem aufmerksamen Leser wird nicht entgangen sein, dass es sich bei uns um ein sehr talentiertes Paar handelt. Wir beide waren bis ins Detail mit dem umfangreichen Europäischen Kulturerbe vertraut; es wird gewiss ein Jahrhundert in Anspruch nehmen, bis wir all die Schauspiele und musikalischen Kunstwerke der vergangenen Epochen in unseren erotischen Alltag eingepasst und nachgespielt haben werden.

Auch der berufliche Alltag verlief ungeachtet der häuslichen Aktivitäten häufig angeregt. An und für sich war Doris eine sehr aufmerksame und gewissenhafte Sekretärin, der kaum jemals ein Fehler unterlief. Doch eines Tages fuhr ihr der Schalk in den Nacken. Sie lieferte ein Dokument mit zahlreichen Fehlern zur Korrektur bei mir ab. Ich war verärgert und sprach harsche Worte. Sie blieb gelassen und meinte nur:

„Dann musst du mich eben bestrafen!"

„Du spinnst wohl? Wie soll ich denn bestrafen?" grollte ich.

Mit sanftem Augenaufschlag mithilfe ihrer Wimpern wies sie mich darauf hin, dass sich unter meiner standardmäßigen Büroausstattung auch ein Lineal befände.

„Was soll das denn jetzt?" mein Ärger wuchs. Meine Autorität wurde soeben untergraben. Sie half mir suchen, hielt es mir hin und sagte tapfer:

„Du musst mich ja nicht gleich feuern, aber auf heißen Bäckchen sitze ich schon einmal ganz gerne. Ich zieh' schon mal mein Höschen aus."

Dem Pförtner der Wabaemi-Werke war inzwischen aufgefallen, dass Doris und ich morgens stets zur gleichen Zeit das Firmengelände betraten und es abends gemeinsam wieder verließen. Es entstand ein Gerücht, über das sich die Sekretärin der Geschäftsleitung Gewissheit verschaffte. So geschah es bei der traditionellen Weihnachtsfeier, dass der Herr Direktor und Gründer, Herr Dr. Wohltracht, der Wabaemi-Werke uns beide in seine Weihnachtsansprache namentlich mit einflocht:

„Es sei wohl statistisch erwiesen – ich meine zumindest, so etwas gelesen zu haben -, dass sich Paare besonders häufig an ihrem Arbeitsplatz kennengelernt haben. Industrieunternehmen wie das unsere sind also die bedeutendsten Ehestifter. Auch wir, die Wabaemi-Werke haben die

Betriebsfriedenspflicht in unsere Betriebsverfassung mit aufgenommen. Und wir sind damit über Jahrzehnte sehr gut gefahren. In diesem Jahr sollen Doris und Horst genannt werden. Sie haben unsere betriebliche Friedenspflicht in ihrem beruflichen Alltag befolgt und in ihren häuslichen Frieden integriert. Dazu meinen herzlichen Glückwunsch und alles Gute für ihre Zukunft und nie vergessen:

Frieden hilft dir immer weiter auf jeder noch so steilen Leiter!"

Als Anerkennung überreichte man uns je eine Packung Waschmittel für Waschbären, nett verpackt und mit roter Schleife. Darüber hinaus erhielten wir den kräftigen Händedruck des Herrn Direktor und den kaum enden wollenden Applaus der Belegschaft. Wenn das mal kein Happyend ist.

Eigentum oder Miete?

Es war vollkommen unverständlich, warum Hannelore noch kein Eigentum besaß. Dabei brachte sie hervorragende Voraussetzungen mit. Sie war groß und schlank und die Natur hatte sie mit reichlich hübschen Attributen versehen. Sie war zudem intelligent und versah eine recht gut bezahlte berufliche Tätigkeit, die sie mit vielen Menschen zusammenbrachte. Sie war Ärztin. Man könnte meinen, sie bräuchte nur zuzugreifen und schon hätte sie alles, was sie brauchte. Sie hatte sich über ihren medizinischen Beruf hinaus auch als Psychotherapeutin ausbilden lassen. Dennoch schienen in ihrem höchst eigenen persönlichen Fall, diese psychotherapeutischen Kenntnisse und Fähigkeiten nicht zu funktionieren. Dabei gab es durchaus mehrfache Gelegenheiten und Angebote, um sie anzuwenden. Doch griff sie niemals zu, auch nicht probehalber, des zu erwartenden Ärgers wegen, wie sie meinte. Auch sie sah sich um nach dem, was ihr zusagte. Doch ihre mutigen Initiativen wurden abgewiesen. Entweder waren die Objekte ihrer Begierde nicht an einem zweigleisigen Lebenswandel interessiert, oder sie waren generell nicht ihrem Geschlecht zugetan. Inwieweit ihr Unterbewusstsein ihre Vorgehensweise beeinflusste und ihr stets ein unsichtbares Bein stellte, erschloss sich ihr nicht - trotz ihrer Kenntnisse in Psychologie. Sie blieb sich selbst ein Rätsel, während sie bei anderen durchaus den großen Durch- und Einblick hatte. Von welcher Seite man sie nun auch betrachtete, man kam stets zum gleichen Ergebnis: sie war Single und auch nicht andeutungsweise irgendwie bemannt.

Das war auch an diesem Freitagmittag wie so oft das Thema, als sie mit einer befreundeten Kollegin in der Cafeteria der Klinik zu Mittag aß.

„Mir graut schon jetzt vor diesem Wochenende. Lieber Dienst tun, als zu Hause rumsitzen!" meinte Hannelore griesgrämig.

„Kann ich verstehen!" meinte Barbara, ihre Kollegin.

„Meine Güte, ich hätte nie geglaubt, dass es einmal so weit kommen würde...!"

„Was meinst du damit, genauer?"

„Ich bin gereizt, grantig, lasse meine schlechte Laune am Personal und Patienten aus. Die nennen mich schon Zicke. Und sie haben Recht! Ich bin zickig, unausgeglichen, schlafe schlecht!"

„Und woran liegt's? Du weißt doch: Schlafstörungen sind Beischlafstörungen!"

„Den Spruch hast du von mir! Mit meiner Laune würde ich jedes noch so hoffungsvolle Date vermasseln!"

„Das ist der Fluch der bösen Tat, dass...!"

„Was, belesen bist du auch noch?"

„Wir beide wissen, was dir fehlt. Ich versteh's ja auch nicht. Du bist ein Rätsel! Aber Johanna hat mir erzählt, es gäbe da eine diskrete Möglichkeit..."

„Ich geh' nicht in diese Clubs. Da wird mir speiübel; allein schon der Geruch! Lieber wachse ich zu!"

„Na, ein bisschen Resthumor ist geblieben. Ich meine, da gibt's eine diskrete Telefonnummer. Wird unter der Hand gehandelt. Ich frage Johanna... Du kannst ja dann entscheiden, ob du davon Gebrauch machen möchtest!"

„Was für eine Telefonnummer?"

„Home-Service! Bestellst du dir nie mal ne Pizza?"

„Ich soll mir eine...?"

„Du sollst gar nichts! Ich besorg dir die Nummer und du tust, was du willst! Vielleicht entspannst du ganz einfach mal... Es ist wirklich nicht aufbauend, dein Gejammer mitanzuhören. Einklagen kannst du dein Geburtsrecht jedenfalls nicht! OK?"

Irgendwann am Nachmittag steckte Barbara ihr die Telefonnummer zu. Eigenartigerweise vergaß Hannelore dieses Zettelchen nicht, als sie sich zum Dienstschluss umzog.

Als in ihrem eleganten Appartement hoch über der Stadt die Wohnungstür hinter ihr ins Schloss fiel, war es wieder da, dieses Gefühl der Isolation, des Ausgeschlossenseins. Die Bemerkung ihrer Kollegin Barbara über das Geburtsrecht war ihr nicht unbekannt. Ihre Behauptung, dass man es nicht einklagen konnte, fand Hannelore originell und provozierend. Ihre Gefühle gingen einen anderen Weg.

„Na, dann wollen wir mal sehen!" murmelte sie trotzig vor sich hin. Sie krabbelte in der Manteltasche nach dem Zettel, fand ihn nicht und erschrak. Sie suchte weiter, entdeckte ihn in der Brieftasche sorgsam gefaltet. Sie war erleichtert. Sie wunderte sich über sich selbst. Sie griff zum Telefon und wählte. Es dauerte eine kleine Weile, auflegen wollte sie nicht. Es meldete sich eine männliche Stimme, keine vom Band:

„Guten Tag! Ich bin Felix; was kann ich für Sie tun?"

„Ich bin Hannelore! Eine Kollegin gab mir Ihre Nummer! Ich wollte anfragen, ob ich Ihren Service für heute noch in Anspruch nehmen kann?"

„Recht kurzfristig, Hannelore! Aber wer ist Ihre Kollegin?"

„Wir arbeiten an der gleichen Klinik!"

„Verstehe! Sie haben Glück, ich hatte heute noch nichts vor! Aber welchen Service erwarten Sie?"

Hannelore zögerte etwas: „Nun, nennen wir es Freundschaftsdienste oder korrekter Liebesdienste, Massage!"

Es entstand eine Pause. Dann antwortete Felix:

„Das ist richtig! Sie müssen aber bestimmte Voraussetzungen erfüllen…"

„Welche Voraussetzungen?" fragte sie erstaunt.

„Nun, Sie müssen sich mich leisten können; sie müssen mir gefallen; sie müssen allein in der Wohnung sein. Kein Baby, kein Ehemann, kein Hund!"

„Keine Sorge, ich kann Sie mir leisten!"

„Es kommt auf den Umfang meiner Leistungen an!" unterbrach Felix. „Schicken Sie mir ein Foto von sich auf mein Handy, möglichst aktuell."

„Was für ein Foto soll es denn sein?"

„Das, was Sie mir gerne zeigen möchten! Sie müssen mir gefallen!"

„OK! Ich bin allein in der Wohnung. Aber wer gibt mir die Sicherheit, dass Sie mich nicht abmurksen?"

„Ich? Solche Dinge sind mir wesensfremd. Auch Gewalt oder Bestrafungsfantasien werde ich nicht bedienen!" sagte Felix korrekt. „Noch interessiert?"

„Ja, natürlich!" beeilte sie sich zu sagen.

„Gut dann nennen Sie mir Ihre Adresse! In neunzig Minuten werde ich bei Ihnen sein. Stellen Sie am besten eine Wunschliste zusammen, die wir dann durchgehen können. Ich werde zweimal klingeln. Bis gleich!"

Felix hatte aufgelegt. Hannelore schickte ihr Lieblingsfoto von sich per Handy. Erst jetzt merkte sie, wie laut ihr Herz schlug. Meine Güte, was hatte sie da bloß losgetreten! Herrenbesuch! Sie versuchte, sich zu beruhigen. Aufgeregt wie eine Henne flatterte sie durch ihre Wohnung, korrigierte dort das und versteckte da jenes, setzte sich wieder aufs Sofa und machte sich mit ihrem Abenteuer vertraut. Wie sollte sie sich verhalten? Wie wollte sie auftreten? Wie wollte sie wahrgenommen werden? Was wollte sie eigentlich von ihm? Er war bestimmt nicht preiswert; dafür wollte sie schon etwas bekommen. Natürlich nicht gleich mit der Tür ins Haus fallen. So in etwa sollte im übertragenen Sinne die folgende Reihenfolge schon eingehalten werden: zu Beginn einen Aperitif, dann eine anregende Vorspeise, ein üppiges Hauptgericht und eine Überraschung als Nachtisch. Sie holte sich was zum Schreiben; sie wird sich schon präziser ausdrücken müssen, in dem was sie erwartete. Warum nach all der Zeit des Darbens nicht einmal kräftig zulangen? Sie war's sich wert, und sie begann, heftig zu schreiben, zu streichen und zu formulieren, bis sie rote Ohren bekam, was sie allerdings nicht bemerkte.

Bei all dem Durcheinander an Gedanken und Gefühle, die auf sie einströmten, hatte sie die wichtigste aller Frage nicht beantwortet. Sie knallte mitten in ihr Hirn und brachte den ganzen Gedankentsunami zum Erliegen:

„Was zieh' ich denn bloß an???"

Na ja, wenn das denn so kommt, wie sie sich das wünscht – und das wollte sie doch schwer hoffen - dann würde sie ja wohl überhaupt nichts am Leibe tragen. Herrliche Vorstellung! Aber wird sie denn überhaupt mit einem Fremden... der Name Felix ist doch auch bloß erfunden...

Was zieh ich denn bloß an???

Die Frage holte sie zurück. Wie würde sie sich denn kleiden, wenn sie den tatsächlichen Geliebten erwartet? Ihrer Gefühlslage entsprechend, würde sie gar nichts tragen. Er kann ruhig wissen, was dringend notwendig ist. Ausgehen könnten sie ja dann später. Auf Felix wollte sie souverän wirken, zu ihren Wünschen stehen – sie ging gedanklich wahnwitzige Varianten durch – es blieb letztendlich nur der Bademantel übrig, der kurze natürlich! Das passte auch zu ihrer Wunschliste. Huch, sie hatte lange genug herum getrödelt; noch ein bisschen Gelassenheit üben; Frauen können das! Warum ist sie bloß so aufgeregt? Schließlich ist er doch viel mehr pannengefährdet. Armer Kerl – sollte sie etwas von ihrer Liste streichen? Bei ihr muss er sich halt ein wenig anstrengen! Schließlich ist sie keine Frau von der Stange ...und sich selbst die Butter vom Brot streichen, wo kommen wir denn da hin?

Mit den folgenden kurzen Merksätzen richtete sie sich innerlich auf: Ich akzeptier nicht, am Freitagabend allein zu sein! Schließlich bin ich eine hübsche Frau! Aus unerfindlichen Gründen bin ich Single! Das habe ich nicht verdient!!! Jawohl!!!

Nun aber raus aus den Klamotten und rein in den Bademantel – und warten auf den Lover! Ist doch was Schönes! Von Sünde kann hier keinesfalls die Rede sein! Ein Verstoß gegenüber einem der Zehn Gebote liegt nicht vor. Bevor sie den Bademantel schloss, vollzog sie noch rasch einen Bodycheck. Ihr Kommentar: Prachtweib! Wenn ich ihm nicht gefalle, ist er selber schuld.

Das Telefon klingelte. Unbekannt! Sie nahm ab.

„Hallo?"

„Ich bin's, Felix! Ich steh' vor der Schranke des Parkplatz'. Könnten Sie mir den Code geben, damit ich reinfahren kann! Vielleicht habe ich was zum Schleppen!"

„Was? Sind die 90 Minuten schon um?" stotterte sie.

„Ich bemühe mich, immer pünktlich zu sein!"

Hannelore nannte ihm die vier Ziffern und legte auf. Vorsichtig ging sie zum Fenster und sah hinunter. Ein Auto fuhr aufs Gelände, parkte und ein Mann stieg aus... Hannelores Herz drohte, aus dem Hals zu springen. Wenige Augenblicke später klingelte es. Sie antwortete über die Sprechanlage.

„Ich bin's wieder, Felix!"

„Achter Stock! Klingeln Sie bei Reinhardt!"

Sie betätigte den Türöffner. Sollte sie vorsichtshalber die Sicherheitskette vorlegen? Nein! Sie würde durch den Spion sehen... Sie kaute auf der Unterlippe. Was hatte sie nur angerichtet? Von Schmetterlingen im Bauch konnte nicht die Rede sein. Sie zuckte zusammen, als es schon wieder klingelte, diesmal an der Wohnungstür. Sie öffnete, ohne zuvor durch den Spion gesehen zu haben. Vor ihr stand ein großer, schlanker Mann, braunes, kurzes, dichtes Haar, sympathisch, dunkles Hemd, beige Hose, schwarzer Gürtel.

Sie scannte blitzschnell.

„Guten Abend, Hannelore! Ich bin Felix! Komm' ich zu früh?"

Sie schüttelte den Kopf...

„Sie sind noch im Bademantel? Ich versteh'... Aber sollten wir nicht besser drinnen...?"

„Ja natürlich! Treten Sie ein!" stotterte sie. „Möchten Sie ablegen?"

Er lächelte: „Nein, noch nicht!"

„Ach so! Ja natürlich!" die Tür schnappte ins Schloss.

Felix sah sich um:

„Sie haben's schön hier oben! Darf ich mich umsehen? Ich muss wissen, ob noch jemand da ist! Ich tu's zur eigenen Sicherheit! Verstehen Sie?"

„Sicherheit?"

„Nun, es könnte ein Ehemann anwesend sein, dem Sie was heimzahlen wollen. Dem würde das aber gar nicht gefallen. Oder ihm würde es gefallen, wenn er Ihnen zusehen kann. Alles schon mal dagewesen. Ich bin friedfertig; denn ich möchte, dass Sie mich eventuell wieder einmal anfordern wollen, falls es Ihnen gefallen hat. Einen Hund mag ich auch nicht so gerne, falls dieser meint, Sie seien in Gefahr. Na, und ein schreiendes Baby könnte stören..."

„Sehen Sie sich um. Ich möchte auch nicht, dass uns irgendetwas irritiert!"

Felix ging durch die Räume und kommentierte:

„Geschmackvoll eingerichtet! Sie haben Stil! Wurden Sie beraten?"

„Nein! Ich habe mir Zeit gelassen!"

„Eine Wohnung verrät sehr viel über die Bewohnerin! Können wir uns ins Wohnzimmer setzen, damit wir uns absprechen können? Oder möchten Sie noch etwas anderes anziehen?"

„Nein, ich denke, ich bin passend angezogen!" sagte sie mutig!

„Zumindest zielorientiert!" lachte Felix sein charmantes Lächeln.

„Kann ich Ihnen etwas zu trinken anbieten, einen Sekt vielleicht?" fragte sie.

„Ein Wasser mit etwas Zitrone bitte, kein Alkohol! Alkohol kann sich leicht auf die Performance des Mannes auswirken! Ich gehe davon aus, dass Ihnen das nicht recht wäre!"

Hannelore nickte: „Verstehe...!" Sie war ja Medizinerin und hatte Grundkenntnisse in der Physiologie des Mannes. „Aber Sie erlauben mir ein Glas Sekt...?"

„Aber sicher doch! Sie wohnen hier... Frauen haben's da durchaus leichter. Das wird Sie sicher entspannen; Sie wirken nervös... Das kann das Genießen beeinträchtigen..."

„Da haben Sie Recht, Felix!"

„Dann ist es wohl das erste Mal?"

„Also das erste Mal nicht direkt... Ich habe durchaus Erfahrung; ich bin im Augenblick nur erheblich unterversorgt, wenn Sie verstehen, was ich meine? Aber ich habe noch nie einen Service bemüht..."

„Natürlich verstehe ich das. Von Mühe sollten wir aber nicht sprechen. Es macht mir außerordentlich viel Freude, ein solch hübsches Geschöpf wie Sie zu verwöhnen. Sehen Sie in mir so etwas wie einen Frauenflüsterer, einen Frauenversteher; das bringt der Job eben so mit sich... Was glauben Sie, was mir nicht schon alles gestanden wurde. Aber Diskretion steht natürlich über allem! Das gilt auch für Sie! Sie können sich einhundert Prozent darauf verlassen!"

Hannelore versorgte ihn und sich mit Getränke. Sie prosteten sich zu.

„Soll es beim Sie bleiben?" fragte Felix.

„Ja bitte! Im Augenblick schon noch!"

„Gut! Sie entscheiden... auch später, wenn Ihnen etwas nicht behagt, lassen Sie es mich wissen. Ich biete an, Sie gestalten! Ich bin aber kein Hellseher."

Hannelore strich sich nicht vorhandenes Haar aus dem Gesicht und wagte ein gewinnendes Lächeln.

„Gut, dann lassen Sie mich mal hören, was Sie so alles von mir erwarten. Sie haben doch eine Wunschliste geschrieben?"

Hannelore schoss das Blut ins Gesicht und nickte tapfer. Felix setzte sich neben sie und legt beruhigend eine Hand auf etwas oberhalb ihres Knies:

„Sie sollten mich möglichst genau informieren; das vermeidet Missverständnisse und Enttäuschungen. Ihnen sollte nichts peinlich sein, was Ihnen Freude bereitet. Wo ich bedienen kann, will ich es gerne tun. Glauben Sie mir, ich habe schon so manchen ungewöhnlichen Wunsch erfüllt. Genießen Sie doch einfach mal die Gelegenheit, à la carte zu speisen. Ich werde nachfragen, wo ich was nicht verstanden habe und ergänzen, wo ich mehrere Varianten oder Alternativen im Angebot habe. Ich werde Sie gerne beraten!"

Seine Ansprache tat Hannelore wohl. So fragte sie mutig:

„Wenn ich mich im Laufe der Ereignisse umorientieren möchte, oder ergänzen, oder intensivieren möchte, kann ich das tun?"

„Aber selbstverständlich! Ich bin doch kein Roboter, der nach einem festen Programm vorgeht. Sie sind die Kundin und damit bestimmen Sie!"

„Na schön!" Hannelore sah auf ihre Wunschliste. „Beginnen wir mit einem Bad. Ich möchte, dass Sie mich baden und die Haare waschen und abschließend abtrocknen und die Haare föhnen..." Sie sah auf.

„Bin ich mit in der Wanne? Soll es ein sehr intensives, intimes Waschen sein?"

„Nein, Sie sind nicht in der Wanne! Ja, natürlich sollte es ein intensives Waschen sein! Sagte ich das nicht?"

„Nein, oder ich habe es überhört! Ihren Wunsch werde ich gerne erfüllen."

„Dem anschließen sollte sich eine Ganzkörpermassage"! Hannelore sah ihn an.

„Sehr schön! Soll dies im Bett geschehen oder auf einer Decke auf dem Fußboden. Ich habe eine Massageliege im Wagen; sie erweitert die Zahl der Optionen, wenn Sie wissen was ich meine." informierte Felix.

Hannelore schüttelte den Kopf.

„Nun, es gibt eine große Zahl von Massagearten, die medizinische, die heilende, die sanfte, die zärtliche, die anregende, die erotische und die erweiterte erotische Massage. Es gibt eine gleichzeitig wechselseitige Massage... Mit meiner Massagekurzliege schränken wir uns nicht ein."

„Was ist eine erweiterte erotische Massage?" fragte sie neugierig.

„Falls die erotische Massage nicht ausreichen sollte, kann ich neben meinen Händen auch noch...!"

„Ach ich verstehe! Dann sollte es eine erweiterte..., falls nichts dazwischen kommt!" unterbrach sie rasch, um ein erneut sich andeutendes Erröten abzuwenden.

Felix hatte es bemerkt:

„Es steht Ihnen gut, wenn Sie erröten! Sieht hübsch aus!"

„Danke!" Wieder zögerte sie.

Er half ihr charmant:

„Ich bin sicher, dass Sie weitere Wünsche an mich haben. Ganz gewiss wollen Sie Sex! Ich sollte da nur noch ein paar Einzelheiten wissen. Wo soll er stattfinden? Im Bett, oder haben Sie andere Möbelstücke oder Orte vorgesehen?"

„Ich hätte es gerne im Bett!" sagte sie schüchtern. Und nach einer Weile: „In verschiedenen Positionen, und lange; ich wünsche mir fünf Höhepunkte... ach nein, drei genügen!"

Felix lachte:

„Seien Sie doch nicht so bescheiden! Sie nennen mir Ihre Wünsche, ich überdenke, was ich für sie tun kann! Sie wissen, Sex ist ein wunderbarer Dialog. Dieser Dialog kommt zum Erliegen oder kommt nicht so richtig in Gang, wenn einer der beiden zu wenig kooperatioswillig ist. Ich setze auf ihre Mittäterschaft. Ich akzeptiere ihren Auftrag. Es wird Sie ungefähr 350€ kosten. Ist das in Ordnung?"

„Ja, das ist in Ordnung!" beeilte sie sich zu erwidern. Sie hatte mit mehr gerechnet.

„Schön! Da wäre noch etwas! Wie wollen Sie, dass ich mich kleide?"

Hannelore überlegte:

„Ein Krawatte vielleicht?"

„Wird selten verlangt! Aber ich habe einige im Wagen. Und nur eine Krawatte und sonst nichts?"

Hannelore nickte:

„Ich meine die Krawatte um die Hüfte gebunden, sodass Ihr ... bedeckt ist." stotterte sie schon wieder.

„Das wird nicht gehen, dazu sind sie nicht lang genug. Sie sind für den Umfang eines Halses vorgesehen. Aber ich ahne, worauf Sie hinauswollen, Sie wollen Ihre Wirkung auf mich erkennen! Stimmt's?"

Hannelore nickte.

„Das ist doch nur verständlich! Ich möchte da eine Alternative vorschlagen: den Lendenschurz. Er ist sehr kleidsam und erfüllt denselben Zweck. Ein schmales Band um die Hüfte und ein passendes knappes Tuch... Ich bin sicher, es wird Ihnen gefallen!"

Hannelore nickte.

„Noch etwas! Ich verabscheue eine vulgäre Sprache...!"

„Das ist ganz in meinem Sinn!" stimmte Hannelore zu.

„Dann ist da noch etwas! Das Wichtigste wohl überhaupt! Verhütung!"

Hannelore nickte:

„Keine Sorge, ich bin Ärztin!"

„Und HIV?"

„Mein Arbeitgeber verpflichtet mich zu regelmäßigen Kontrollen! Aber bei Ihren ständig wechselnden Kontakten, wie schützen Sie sich?"

„Jede meiner Kundin muss mir eine Bescheinigung über einen negativen HIV-Test vorlegen. Ich selbst lasse jeden Monat einen Test durchführen. Ich bin negativ!"

„Warum verwenden Sie keine Kondome?"

„Ich halte sie in diesem Fall nicht für sicher genug! Und zugegeben, sie sind lästig und Lustkiller!"

„Sie empfinden Lust?"

„Aber ja doch! Es macht mir riesigen Spaß, jemanden glücklich zu machen. Wenn Arbeit keinen Spaß macht, dann hat sie doch ihren Sinn verfehlt! Finden Sie nicht?"

„Wenn man Ihren Job aus dieser Warte betrachtet, werden Sie wohl Recht haben!"

„Glauben Sie mir Hannelore, wir sprechen hier nicht von Liebe. Aber sehr viel Freude macht es trotzdem. Von meiner Seite wären wir am Ende mit unserer Besprechung. Von mir aus können wir beginnen. Ich gehe nur noch einmal runter und hole die Massageliege aus dem Auto und den Lendenschurz natürlich. Sie können schon einmal das Badewasser einlassen. Ich freu' mich auf Sie!"

Mit diesen Worten verschwand er und ließ die Wohnungstür nur angelehnt. Hannelore genehmigt sich noch ein Glas Sekt, besprühte sich mit teurem Parfum, was sie zuvor vergessen hatte und ließ das Badewasser ein.

Felix kehrte zurück.

„Wo soll ich die Liege aufstellen?"

„Am besten im Schlafzimmer vor dem großen Spiegel!"

Als die Bank stabil stand, kleidete er sich im kleinen Gästezimmer um und kehrte ins Wohnzimmer zurück.

„Oh!" entfuhr es ihrem Munde. „Das gefällt mir aber!"

„Was gefällt Ihnen?"

„Sie haben eine sehr schöne Figur!"

„Sagt man das bei Männern auch so?"

„Aber natürlich! Besonders wenn's stimmt! Schlank, kräftig aber kein Muskelpaket! Gepflegt, unbehaart, sehr appetitlich! Sie erhalten gewiss sehr viel Komplimente von Ihren Kundinnen. Ich finde das sehr angenehm, wenn sich ein Mann pflegt!

Von Schweiß und Achselhaaren halte ich so ganz und gar nichts! Doch ich glaube, ich sollte nach dem Badewasser sehen, sonst geschieht zu guter Letzt noch ein Unglück!"

Sie eilte hinaus und drehte den Hahn zu; Felix folgte ihr.

„Nichts geschehen!" beruhigte sie ihn.

Er zog sie sanft an sich:

„Ich werde Ihnen jetzt beim Ablegen Ihres Bademantels behilflich sein! Ist das OK?"

Hannelore schluckte und nickte.

Felix sah ihr in die Augen, zog an der Schleife des Gürtels oberhalb ihrer Taille und schob den Bademantel von ihren Schultern.

Nun entfuhr ihm das Oh:

„Welch wunderschönes, erlesenes Geschöpf seiner Art! Ein Sonntagskind! Das gefällt mir! Sie können sehr mit sich zufrieden sein!"

„Danke!"

Felix zog sie sanft zu sich und küsste beide Hände; sie wehrte sich nicht, als er sie in die Arme schloss und ihre Stirn küsste:

„Auf einen schönen Abend!"

Hannelore lächelte ganz unverkrampft eines ihrer bezauberndsten Lächeln. Galant half er ihr in die Wanne. Sie setzte sich.

„Meine Haare bitte zum Schluss!"

Er verwendete keinen Schwamm, keinen Lappen, nur seine Hände und ließ sie über ihre Schultern und Arme gleiten. An Stellen, die es zuließen, spürte sie seinen festen, zupackenden

Griff; andere Stellen streichelte er sanft und rücksichtsvoll. Hannelore entspannte zusehends. Seine reichen Erfahrungen, die er zweifellos erworben hatte und die sie anfangs beargwöhnte, halfen ihr jetzt, all das zu genießen, was sie so lange vermisst hatte. Sie befolgte seine ruhigen Anweisungen, erhob sich, kniete, hockte, hob die Arme und reichte die Beine. Überall war seine Berührung willkommen und sie empfand sie als wohltuend. Alles verlief harmonisch fließend wie in einem Reigen und war doch einmal zu ende. So befolgte sie auch artig seine Anweisung aufzustehen. Er spülte den Schaum von ihrer glänzenden Haut und aus ihrem Haar. Einen Turban wand sie selbst um ihr Haupt.

Gönnerisch hauchte sie ihm einen Kuss auf seine Wange:

„Gut gemacht für den Anfang, mein Wohltäter! Ich komm' so recht in Stimmung!"

Felix verbeugte sich galant und föhnte ihr Haar. Sie sonnte sich in seinen Blicken und freute sich über gewisse ermutigende Anzeichen.

Er führte sie zur Massageliege. Sie betrachtete sie ungläubig:

„Die ist doch viel zu kurz bei meiner Größe!"

„Wenn ich erklären darf. Sie ist nicht zu kurz! Sie ist dazu gedacht, dass die Kundin am unteren Ende der Liege sitzt und die Beine baumeln lässt. Falls die Beine sehr lang sind, können sie auch den Boden berühren. Sie lehnt sich zurück. Ich arbeite entweder am Kopf oder bei den Füssen beginnend, wie die Kundin das wünscht. Die Höhe der Liege ist auf meine Größe eingestellt, so dass ich nicht durch Rückenschmerzen frühzeitig ermüde. Diese Variante erlaubt auch die erweiterte erotische Massage, falls Sie das wünschen. Ich werde es später erklären. Wir beginnen mit der klassischen erotischen Massage. Wenn ich bitten darf?"

Felix half ihr, ihre korrekte Position einzunehmen, zunächst auf dem Rücken liegend.

„Sie sehen sehr attraktiv aus! Ich werde das Licht etwas dimmen und an der Kopfseite beginnen, wenn Ihnen das recht ist!"

Hannelore nickte.

„Möchten Sie, dass ich ein Handtuch über Ihre Lenden lege?"

„Nein, Sie sind doch gewiss ein erfahrener Mann und ertragen die topographischen Besonderheiten einer Frau!" meinte Hannelore locker.

„Gewiss doch! Sie sind gewissermaßen das großartigste Geschenk für meine Fingerfertigkeiten. An meiner Virtuosität werden Sie meine Begeisterung erfahren!" zündelte er charmant zurück.

Er trat dicht hinter ihren Kopf und hob einen ihrer Arme. Er begann bei den Fingern und endete bei den Schultern. Nacken und Schultern verloren unter seinen hingebungsvollen Händen ihre Spannung. Ihre Brust behandelte er mit besonderer Vorsicht. Er streichelte sie mehr, als dass er sie massierte. Das warme Massageöl verlieh der Brust einen matten Glanz. Hannelore tauchte ein weiteres Mal in ein Meer sanfter Wonnen. Sie hatte die Augen geschlossen, spähte nur ab und zu, um seine Lust zu erkunden. Sie konnte zufrieden sein.

Er half ihr, sich umzudrehen. Er widmete sich jetzt ihrer Kehrseite, oberhalb des Äquators. Seine Hände gaben sich jetzt zupackend; sie versprachen Kraft, Sicherheit und Vertrauen. Sie überschritten nie die Grenze zum Schmerz. Er verstand es Hannelore anzupacken, so dass sie sich wohlfühlte, und sie schnurrte vor Wohlbehagen. Felix übernahm nun das Fußende und legte seine Hände auf Hannelores Allerwertesten. Er wartete ab, bis auch die leichteste Anspannung sich unter seinen Händen beruhigt hatte. Es kam auch zu ersten sachten, vermutlich versehentlichen Kontakten mit dem dritten Akteur. Sanft rieb er das warme Öl in die empfindsame Haut und knetete die Zwillinge, bis sie es entspannt mit sich geschehen ließen.

Felix blieb, wo er war und half beim Umdrehen. Hannelore lächelte zufrieden und schloss die Augen. Er hob ihre Beine und legte sie rechts und links gegen seine Schulter. Er küsste ihre Füße, ihre Fußsohlen und knabberte an ihren Zehen. Was für eine süße Qual! Sie wand sich. Sie entspannte. Felix passte den richtigen Moment ab und fragte:

„Erlauben Sie, dass ich meinen Lendenschurz nun ablege?"

Hannelore kicherte etwas:

„Ich erlaube es nicht! Ich erwarte es; ich wünsch' es mir!"

„Das klingt ermutigend, entschlossen. Offenbar habe ich Sie bis hierher nicht enttäuscht!" erwiderte Felix, während er seinen Lendenschurz ablegte, nach dem Massageöl griff und seine Arbeit fortsetzte.

Er knetete beide Waden bis zum Knie und machte eine winzige Pause und tat einen Schritt auf sie zu. Sie nahm nun nicht mehr nur seine Hände wahr. Seine Hände waren sanft von den Knien hinauf bis zu den Hüften und auf der andern Seite wieder hinab bis zum Knie gewandert. Die Schmetterlinge im Bauch tobten. Felix schien es zu ahnen und rieb sanft ihren Bauch, was aber überhaupt nichts besänftigte. Mehrfach hielt sie den Atem an. Sie glaubte, seine Blicke überall auf ihrer Haut zu spüren. Ihm konnte doch nicht ihr aufgelöster Zustand entgangen sein! Unbeirrt massierte er einen sanften matten Glanz in die sensible Haut ihrer Beine. In ihren heftigen Atem mischten sich Laute erregter Behaglichkeit. Er konnte sie doch nicht überhören! Warum tat er denn nichts?

Meine Güte, will er, dass ich ihn anflehe? Das tu ich gewiss nicht! Solche Gedanken zischten kreuz und quer durch ihren Kopf. Da kam ihr der erlösende Einfall. Blitzschnell warf sie ihre Beine um seine Taille und riss ihn an sich. Das Ziel wurde aber knapp verfehlt!

„Nicht so stürmisch, meine Dame, ein kleiner Hinweis hätte genügt... ich wollte nur nicht mit der Tür ins Haus fallen!"

„Die Tür stand weit offen!" korrigierte Hannelore.

„So? Tat sie das?" Felix hatte durch den häufigen Umgang mit der anderen Seite viel gelernt. „Ein zweiter gemeinsamer Versuch?"

„Gerne!" Hannelore zog ihn nun etwas behutsamer zu sich – mit Erfolg! Er massiert weiter ihre Beine, ihre Hüften, ihren Bauch und mischte leichte Bewegungen in den Hüften hinzu.

„Sie bestimmen den Übergang!" empfahl er ihr.

Sie nickte und genoss. Unvermittelt richtete sie sich auf, schlang ihre Beine um seine Hüften und ihre Arme um seinen Hals und küsste ihn herzhaft und fordernd. Nach einer Pause bat sie ihn, sie hinüber zum Bett zu tragen, ohne Unterbrechung. Das gelang problemlos.

Endlich geschah das, wonach es sie seit Monaten verlangte. All ihr Unbehagen und Klagen schwand. Wie heilsam ein Mann doch sein kann! Sie lenkte ihn, damit ihr nichts entging. Er sollte wissen von ihrem Wohlbehagen und ein nicht enden wollender Reigen erfasste die beiden, als seien sie ein seit langem miteinander vertrautes Paar. Erstaunlich, wie mühelos er ihre Höhenflüge begleitete, ohne sich daran zu beteiligen. Er gönnte ihr keine Ruhe und überschritt sein Soll. Sie lud ihn ein zum großen Finale. Auch das zögerte er hinaus, ließ es dann aber zu.

Sie fanden sich in einem zärtlichen Ausklang, das nicht lange anhielt. Sie schlief ihm einfach weg und ließ sich mit keiner Maßnahme wieder aufwecken. Ihr seliger Gesichtsausdruck gebot ihm, sich geräuschlos zurückzuziehen, ohne den Lohn für seine Bemühungen einzustreichen.

Die These, dass Schlafstörungen nichts anderes seien als Beischlafstörungen, schien erwiesen. Zwölf Stunden Dauerschlaf beschloss Hannelores Heilungsprozess.

Am nächsten Morgen erwachte sie ohne Reue aber mit ungeahntem Wohlbehagen und einem schlechten Gewissen. Sie griff nach dem Handy und schlüpfte wieder unter die Decke. Die Nummer war noch gespeichert.

„Du Felix, mir geht es prächtig. Ich habe gestern versäumt, dir dein Geld bereit zu legen. Kann ich es dir vorbeibringen? Ich habe wirklich ein schlechtes Gewissen!"

„Wir sind beim Du?"

„Ja natürlich! Nach den Küssen, die wir gestern geküsst haben, muss das sein! Ich halte Küsse für intimer, als all das andere. Sie waren überwältigend. Uns beiden herzlichen Glückwunsch!"

„Bitte hab Verständnis, dass ich nicht möchte, dass du bei mir vorbeikommst. Das hat nichts mit dir zu tun! Ich verfahre generell so, um mir eventuellen Ärger zu ersparen. Sicher weißt du, was ich damit meine! Ich werde am späten Nachmittag bei dir vorbeikommen. Ist dir das Recht?"

„Natürlich ist mir das Recht! Ich wollte meinen Fehler nur wieder gutmachen. Aber wenn es dir so lieber ist…"

Hannelore legte auf. Irgendwie freute sie sich, Felix so bald wiederzusehen. Sie verwendete viel Zeit darauf, sich besonders hübsch zu machen. Sie räumte die Wohnung etwas auf; es war nichts zu Bruch gegangen, außer ihrer schlechten

Stimmung, sie lag total in Trümmern. Geschieht ihr ganz recht!

Kurz nach halb fünf klingelte es. Sie eilte schneller als üblich zur Sprechanlage:

„Felix, bist du es? Du erinnerst dich, wo du mich findest?"

Felix bejahte beide Fragen. Und da war es wieder, dieses Herzklopfen und dieses Kribbeln im Bauch. Als es an ihrer Wohnungstür klingelte, öffnete sie sofort, zerrte den Begehrten herein, fiel ihm um den Hals, knallte mit dem Fuß die Tür zu und küsste Felix herzhaft. Der Überrumpelte schien gar nicht so überrumpelt, und zog sie fest an sich. Er erwiderte deutlich ihren Kuss.

Hannelore strich sich ihr Haar hinter die Ohren, ein deutliches Zeichen für ihre Bereitschaft, gut zuzuhören. Sie senkte den Blick.

„Es ist mir wirklich sehr peinlich, dich noch einmal hierher zu bemühen. Das Geld ist hier in diesem Umschlag. Du kannst es nachzählen." sagte Hannelore nicht ganz ohne Hintergedanken.

„Danke!" sagte Felix und steckte den Umschlag in die Jackentasche. „Ich zähle nicht nach! Ich vertraue dir! Und ich bin gerne gekommen."

„Wirklich?" strahlte Hannelore.

„Ich wollte sehen, wie es dir geht und ob du dich hübsch gemacht hast. Ich kann solche Zeichen deuten."

„Kannst du auch Gedanken lesen?" fragte Hannelore mutig.

„Mitunter!"

„Und was denke ich in diesem Augenblick?"

„Das sage ich dir besser nicht! Vielleicht sage ich das Falsche und das würde dich kompromittieren! Du wirst es mir schon sagen müssen!"

„Aha, ich verstehe, immer der perfekte Gentleman!" meinte Hannelore etwas grinsend.

„Im Zweifelsfall kommt das immer an!" parierte Felix.

„Und ist das ein Zweifelsfall?" wand sich Hannelore.

„Offensichtlich schon!"

Hannelore senkte den Kopf:

„Gut! Dann möchte ich den aufgekommenen Zweifel beenden. Du hast mir gestern sehr wohl getan. Daher möchte ich gerne, dass wir das heute, jetzt wiederholen. Ich sage aber gleich im Voraus, dass ich kein Geld im Haus habe. Wir können anschließend zum Geldautomaten fahren, wenn du das willst."

„Wenn ich was will? Das ganze Programm so wie gestern?"

Hannelore schüttelte den Kopf:

„Nein, ich wäre überglücklich, wenn wir den letzten, den dritten Teil mit dem Finale noch einmal machen!"

„Einverstanden! Siehst du, eine klare Absprache genügt, und alles fügt sich."

Hannelore flog ihm um den Hals:

„Jetzt gleich?"

„Jetzt gleich!"

Hannelore griff seine Hand und führte ihn dorthin, wo sie sich gestern noch tummelten. Sie schlug die Decke zurück und begann, sich zu entkleiden. Felix sah ihr zu. Hannelore mochte, wie er ihr zusah. Als sie nur noch in ihrer feuerroten sexy

Unterwäsche vor ihm stand, begann sie, sich an ihm zu schaffen zu machen und sah ihm fest in die Augen. Sie war viel dreister als am Tag zuvor. Felix mochte ihre aktive Seite und erhob keine Einwände.

Sie verbrachten einige wohlig wonnige Stunden, bis die Dämmerung einzog. Selbst ihr Vorschlag, den anderen Hunger gemeinsam in einem Restaurant zu stillen, wurde spontan angenommen.

„Wir fahren zuerst zum Geldautomaten, ich begleiche meine Schuld und anschließend fahren wir in ein Restaurant deiner Wahl." schlug Hannelore vor, während sie sich anzogen.

Felix trat auf sie zu und sah ihr in die Augen:

„Wir fahren zu keimen Geldautomaten! Das heute geht auf Rechnung des Hauses. Ein Bonus gewissermaßen, du hast einen Gutschein eingelöst."

Hannelore sah ihn fragend an.

„Ach, frag nicht weiter! Ich möchte es so!"

Hannelore legte ihre Arme um seinen Hals:

„Dann war es doppelt so schön und ich danke dir!"

„Ich danke dir!"

Sie küssten sich.

Hannelore ergänzte:

„Dann erlaube mir aber bitte, dich zum Essen einzuladen!"

Diesen Vorschlag nahm er an.

Als sie das Restaurant in der Innenstadt betraten, begrüßte man Felix sehr zuvorkommend. Ihnen wurde ein Tisch in einer ruhigen Ecke zugewiesen. Verschiedene Damen an anderen Tischen nickten oder winkten Felix unmerklich zu. Hannelore hatte es bemerkt.

„Du bist bekannt!?"

„Ja, es mag den Anschein haben!"

Hannelore war neugierig wie vermutlich alle Frauen:

„Hast du mit all diesen Frauen... Also warst du mit all diesen Frauen im Bett?"

„Darüber spreche ich nicht!"

„Aber es interessiert mich! Wie sind sie denn so, all die anderen...?" hakte Hannelore nach.

„Ich spreche nicht darüber! Du wusstest, worauf du dich eingelassen hast. Viele Frauen sind einsam, auch in einer Ehe; sie fühlen sich vernachlässigt. Manchmal gelingt es mir, ihnen etwas Freude zu bereiten. Ich finde nichts Verwerfliches daran."

Einen weiteren Einblick in seine Arbeit erlaubte er nicht. Hannelore hätte so gerne gehört, dass sie die Beste im Bett sei, selbst wenn es nicht stimmen sollte. So drehte sich das Gespräch an diesem Abend um belanglosere Dinge.

Den Kolleginnen und Kollegen blieb Hannelores Wandel nicht verborgen. Nur gegenüber Freundin und Kollegin Barbara machte sie ein paar nähere Andeutungen. Schließlich war sie es, die ihr aus dem Stimmungstief herausgeholfen hat, wenn auch nur mittelbar. Sie war ausgeglichener, zuvorkommend zu den Vorgesetzten und sie hörte sich geduldig die Belange und Sorgen ihrer Patienten an. Was ein bisschen Mann doch alles so verändern kann.

Sie gönnte sich ihren Felix häufiger, war aber ungehalten, wenn er schon gebucht war. Sie machte ihm Vorwürfe, als habe sie Anspruch auf ihn. Er hörte sie sich geduldig an. Ändern konnte sie nichts. Sie setzte die Waffen der Frau ein, inszenierte aufregendere Bettszenen, um ihm den Appetit auf andere Kundinnen zu rauben. Ihm schienen solche Manöver nicht fremd, zumindest verstand er es, professionell damit umzugehen. Eigenartigerweise erwartete er manchmal keine Entlohnung. Sie wollte wissen, warum. Er verweigerte eine plausible Erklärung.

Mit ihr gingen wiederum merkwürdige Veränderungen vor. Sie spürte ihre Abhängigkeit, wollte sie sich aber nicht eingestehen. Sie war eifersüchtig, tobte, machte Szenen, vergoss Tränen, drohte, stürzte sich in überwältigenden Versöhnungssex. Sie schlug ihm vor, was aber mehr nach einem Betteln klang, er solle sich doch ausschließlich ihr zuwenden. Sie brauche ihn täglich – und an einem Wochenende ständig. Er blieb abweisend konsequent. Sie erfuhr nicht einmal, was in ihm vorging. Schließlich war sie ja auch ausgebildete Psychologin. Da war eine Mauer, die sie nicht zu überwinden vermochte. Litt er denn nicht unter der Spannung? Erstaunlich, dass er zu jeder Zeit und in jeder Stimmung mit ihr schlafen konnte. Sie wusste, dass er ihr schadete, und sie wusste, dass es so nicht weitergehen durfte. Barbara war die einzige, die von ihren Turbulenzen erfuhr. Helfen konnte sie ihr nicht.

Einmal schlug sie vor, es mit Eifersucht zu versuchen. Hannelore gestand Felix, sie habe es mit einem anderen Mann getrieben. Felix fragte nur, ob er nun nicht mehr gebraucht würde. Im Bett gestand sie ihm, dass sie ihn belogen habe, um ihn eifersüchtig zu machen.

Felix fragte nur: „Warum machst du nur all diese Spielchen?"

Dann tat sie es wirklich und fing sich einen jungen Medizinstudenten ein und überzeugte ihn, dass sie wahnsinnig auf ihn scharf sei. Der Unerfahrene fiel darauf herein. Für Hannelore war er eine maßlose Enttäuschung. Sie hätte es besser nicht getan. Felix erfuhr davon nichts.

Ihr waren als Psychologin natürlich die meisten schmerzhaften Facetten des Phänomens Liebe bekannt. Ein ständiger Konfliktpunkt ist das Bedürfnis nach Nähe bzw. Distanz. Ein unausgewogenes Bedürfnis nach Distanz oder Nähe wird zum Dauerärgernis. Frauen scheinen im Allgemeinen ein stärkeres Bedürfnis nach Nähe zu haben. Oft ist der Grund für eine Erwartung nach ständigen Liebesbeweisen eine von Minderwertigkeitsgefühlen belastete Persönlichkeitsstruktur. Der Wunsch nach Nähe oder Distanz ist durchaus innerhalb ein und derselben Person wandelbar. Ein bisher distanzierter Mann entwickelt bei einer noch distanzierteren Frau plötzlich den Wunsch nach mehr Nähe. Könnte Hannelore diese Strategie nutzen? In einer distanziert angelegten Beziehung entwickeln sich leicht Sehnsucht und süßes Verlangen nach mehr inniger Zweisamkeit.

In einer Beziehung hat der das Sagen, der am geringsten am Bestand der Beziehung interessiert ist. Sie oder er wird weniger kompromissbereit sein, wenn sie oder er das Scheitern der Beziehung mit einkalkuliert, weils ihm oder ihr nicht wehtun wird. Hannelore vermisste das Gefühl, auserwählt zu sein. Sie war eine von vielen. Sie vermisste das Gefühl, aus der Menge herausgehoben zu sein aus dem Durchschnitt. Sie wollte ihm etwas ganz Besonderes sein. Ihre Gefühle sollten bestätigen, dass mit ihnen beiden etwas Wunderbares geschieht. Sie werden beide reich beschenkt an gemeinsamen Erlebnissen, überbordenden Emotionen, sie betreten unbekannte, zauberhafte Welten. Zerbricht dieses gemeinsame Erleben, zerbricht auch dieses erhabene Lebensgefühl. Hannelore fühlte sich verstoßen, nichts wert, unwillkommen und ungeeignet für das herausgehobene Leben. Sie hatte versagt. Das gewöhnliche Leben wurde sinnloser empfunden als je zuvor.

Doch das Leben hatte kein Interesse an Hannelores Untergang. Im Gegenteil, nur glückliche Menschen verbreiten positive Energien. Eines Tages kam ein neuer Assistenzarzt in ihre Abteilung. Er war sympathisch und so herrlich hilflos als Neuling und Fremder in der Stadt. Sie beschloss, den Neuzugang, so wie sonst, nicht den Schwestern zu überlassen und nahm ihn unter ihre Fittiche. Sie half ihm, sich in der Klinik zurecht zu finden. Auch bei der Wohnungssuche war sie selbstlos behilflich. Zufälligerweise wurde ein passendes Apartment in ihrer Wohnanlage frei. Sebastian griff zu. Sie half bei der Einrichtung und lud ihn auch gelegentlich in ihre Wohnung zum Essen ein. Er war sehr empfänglich für ihre Ratschläge und Hilfestellungen und brachte ihr auch immer einen hübschen Blumenstrauß mit. Sie war angetan von seinem stillen und beständigen Charme. Hannelore wurde immuner gegenüber Felix. Auf keinen Fall wollte sie, dass Sebastian davon erfuhr. Ihre Einladungen zum Dinner wurden romantischer. Wochenendausflüge unternahmen sie gemeinsam. Das Eis schmolz zusehends. Schließlich brach die letzte Scholle. Es war ganz einfach: Während der Heimfahrt von einem Ausflug in die Berge, erklang im Radio ein Lied, dass sie beide sehr mochten und dessen Text sie auswendig kannten: *There is no cure for love!* Sie sangen es mit. Das Virus befiel sie beide; die Symptome waren eindeutig! Auskurieren wollten sie diese seltsame Krankheit beide nicht. Im Bett landeten sie trotzdem, wo sich die Symptome einstweilen noch verschlimmerten. Nur Hannelore wurde geheilt, von Felix.

Von ihm kam nach gut einer Woche ein kurzer Brief:

Ich wünsche dir von Herzen alles Gute und viel Glück! Ich hatte Angst, mich in dich zu verlieben!

Felix

Es gibt Tage, an denen...

erreicht Sie aus dem benachbarten Schlafzimmer die folgende einfache Nachricht:

„Schaaatz, ich habe nichts anzuziehen!"

Sie kennen das? Dennoch rate ich, mit dieser Information sorgsam umzugehen. Stellen Sie sich vor, Sie machen jetzt da was falsch und antworten, zwar gut gemeint aber irgendwie falsch angekommen:

„Ach Schatz, mach dir mal keinen Stress, zieh einfach das an, was gerade oben liegt."

Selbst wenn Sie dem hinzufügen:

„Du siehst immer großartig aus!"

...kann das die bereits entgleiste Stimmung nicht mehr aufrichten und man könnte Ihnen grausame Interessenlosigkeit vorwerfen. Nach einer Zeit des Schweigens betritt Ihre Frau die Bühne in einem Pelzmantel, dazu unpassende, ausgelatschte Schuhe und mit spitzen Fingern Ihnen den Autoschlüssel hinhaltend. Die Aufforderung lautet:

„Würdest du mich bitte in die Stadt begleiten!"

...und im Unterton klang unausgesprochen mit:

„Ich dulde keinen Widerspruch!"

Sie gehorchen und sobald sie im Wagen sitzen, fragen Sie:

„Und wohin soll ich dich begleiten? Es ist sehr warm heute und du trägst deinen Pelzmantel?"

Ihre Frau schweigt aber öffnet leicht ihren Mantel und lässt Sie wissen, dass sie nichts aber auch gar nichts darunter trägt.

„Du wolltest mir ja nicht glauben! Fahr mich also bitte zu diesem Einkaufzentrum für Damenmoden *Femanuelle*."

Sie werden ins angegliederte Parkhaus fahren, denn Sie ahnen es, das Ganze wird etwas länger dauern. Zielstrebig steuert Ihre Gattin die Rolltreppe an, die hinab führt in den Tempel der Sünde, von Unterwäsche bis zur Lingerie und den Dessous. Sie werden heiße Ohren bekommen. Madame ergreift Ihre feuchte Hand und zerrt Sie mit in eine Umkleidekabine. Ihren Pelz hängt sie an den Haken.

„Und nun?" fragen Sie in übertriebener Hilflosigkeit.

„Was, und nun? Wie steh' ich da?"

„Nackt!" Sie haben die Wahrheit gesagt.

„Soll ich etwa so durch die Auslagen wandern, um mir ein Sortiment zusammenzustellen? Deine Hilflosigkeit ist schwer erträglich! Geh' und bring mir bitte einige Teile, damit ich sie anprobieren kann. Sei doch froh, dass du sie aussuchen darfst!"

Seien Sie mutig, mannhaft und arbeiten Sie sich durch die Sortimente; sie werden überrascht sein, was sich findige Designer mit viel Raffinesse so alles für die weibliche Anatomie haben einfallen lassen. Ganz gewiss wird rasch eine fesche Verkäuferin herbeieilen, Ihnen behilflich sein und Ihre Wissensdefizite beseitigen. Schon segelt eine heran; zunächst nehmen Sie zwischen den Regalen nur ihr apartes Obenherum wahr; doch als sie vor Ihnen steht, den Blusenknopf nachlässig gönnerhaft offen, der Rock hauteng dafür aber sehr kurz, für überlange Beine – und dann dieses feine, leise Knistern der Strümpfe bei ihrem Herannahen... Das hat schon was! In erlesener Höflichkeit fragt sie, ob sie Ihnen behilflich sein dürfe.

Darauf haben Sie nur ein karges ‚Ahem', das ihr allerdings genügend Information liefert.

„Suchen Sie etwas Passendes für die Frau Gemahlin oder für die Geliebte?"

„Warum?"

„Nun, für die Geliebte wählt der reifere Herrn gern etwas deutlich Raffinierteres; außerdem darf es durchaus etwas mehr kosten!" erklärte sie korrekt.

„Für die Ehefrau!"

„Und welchem Zweck soll es dienen?" fragt sie weiter.

Ihre großen, ratlosen Augen, dann:

„Nun, zu was dient denn wohl ein Schlüpfer?"

Das junge Ding hat begriffen – blutiger Anfänger!

„Wenn ich da mal kurz aufklären darf?"

„Bitte!"

„Wir haben da Modelle, die bedecken, solche, die halb bedecken und solche, die als Blickfang dienen sollen. Sehen Sie hier, das hier sind die klassisch allseits bedeckenden Baumwollenen. Sie werden von der älteren Dame bevorzugt. Die, die noch eine hoffnungsvolle Beziehung führen, greifen meist zu gesäßfreien Modellen. Junge Jägerinnen gehen noch etwas weiter, sehr wenig Stoff und schmale Bänder um die Hüfte und das Gesäß durchziehend... Ich persönlich bevorzuge die letztere Kategorie, da ich noch nicht die passende Beute erlegt habe. Ich nehme gerne den etwas geringeren Tragekomfort in Kauf, fühle mich aber äußerst sexy!"

„Aha, ich verstehe! Sie warnen Ihre potentielle Beute sehr deutlich! Für gewöhnlich trägt der Jäger und natürlich auch die Jägerin unauffällige Tarnkleidung!"

Sie sind selbst überrascht über Ihren Anflug von doppeldeutigem Humor.

Die junge Verkäuferin kichert:

„Danke, für diesen Hinweis! Allerdings, da gibt's auch die Überlegung, Köder auszulegen, Fallen zu stellen... Das sind auch Jagdvarianten..."

„Nun, ich werde ein paar Exemplare mitnehmen und sie meiner Frau unterbreiten; sie wartet dort drüben in der Umkleidekabine. Sie kann dann entscheiden..."

„Ach, Ihre Frau ist anwesend; das erleichtert unsere Wahl enorm. Sie sollten aber auch an sich denken. Sie wissen, dass, wenn sich eine Frau in Unterwäsche zeigt, sie eine gewisse Gegenleistung erwartet. Das, was Sie jetzt auswählen, könnte dazu beitragen, Ihre Bereitschaft zu dieser Gegenleistung deutlich zu steigern."

„Guter Tipp! Danke!"

„Ich möchte es nicht versäumen, Sie auf etwas sehr Extravagantes aufmerksam machen. Zugegeben, das Objekt befindet sich im gehobenen Preissegment. Sehen Sie hier!"

„Das ist doch wohl eine Perlenkette?"

„Könnte man meinen, aber es ist ein besonders gelungenes Dessous für die Dame mit höchsten Ansprüchen, und wenn Sie ihr Ihre Wertschätzung kundtun wollen, ist das genau das Richtige! Das Objekt wird um die unter Hüfte getragen; die Perle befindet sich dann genau am Ort Ihrer Begierde, wenn Sie verstehen, was ich meine. Ein wahrer Blickfang, finden Sie nicht? ...und sehr originell. Die Perle ist etwas größer, daher der hohe Preis! Oder Sie wählen einen Diamanten…"

Die Verkäuferin hat sich in Begeisterung hineingeredet, die aber Ihrerseits nicht so richtig gewürdigt wird, wegen des astronomischen Preises. Sie beschwichtigen:

„Ich glaube, es ist besser, meine Frau erfährt nichts von derartigen Kreationen! Aber danke für den Hinweis!"

Die Verkäuferin schwebt zurück auf den Boden der Tatsachen und fragt schließlich nach der Größe.

„Die Größe weiß ich nicht!"

„Nun, ihr Gesäß, Sie müssten es doch kennen…"

„Es ist sehr weiblich, üppig, aber nicht dick, sehr schön ausgeformt und fest…" schwärmen Sie.

„Betrachten Sie meins! Ist es größer, sehr viel größer?" fragte die Verkäuferin und wendet Ihnen ihre Kehrseite zu.

„Bezaubernd!" entfährt es Ihnen.

„Danke! Das kommt vom engen Rock und natürlich… Sie wissen schon!" sagt sie artig.

„Ach was, ich frage einfach Ihre Frau nach ihrer Größe! Sie ist in der Kabine, dort wo der Pelz…?"

„Nein, nein!" greifen Sie rasch ein. „Ich erledige das!"

Sie kehren mit der exakten Größenangabe zurück. Die flinke Verkäuferin stellt rasch ein aufregendes Sortiment zusammen, das Ihnen gefallen wird. Sie reichen es durch die Tür Ihrer Frau. Bald hallt der Ruf durch die Etage:

„Heinrich, hast du das zusammengestellt?"

„Ja!" lügen Sie.

„Sehr hübsch das ganze; ich nehme sie alle!"

Die Verkäuferin lächelt zufrieden:

„Nun zum BH? An was haben Sie da gedacht?"

„Auch an was Hübsches!"

„Nun, wie ist die Brust Ihrer Frau beschaffen? Groß klein? Bedarf ihre Büste der Unterstützung? Oder muss sie wegen der Optik nur etwas angehoben werden? Soll der BH das darunter durchschimmern lassen, gewissermaßen transparent sein?"

Systematisch fragt sich die Verkäuferin bis zur Körbchengröße durch, gestattet auch einen kleinen Einblick in das, was sie gerade selbst trägt. Sie stellt erneut eine Kollektion zusammen und überreicht sie Ihnen.

„Ich habe etwas knappere Größen gewählt. Der reifere Herr sieht es ganz gerne, wenn die Brust etwas üppiger wirkt. Die Knappheit der Textilie signalisiert den Wunsch nach Befreiung!"

Sie lernen eine Menge an diesem Tag. Ihre Frau ist begeistert von Ihrer Kompetenz. Bei so viel Lob öffnet sich Ihre spendable Seite. Die Verkäuferin erkennt das und empfiehlt noch zwei Ganzkörperbodies, die durch ihren raffinierten, seitlich hohen Schnitt die Beinlänge vorteilhaft betonen.

Alle sind glücklich und Sie bedanken sich natürlich artig bei Ihrer talentierten Verkäuferin.

Mit der Frau Gemahlin schweben sie aus dem Reich der Sünde nach oben. Doch sie mag im Erdgeschoss nicht aussteigen. Sie will ganz nach oben! Zielbewusst drückt sie den Knopf *Damenoberbekleidung*. Der Protest des Mannes wird da nicht viel ausrichten, wenn die Herrin im Kaufrausch ist.

Diese Etage wird erst wieder verlassen, nachdem feststeht, dass zwei weitere Päckchen am Ausgang bereitstehen werden. Das eine wird ein luftiges, jugendliches Sommerkleidchen, das andere ein hautenges, sehr kurzes, schwarzes Kleidchen mit einem atemberaubenden Ausschnitt enthalten. Letzteres, so empfahl die dortige Verkäuferin, wird gerne ohne Unterwäsche getragen. Ich weiß, Ihnen wird die Entgegnung - *Wozu dann der ganze Aufwand im Untergeschoss, im Tempel der Sünde?* - auf der Zunge liegen. Klugerweise schlucken Sie diesen Einwand herunter, um nicht die Situation unnötig zu komplizieren.

Sie schweben per Lift dem Erdgeschoss entgegen. Da macht der Lift einen Fehler. Vielleicht ist er aber genauso programmiert. Er hält in der vierten Etage, öffnet unaufgefordert die Tür und weht einen Duft von Leder herein. Ihre Frau bläht die Nüstern, greift entschlossen Ihre Hand und zerrt Sie aus des Fahrstuhls Enge: Schuhe, einfach unwiderstehlich!

Ihre Frau weiß, was sie will; daran wird auch Ihr Einwand nichts ändern:

„Aber Schatz, darin kannst du doch unmöglich laufen!"

„Dafür sind sie auch gar nicht gedacht!"

„Wozu denn dann?" fragen Sie naiv arglos.

„Nun, ich beobachte in letzter Zeit, dass du etwas in der Leistung nachlässt! Daher möchte ich diese Schuhe gewissermaßen als Sporen verwenden. Sieh diese sehr langen, sehr spitzen Absätze, die werden dich gewiss etwas ermuntern bei deiner Pflicht als Gatte...!"

Sie erschrecken deutlich sichtbar.

Sie beruhigt:

„Keine Angst, Heinrich! Du hast es ja in der Hand, ob diese Variante Anwendung findet. Falls du zugehört hast, ich sagte, sie sollen dich ermuntern, entweder so oder so!"

Ihre Frau lächelt versöhnlich. Beruhigen kann sie Sie nicht. Wird hier etwa die Tür zu den Folterwerkzeugen aufgestoßen?

Die Einkaufsorgie findet ihr Ende. Eine Menge Geld ist von Ihrem Konto auf das des Einkaufszentrums geflossen. Dagegen zu protestieren, wäre erfolglos.

An der Kasse gibt es noch geringfügige Missverständnisse, die aber rasch ausgeräumt werden. Die Kassiererin ist zunächst irritiert, dass sie nur Preisschilder von all den Kleidungsstücken entfernen und einscannen soll, die Ihre Teuerste bereits am Leibe trägt. Sie kommentiert ihr Tun mit den Worten:

„Wir werden selbstverständlich Ihre Altkleider kostenfrei entsorgen, gnädige Frau!"

Ihre Frau entgegnet:

„Sparen Sie sich die Mühe! Da gibt es nichts zu entsorgen! Ich habe weder einen Müllhaufen noch eine Kleiderspende hinterlassen!"

„Wie das? Sie sind doch nicht etwa...?" fragt die in diesen Dingen noch etwas unerfahrenen Kassiererin.

„Natürlich bin ich das, Sie dummes Ding!" antwortet Ihre Gattin uncharmant.

Die Kassiererin blickt Sie etwas kuhäugig an, was ihr aber gut zu Gesicht steht. Belassen Sie dennoch Ihren Kommentar bei einem Achselzucken.

Im Parkhaus bedankt sich Ihre Frau Irene mit einem deutlich herzhaften Kuss:

„Danke Heinrich für deine Großzügigkeit!"

Doch damit ist die Geschichte noch nicht zu ende.

Zunächst schweigend fahren sie nach Hause. Viele Gedanken schwirren Ihnen durch den Kopf, sodass Sie sich nicht so recht auf den Verkehr konzentrieren. Daher fahren Sie betont vorsichtig.

„Du fährst sehr langsam, Heinrich? Ist dir nicht gut?" fragt sie ernsthaft besorgt.

„Nein, nein!" beeilen Sie sich zu beschwichtigen. „Es ist nur, du bist mir sehr kostbar, daher meine Vorsicht!"

Die Frau Gemahlin lächelt:

„Das ist lieb von dir, Heinrich! Doch ich kenne dich schon eine ganze Weile; da ist noch etwas anderes… Habe ich dich schockiert mit meinem Auftritt?"

Sie nicken tapfer.

„Sind es die Kosten, die ich heute verursacht habe?"

Sie schütteln energisch den Kopf.

„Danke, dass ich dir all das wert bin!" wird sie sanft sagen. „Dann wird es die Spannung sein, die jetzt von dir abfällt… Vielleicht kommen auch Erinnerungen…"

Wieder nicken Sie. Verständnisvoll legt sie ihre Hand auf Ihr Knie, nicht zu zupackend, damit Sie weiterhin aufmerksam das Fahrzeug lenken.

„Weißt du, ich wollte dich nur noch einmal daran erinnern, dass ich immer meine, was ich sage! Wenn ich sage, ich habe nichts anzuziehen, dann meine ich das auch so. Ich weiß, dass du oft eine andere Sicht der Dinge hast, gewissermaßen eine alternative Wahrnehmung – dann müssen wir diese unterschiedlichen Sichtweisen eben zusammenführen, bis du einsiehst, dich meiner Variante anzuschließen. Damit sind wir doch all die Jahre gut gefahren, oder nicht?"

Nicken Sie jetzt bloß tapfer. Sie hat bei Ihnen eine Lawine der Erinnerungen losgetreten. Erinnern Sie sich noch an ihre Eheeinführungsrede, wie sie es nannte, unmittelbar nach Ihrer Hochzeitsnacht? Sie waren noch etwas ermattet, als sich sowohl die Strahlen der schon hochstehenden Sonne in Ihrem Gesicht und Ihre frisch gebackene Ehefrau woanders zu schaffen machten, und als beide nicht so recht Erfolg hatten, Sie aufzuwecken, da kam es eben zu dieser denkwürdigen Eheeinführungsrede. Ihre Frau Irene war voll des Lobes über die während der vergangenen Nacht erbrachten Leistungen. Sie sei sehr überrascht nach den wenigen vorehelichen Begegnungen, aber offenbar seien Sie der gleichen Meinung wie sie, dass vollkommener Rundumsex eben nur in der Ehe stattfinden könne und daher dem Eheleben zu einem wahren Genuss verhelfe. Sie hatten keine Einwände gemacht, daher kam es dann zu diesem einschränkenden *Aber*. Sie, Ihre Frau, sei allerdings der Auffassung, dass das ganze Geschehen durchaus noch deutlich belebt werden könne, ausbaufähig sei und geradezu nach Aufbesserung verlange. Schließlich sei sexuelle Betätigung ein Geburtsrecht und daher auch das ihre. Noch immer kam es Ihrerseits nicht zu Bremsversuchen. Unsensibel fragten Sie: Na, wie oft denn? Worauf ihre Gattin ermutigend antwortete: Na, atmen werden wir schon öfter! Diese Bemerkung führte zu einem unüberhörbaren Aufstöhnen Ihrerseits. Dies führte wiederum zu dem sanften Vorwurf, Sie hätten wohl nicht aufmerksam zugehört; denn sie habe eingangs gesagt, dass das bereits Vorhandene allemal noch ausbaufähig sei! Und sie ergänzte, dass sie durchaus Entwicklungshilfe leisten wolle, schon aus ganz eigennützigen Motiven heraus. Im Folgenden wurde dann ein ASH-Projekt formuliert, das der Steigerung – die Initialen deuten es bereits an – der Ausdauer, der Standfestigkeit und der Häufigkeit dienen sollte. Vereinfachend sei, meinte die Frau Gemahlin, dass sie Qualität der Quantität vorzöge. Vorsichtshalber antworteten Sie nichts; gut so! Erst zum späten Nachmittag hatten Sie Ihre Erwiderungsrede vorbereitet. Sie freute sich über Ihre späte Reaktion und hört aufmerksam zu.

Sie bekennen sich mutig und unmissverständlich zu Ihren ehelichen Pflichten, obwohl diese nicht mehr gerichtsrelevant seien. Natürlich loben Sie, ja bewundern Sie geradezu den hohen Bedarf Ihrer Frau. Schließlich sei der umgekehrte Verlauf häufiger und bedrohlicher. Das hat Ihre Frau nicht so richtig verstanden. Sie fragt nach!

Nun, so erklären Sie, üblicherweise entziehen sich frisch vermählte Ehefrauen rasch dem Zugriff ihres Ehemannes und täuschen irgendwelche Beschwerden vor. Oft wenden sie sich im Übermaß dem gemeinsamen Kinde zu, wobei der Ehemann ins Hintertreffen geriete. In der Folge kommt es dann zu Ersatzbeschaffung, was dann wieder ihrerseits großes Geschrei verursacht und gar in Scheidung endet. Das wolle er nicht!

Ihre Gattin lächelt verständnisvoll. Das wolle sie auch nicht, daher baue sie vor. Sie erkenne, man sei auf einem gemeinsamen Weg und Kinder würden sie ohnehin vom lustbetonten Wege abbringen und seien daher nicht willkommen. Die Art und Weise, wie es zum Kinderbekommen kommt, wolle sie aber durchaus nutzen, hoch kultivieren und subtil verfeinern.

Nun holen Sie zu Ihrem *Aber* aus. Ihre Frau hört atemlos zu. Sie bezeichnen sich zum unumwundenen Befürworter eines reichen Sexuallebens, schließlich sei dies der ureigentliche Sinn einer ehelichen Gemeinschaft, dieses Grundbedürfnis zu stillen. Man könne durchaus vom Geburtsrecht sprechen.

Sie ernten Beifall über die gemeinsame Ausrichtung aber auch den klaren Hinweis, dass es keinesfalls ums Stillen gehe sondern ums Wecken. Es sei eben eine erlesene Kunst, Stillen und Wecken zu vereinen. Denken Sie über diese Korrektur nicht allzu lange nach – folgen Sie ihrem Gedankengang. Knüpfen Sie an ans Gemeinsame, das verbirgt etwas die Widersprüche. Ganz recht, meine Liebe, ein betörendes Sexualleben ist ein Kunstwerk, das aber im Gegensatz zu gewöhnlichen Kunstwerken, zwei versierte Künstler einfordert. Verweigert einer der beiden das Mittun, misslingt das Werk. Mir ist bekannt, dass die Natur zwei Beteiligungsarten vorgesehen hat: eine aktive und eine passive.

Ihre Frau nickt zustimmend und erlaubt sich den Hinweis: Daher spricht man eben von einer Einführungspersönlichkeit und einer Empfangsdame.

Sie erkennen den Kalauer, bleiben aber ernsthaft. Da wir unser Geschlecht nicht tauschen können, müssen wir uns verständigen. Eine klare Sprache hilft da weiter.

Ihre Frau wirft ein, dass sie auch sehr bedaure, die Anatomie nicht tauschen zu können, das würde vieles erleichtern. Allzu gern würde sie wissen, wie Sie ticken, damit sie zielorientierter vorgehen könne. Aber sie seien ja grade erst mal vierundzwanzig Stunden verheiratet und sie sei selbst erstaunt, wie sehr paarungswillig Sie vergangene Nacht gewesen waren – kein Vergleich zu der Zeit davor.

Erwidern sie jetzt nicht, das davor, das sei eben Sünde gewesen...

Sie wird erwidern, dass sie den Begriff Sünde gern beibehalten möchte. Jetzt sei die Sünde aber sinnerfüllend und die

Vorstellung, dass sie nun keine Wahl mehr bei der Paarung habe, erfülle sie mit Erleichterung; es beflügele sie geradezu, sich ganz auf ihren Heinrich zu konzentrieren. Sie sei so sehr neugierig, zu erfahren, was so alles in ihrem Gatten stecke; sie brenne geradezu darauf, ihren Dornknöterich wach zu küssen. Schon aus ganz egoistischen Motiven, sei sie zu jeder Form einer intensiven Kooperation bereit. Ganz spontan könne sie sich schon mehrere Strategien vorstellen, den Mann in ihrem Manne zu wecken. Sie wolle Sie von nun an auch immer *ihr Gatte* nennen, um Ihnen allein durch die Wortwahl den Besitzstand zu verdeutlichen und um Sie an Ihre Aufgaben zu erinnern.

Sie sehen es noch deutlich vor sich, als sei es erst gestern gewesen; es setzte eine Phase des Experimentierens ein. Zunächst wählte sie die direkte verbale Kommunikation. Der Erfolg war eher bescheiden. Was Sie nicht hören wollten, hörten Sie auch nicht! Irene wählte eine etwas deutlichere Sprache mit etwas besserem Erfolg. Eine vulgäre Ausdrucksweise hatte hingegen eher eine enterektierende Wirkung. Optische Signale, wie das Outfit Ihrer Gattin, die Wal ihrer Accessoires und einige exklusive Darbietungen erwiesen sich als äußerst wirksame Stimulantien. Manuelle Hilfestellungen waren fast immer erfolgreich. Das Problem der Verfügbarkeit schien damit behoben und Ihre Gattin testete sie in zahllosen Versionen durch. Sie erkannte Ihre Schwäche und nutzte sie geschickt aus, die Schwäche nämlich eines jeden Mannes, immer bei Bedarf ein Mann zu sein. Sie lobte Sie über alle Maßen, wenn es auch noch nicht ganz ihren Vorstellungen entsprach. Das Programm *Verfügbarkeit* schien dauerhaft installiert und arbeitete fehlerfrei.

Geradezu skurrile Auswüchse zeigte der Eifer Ihrer Irene, experimentell zu beweisen, welche Tätigkeiten ein Paar auch im vereinigten Zustand vollziehen könne. Selbstverständlich ließen sich im Zustand der Vereinigung angeregte und aufgeregte Gespräche vornehmlich mit erotischen Inhalten führen. Sehr hübsch war es auch, in diesem Zustand gemeinsam zu speisen. In einem Restaurant gelang das allerdings nicht so richtig. Auch Geschirrspülen konnte man recht gut, wenn Irene sich etwas beugte, die gewaschenen Teller dann nach hinten an Sie weiterreichte und Sie den Teller nach dem Abtrocknen auf dem Tisch abstellten. Leicht Zerbrechliches überließen Sie klugerweise weiterhin der Spülmaschine.

Ihre Ausdauer zu steigern, schien zunächst schwieriger, erwies sich dann aber doch einfacher als gedacht, da sie sich folgerichtig aus der verbesserten Verfügbarkeit ergab. Bei wiederholten Auftritten wurden Sie immer gelassener und ließen geschehen, was geschehen wollte.

Die deutlich erkennbaren Erfolge ermutigten Ihre Frau, fast unmerklich aber stetig die Messlatte höher zu hängen und Maßstäbe anzuheben. Zugegeben, sie war nicht jemand, die stets nur Forderungen stellte, sondern auch unermüdlich bereit war, Sie zu fördern und Sie in Ihrer wunderbaren Rolle ihres Ehemanns zu bestätigen. Eigentlich nur folgerichtig gab sie eines Freitagnachmittags – Sie kamen gerade von Ihrem Büro – ihre neuerlichen Absichten bekannt: Sie habe bereits alles für das Wochenende eingekauft. Daher könne man doch schon heute, am Freitagabend, die Motoren anwerfen und bis zum Montagmorgen durchstarten und allerlei Dinge tun, zu denen man wochentags nicht genügend Zeit habe.

Sie wussten bereits zu diesem Zeitpunkt, dass Ihre Irene nie mit vagen Vorstellungen neue Vorschläge machte; sie hatte sich gewiss schon viele Details ausgedacht und ein volles Programm ausgearbeitet. Daher überwog Ihre Neugier und Sie unterließen jedwede Bremsversuche. Zudem hat sich bei Ihnen ein Sinneswandel eingeschlichen: Sie fanden zunehmend Gefallen an dem schier unerschöpflichen Gestaltungstalent Ihrer verspielten Frau. Die reichlich ausgestoßenen Glücksbotenstoffe überschwemmten förmlich Ihren ganzen Organismus und verschafften Ihnen ein anhaltend positives Lebensgefühl. Das bekam auch Ihre Umwelt mit und man fragte nach Ihrem Geheimrezept. Nun, Sie werden nie gegenüber einem Dritten über die geheimen Dinge sprechen, die zwischen Ihnen und Ihrer Frau im Bett oder anderswo geschehen. Ihre weise Antwort lautete stets:

„Meine Frau und ich haben gerade gestern unseren Honeymoon um weitere fünf Jahre verlängert!"

Von ganz alleine steigerte sich auch die Häufigkeit Ihrer Begegnungen. Überdruss und Ermüdungserscheinungen stellten sich dank der bunten Vielfalt Ihrer Gattin nicht ein. Irene fand sich in der Auffassung bestätigt, dass Organe und Regionen des Körpers sich veränderten und gesteigerten Anforderungen anpassen. Das gilt für Muskeln, das Gehirn und, na Sie wissen schon... Amerikaner neigen gern zur Vereinfachung; daher der Ausspruch: *Use it, or loose it!* trift's

Gewiss, es kristallisierten sich im Laufe der Jahre bestimmte Vorlieben heraus, die auch in der Wiederholung begeisterten, während anderes verworfen wurde. Aber das physische und psychische Wohlbefinden des Ehepaars bestätigten Ihre Lebensgestaltung.

Zum festen Bestandteil ihrer täglichen Aufgaben gehörte die Ankunft des Geliebten. Irene scheute keine Mühen, gab nie voreilig auf und war von ihrer Wirkung überzeugt. Daher hörte sie aufmerksam auf die geheimen Botschaften aus Ihrem tiefsten Innern, um Ihre emotionale Stimmungslage zu erkunden. Dieses feste Ritual erstarrte in all den Jahren Ihrer Ehe niemals. Der Beharrlichkeit Ihrer Frau konnten und können Sie stets vertrauen. Sie entwickelten eine tief verankerte emotionale Verbindung, die sich von Tag zu Tag festigte. Dieses intime Wissen von und über einander leitete sie beide nicht in die Wüste der Langweile sondern in einen herrlichen Garten voll von grenzenlosen, blühenden Fantasien.

Sie bemühten sich stets, nach der Arbeit rasch nach Hause zu kommen. Was hat sie sich nur heute wieder ausgedacht? Wenn die Tür bereits aufgeht, wenn Sie sich ihr nähern und die Gattin Ihnen um den Hals fliegt, wissen Sie, wie sehr Sie vermisst wurden. Ob nun ausgezeichnet inszeniert oder nicht, in ihren Augen glauben Sie den stillen Vorwurf zu lesen:

„Wie konntest du mich nur so lange alleine lassen?"

Sie gesteht und bittet um Entschuldigung, dass sie rasch eines Ihrer T-Shirts gegriffen habe, nach dem Bade.... in der Eile gewissermaßen, um rechtzeitig zur Begrüßung zur Stelle zu sein! Dafür haben Sie selbstverständlich Verständnis. Denn, was immer Sie im Spiegel hinter Ihrer Frau erblicken, kann Sie nicht unbeeindruckt lassen. Ein Eiffelturm ist stets unverwechselbar wie jedes echte Wahrzeichen, so eben auch das Ihrer Frau: ihre Kehrseite. Es ist so süß, wie sie Ihr T-Shirt zurechtzupft, damit es in der Länge einigermaßen genügt. Aber das ist ja nur eine Momentaufnahme und wurde willkürlich ausgewählt. Die anderen Inszenierungen Ihrer Gattin, um ihrer Freude über Ihre Heimkehr Ausdruck zu verleihen, sind nicht minder aufsehenerregend.

Die Vielfalt Ihrer Reaktionsvarianten ist stark eingeschränkt; eigentlich sind sie alternativlos, denn Ihre Gattin hat den weiteren Gang der Dinge bereits vorbereitet. Die folgenden Bemerkungen zeigen das: die Dusche ist frei; ein frisches Handtuch liegt bereit und sie würde Ihnen beim Duschen gern zusehen. Mal ehrlich, wie viele Alternativen haben Sie da noch? Wenn Sie die Dusche verlassen, hat sie das T-Shirt schon abgelegt. Fragen Sie ruhig, ob sie denn nicht fröre, sie könne sich erkälten. Das wird nicht missverstanden und wahrheitsgemäß beantwortet: „Als ich dir zusah und diese leicht angedeutete männliche Reaktion bemerkte, da wurde mir plötzlich so heiß... Aber Schwamm drüber, ich möchte dich jetzt gerne zu unsrer Happy Hour einladen; es ist alles vorbereitet."

Falls Sie einmal nicht so wohlgemut nach Hause kommen, scannt das Ihre Gemahlin in wenigen Sekunden. Sie ändert blitzschnell ihr Programm und wird alles daransetzen, um Sie aufzurichten – natürlich mit dem gleichen Ausgang: das Abendessen hat eben zu warten, bis es dran ist.

Ein andermal besuchte Irene Sie am frühen Nachmittag in Ihrem Büro. Sie haben eine führende Position und eine Sekretärin. Dieses Geschöpf wollte Irene sich mal ansehen. Ihnen gegenüber gestand sie allerdings, dass es sie nach einem Kuss verlange und nicht bis zum Dienstschluss warten könne. Den verweigerten Sie ihr keineswegs, worauf sie ein großes Lob über das Aussehen Ihrer Sekretärin aussprach. Besonders die gewagte Länge des Rockes und den großzügigen Einblick in ihre Auslagen fand sie anerkennenswert.

„Mein lieber Heinrich!" sagte sie alsdann, als sie alleine in Ihrem Büro waren. „Da hast du dir ja ein hübsches Exemplar für deine lüsternen Augen ausgesucht. Ich hoffe, dass du dir hier Appetit holst und dir bewusst ist, dass Hausmannskost allemal die gesündeste Art der Ernährung ist!"

Sie sah sich um, deutete auf den Schreibtisch:

„Ist dieser Schreibtisch schon einmal benutzt worden?"

„Natürlich wird er benutzt, täglich, ständig...!" antworten Sie verdutzt.

„Ich meine, mit der Sekretärin...!" sagt sie streng.

„Nein, natürlich nicht! Ich habe kein Bedarf...!"

„Nun, dann ist er noch nicht richtig justiert und an deine Körpergröße angepasst. Du sagst, du benutzt ihn ständig. Das kann zu Haltungsschäden führen. Du hast etwas zu lange Beine. Wir haben das bei deinem häuslichen Schreibtisch festgestellt und korrigiert. Wir werden das hier rasch ändern!"

Schon war der Reißverschluss geöffnet und ein paar entschiedene ruckartige Drehbewegungen in den Hüften, und das Kleidungsstück segelte zu Boden. Auch der Slip war rasant schnell abgelegt. Sie taxierte das Möbelstück. War es stabil genug? Gewiss! Büroschreibtische müssen sowas abkönnen! Sie beugte sich provozierend über die Tischplatte und schob Hinderliches entschieden beiseite. Sie wandte sich ihrem Heinrich zu:

„Heinrich, was ist? Erinnerst du dich denn nicht, wie wir den Schreibtisch zu Hause.... Und danach hattest du nie mehr Rückenschmerzen!"

Während sie das sagte, hatte sie seinen Gürtel geöffnet; die Hose fiel und bei Ihnen der Groschen. Die Gattin machte es sich auf Ihrer Arbeitsplatte bequem, lockte ihn zu sich und stellte die Verbindung her. Sie taten Ihr Werk und Irene hielt sich mit Ihrer Freude nicht zurück.

„Wusste ich's doch. Der Tisch ist zu niedrig. Du ermüdest zu leicht, weil deine Knie eingeknickt sind. Die Tischplatte muss um sieben Zentimeter angehoben werden." Diagnostizierte sie danach, während sie ihren Slip aus dem Papierkorb fischte. Auch der Rock war flink wieder angelegt. Zum Glück hatten Sie nicht ihr Haar zerwühlt.

Mit den Worten: „Tschüss, mein lieber Heinrich! Fortsetzung folgt!" rauschte sie mit erleichtertem Schwung in der Taille davon.

Sie platzierten wieder alle Gegenstände an ihrem angestammten Platz, beseitigten geringe Spuren; Kratzer hatte die Zweckentfremdung nicht verursacht... In Ihrem Kalender notierten Sie: Tischplatte muss um sieben Zentimeter angehoben werden. Wie bereits gesagt: Büromöbel müssen so etwas abkönnen. Ob seitens des Herstellers hierzu relevante Tests vorgenommen werden, entzieht sich meiner Kenntnis.

Es klopfte; die Sekretärin schlängelte herein:

„Chef, haben Sie gerade mit Ihrer Gattin..." fragte das freche Ding.

„Wir haben nur die korrekte ergonomische Höhe des Schreibtisches bestimmt!" beeilten Sie sich zu sagen.

„Hmmm! War nicht zu überhören! Dabei hätte ich Ihnen auch behilflich sein können. Sekretärinnen können so was. Wir sind darin ausgebildet!"

„Danke, Rita! Na vielleicht beim nächsten Mal komme ich gerne auf Ihr Angebot zurück!" erklärten Sie höflich.

„Na hoffentlich! Ist ja längst überfällig!" zischelte das freche Ding und schlängelte hinaus – mit einem unmissverständlichen Augenzwinkern.

Von diesem Dialog der selbstlosen Hilfsbereitschaft erzählten Sie Ihrer Gattin nichts.

All diese Erinnerungen gingen Ihnen durch den Kopf, als Sie Ihre Neueingekleidete sorgsam nach Hause lenkten. Oft fragten Sie sich, ob Sie irgendetwas gerne verändert hätten am Lauf der Ereignisse. In der Situation wollten Sie oft lenkend eingreifen, mit wenig Erfolg, aber im Großen und Ganzen und gemessen an den Resultaten sind Sie doch recht zufrieden. Doch Verteidigung war ja auch gar nicht notwendig; Irene griff ja nicht an; sie hatte das Gemeinwohl im Sinn. Sie forderte und förderte, doch ihr Eigennutz kam beiden zugute.

Sie waren beide von hervorragender Gesundheit, fit, elastisch, jung, vital und schlank – auch ohne jeden Sport oder traditionelle Wellnessübungen. Sie waren niemals krank. Ihr psychisch-emotionaler Zustand war stabil, gelassen und ausgeglichen. Ihr positives Energiefeld entging auch Leuten nicht, die sie nicht kannten. Sie wurden als ein überaus glückliches Ehepaar wahrgenommen. Seitdem die Psychologie sich nicht länger auf die Behandlung von seelischen Erkrankungen beschränkt, sondern sich der dauerhaften seelischen Gesundheit zuwendet, wird von erstaunlichen Forschungsergebnissen berichtet.

Ein Schlüssel zum Glück ist ein erfülltes Eheleben. Männer bekommen eine Chance, alles, was sie vermasselt haben, wieder gut zu machen. Ein fleißiger Ehemann ist der beste Kosmetiker für seine Angetraute. Dies bewiesen statistische Erhebungen zufolge, die in einer US-amerikanischen TV-Dokumentation ausgestrahlt wurden. Eine Frau, die ihren Ehemann zu einem äußerst fleißigen Liebesdiener erzieht, kann sich den Weg und die Kosten für den Kosmetiker ersparen. Sehr häufige, emotional erfüllende, sexuelle Kontakte senden ein eindeutiges Signal an den gesamten weiblichen Organismus: „Ich will ein Baby!". Der Körper hat dafür Verständnis und antwortet mit den gesündesten Körperreaktionen: eine Topgesundheit, innere und äußere Schönheit, psychische Stabilität, inneren Frieden und Ausgeglichenheit. Das sind die besten Voraussetzungen für eine gesunde Schwangerschaft und eine risikofreie Geburt. Diese glücklichen Umstände sind aber nur im Zusammenspiel mit einem dauerhaften und liebevollen Partner zu realisieren. Professionelle Liebesdienerinnen profitieren davon nicht! Eine wirkliche Schwangerschaft ist natürlich auch nicht notwendig. Das Gehirn sendet wohltuende Botenstoffe (Neurotransmitter) an jede Körperzelle. Dass Sie die Pille nehmen, weiß der Hypothalamus nicht. Liebe ist der einzige und wirkliche Jungbrunnen für beide.

Haben Sie da noch eventuelle Fragen, meine Herren?

Das Auge des Gesetzes

Wachtmeister Lutz Brandl hatte denkbar schlechte Laune. Dienst am Sonntagmorgen bei strahlendem Sonnenschein passte ihm so ganz und überhaupt nicht. Daran konnten auch seine hohen Altersbezüge als Beamter nichts ändern. Dann auch noch diese E-Mail von seinem Vorgesetzten, der jetzt sicher zum Frühstück auf seiner Terrasse saß. Es habe Vorkommnisse und unziemliches Verhalten am Badestrand gegeben. Es sei sogar eine Anzeige wegen nicht vorhandener Badekleidung eingegangen. Wachtmeister Brandl solle doch mal nach dem Rechten sehen. Dem Sittenverfall darf man keinesfalls tatenlos zusehen. Wo kämen wir denn da hin? So stand es in der E-Mail – sie war eine Dienstanweisung, der er Folge zu leisten hatte. Immerhin kam er wenigstens so etwas an die frische Luft. Er stieg in seinen Dienstwagen und fuhr zu besagter Stelle am See. So früh war noch niemand hier; der Parkplatz war vollkommen frei. Dennoch parkte er sein Fahrzeug aus strategischen Gründen hinter dem Gebüsch. Ein Fahrrad war an einem Baum angekettet, damit's nicht weglaufen kann. Wachtmeister Brandl grinste über seinen Kalauer. Er sah übers Wasser. Der riesige See war spiegelglatt; das gegenüberliegende Ufer verlief sich im Morgendunst – darüber die klare, messerscharfe Silhouette der fernen Berge. Welch großartiges Panorama – und diese Stille. Lutz hatte sich mit seinem Sonntagsdienst vollkommen ausgesöhnt. Nur schade, dass er nicht einfach seine Uniform ablegen konnte, um eine Runde zu schwimmen, so ganz als Adam. Dafür gab es keinen dienstlichen Grund. Oder konnte die lebensrettende Maßnahme für einen ertrinkenden Fisch als Entschuldigung gelten? Ein ertrinkendes Kind war leider gerade nicht zur Stelle. Er schüttelte mitleidig den Kopf über all den Unsinn, den er dachte.

Doch was war das? Bewegte sich dahinten nicht etwas? Er trat ein paar Schritte zurück in den Schatten der Bäume. Es kam näher: eine Person, ein Jogger, der den Strand entlang lief. Aber das darf doch nicht wahr sein! Der Jogger war eine Frau! Dagegen war von Rechtswegen zwar nichts einzuwenden. Die Frau lief aber unbekleidet. Da musste er einschreiten; deswegen war er ja hier. Er rückte seine Dienstmütze zurecht und trat vor, der Frau direkt in den Weg. Diese erschrak, schien aber beruhigt, als sie einen Polizeibeamten erkannte, also einen Freund und Helfer. Der Beamte tippte an die Mütze und sagte höflich:

„Guten Morgen! Könnte ich bitte Ihren Personalausweis einsehen?"

„Den habe ich nicht bei mir! Wo sollte ich ihn denn auch hinstecken?" sagte die Frau tapfer.

„So, und wie soll ich nun Ihre Identität feststellen?" fragte der Beamte.

„Da kann ich Ihnen weiterhelfen! Ich kenne meine Identität ziemlich genau! Ich heiße Helga Obert; ich bin 27 Jahre alt, unverheiratet und wohne... Sie schreiben ja gar nicht mit, Herr Wachtmeister?"

„Sie können mir viel erzählen! Ich brauche einen Personaldokument, anhand dessen ich Ihre Identität überprüfen kann!" sagte der Beamte ruhig.

„Aber ich weiß doch, wer ich bin, und ich möchte mein Wissen mit Ihnen teilen!" beharrte die Dame.

„Ich vermisse dennoch Ihren Willen, einfach zu kooperieren!" stellte er fest. „Ich sehe, wir kommen an dieser Stelle nicht weiter. Ich hätte ja gar nicht eingeschritten, wenn Sie sich nicht gesetzeswidrig verhalten hätten!" belehrte der Gesetzeshüter.

„Gesetzeswidrig?"

„Ich beschuldige Sie, sich in unziemlicher Weise, unbekleidet im öffentlichen Raum zu bewegen! Das ist ein ahndungswürdiger Tatbestand, nicht nur eine Ordnungswidrigkeit!"

„Aber sehen Sie denn nicht, ich bin doch gar nicht unbekleidet. Ich trage doch dieses..." versuchte es Helga.

„Sie sind nicht nackt! Sie tragen zumindest dieses... wie nennt man das denn eigentlich?" erwiderte die Obrigkeit.

„Man nennt es einen String-Tangaslip!" belehrte die Dame.

„Sehen Sie, das klingt schon exotisch, so etwas gehört nicht hier her!"

„Sie meinen, ich sollte es ausziehen?" fragte die Eingeschüchterte.

„Nein, das meinte ich nicht! Im Übrigen stell ich hier die Fragen! Es ist bei uns unüblich, fremdartig... und das hat seinen guten Grund!"

„Da täuschen Sie sich aber gewaltig, Herr Wachtmeister! Wenn Sie wüssten, was so alles unter einem Rock getragen wird!"

„Belehren Sie mich nicht darüber, was gewisse Frauen unter ihren Röcken tragen oder auch nicht! Das trägt in keiner Weise zur Klärung dieses Sachverhalts bei!" sprach das Auge des Gesetzes ärgerlich und zog einen kleinen Maßstab aus der Hosentasche: „Ich werde dieses Objekt an Ihnen vermessen und zwingen Sie mich nicht, Ihnen Handschellen anlegen zu müssen!"

Er beugte sich herab, kniete sogar nieder, um besser sehen zu können und murmelte: „...sieben Zentimeter breit und fünf Zentimeter hoch, Farbe schwarz!"

Er trug diese Werte gewissenhaft zusammen mit einer kleinen Zeichnung in sein Notizbuch ein. Nun wandte er sich der Rückansicht der Dame zu. Er schrieb weiter: ...Ein dünnes, schwarzes Band verläuft waagerecht über den unteren Rücken oberhalb des Gesäßes. Von diesem Band verläuft ein senkrechtes, verschwindet aber sofort in..., ja was schreib' ich da bloß? Offenbar hält diese Konstruktion das kleine Dreieck vorne in Position.

„Nun, Sie bleiben bei Ihrer Meinung, Sie seien korrekt gekleidet?" änderte Wachtmeister Brandl seine Strategie.

„Nun, ja, Herr Wachtmeister, korrekt vielleicht nicht gerade, aber angesichts der Tatsache, dass es früh am Morgen ist und sich niemand hier am Strand aufhält, habe ich mir ein paar winzige Freiheiten herausgenommen... ich mag ganz viel frische Luft auf meiner bloßen Haut, verstehen Sie? Es tut mir gut! Unrecht beginnt doch dort, wo ich andere belästige oder störe!"

„Bin ich etwa niemand? Gewisse Regeln müssen eben eingehalten werden. Wo würde denn das Zusammenleben der menschlichen Gesellschaft enden? Im Chaos! Das wollen wir doch alle verhindern! Nacktheit in der Öffentlichkeit führt ins Chaos!"

„Herr Wachtmeister, es gibt nicht gerade wenige Männer, die kaufen sich gewisse Hochglanzmagazine, um sich gerade am Anblick dessen, was sie hier umsonst geboten bekommen, heftig zu erfreuen!"

„Werden Sie jetzt nicht noch unsachlich! Das trägt nicht zur Verbesserung Ihrer Lage bei!" Lutz Brandl fuchtelte gefährlich mit seinem kleinen Zollstock in der Gegend herum. Fassen wir zusammen:

„Sie sind sittenwidrig gekleidet und bewegen sich in einem öffentlichen Raum. Weder Ihr Hinterteil noch Ihre weibliche Brust sind bekleidet. Das winzige schwarze Dreieck dort trägt kaum zu einer sittsamen Bekleidung bei, da es weniger bedeckt als vielmehr als Blickfang dient. Stellen Sie sich vor, Kinder hätten Sie in diesem Aufzug zu Gesicht bekommen. Nicht auszudenken, was sie für lebenslange psychische Schäden davongetragen hätten!"

„Ich bitte Sie, Herr Wachtmeister, das erste, was ein Kind in seinem Leben zu Gesicht bekommt, ist die weibliche Brust. Und mir ist kein Fall bekannt, wo ein Baby deswegen Schaden genommen hätte. Für mich ist das Laufen mit unbedeckter und ungehaltener Brust gesund, weil meine Brust auf diese natürliche Weise massiert und gestrafft wird. Oder gefällt Ihnen meine Brust nicht?"

„Doch doch, sie ist wunderschön ausgeformt!"

„Und mein Po?"

„Nichts auszusetzen! Wunderschön, geradezu prachtvoll!" sagte der Beamte versonnen.

„Sehen Sie! Da spricht der wahre Kenner!"

Lutz Brandl gab sich einen inneren Ruck:

„Ich muss Sie jetzt auf eventuellen Waffen- oder Drogenbesitz untersuchen. Ich muss mich vergewissern, ob noch weitere Gefahren von Ihnen ausgehen. Heben Sie also bitte beide Arme!"

Helga gehorchte wandte aber ein:

„Werden solche Körpervisitationen nicht üblicherweise von weiblichen Beamten vollzogen?"

Herr Brandl grinste: „Sie Scherzkeks! Sehen Sie hier weit und breit eine Beamtin?"

„Nein!"

„Sehen Sie! Ich muss für meine Sicherheit sorgen. Andernfalls wird mir das von höherer Stelle zum Vorwurf gemacht!"

„Verstehe! Machen wir das Beste draus!" Helga ergab sich in ihr Schicksal. Und so unangenehm war das gar nicht, wie er sie abtastete. Sie kicherte sogar, als er in ihren Tanga griff.

„Schön, dass Sie mir wenigstens dort meine Arbeit erleichtern und Ihren Zugang nicht hinter einem Verhau von Buschwerk verstecken!" lobte der gewissenhafte Beamte.

Fast wäre Helga Obert vor Lachen geplatzt. Sie kaschiert ihre Lachattacke in einem Hustenanfall.

„Ich finde nichts, zumindest soweit mir meine Untersuchung hier das zulässt. Dennoch muss ich Sie mit auf die Wache nehmen. Ich werde ein Protokoll aufnehmen. Dazu werde ich Ihnen Handschellen anlegen müssen. Ersparen Sie also mir und Ihnen Ärger und leisten Sie keinen Widerstand. Helga gehorchte.

„Laufen Sie vor mir, damit ich Sie im Auge behalten kann!" forderte er sie auf.

Sie spürte genau, wo er hinsah. Deshalb lief sie auf Zehenspitzen; das gab ihrem Schreiten etwas mehr Sexappeal. Wenn man schon eine hübsche Frau war, sollte man seine Werte auch wirksam einsetzen, wenn man sie wie in diesem Fall gewinnbringend einsetzte.

Die Fahrt zur Wache verlief ereignislos. Blaulicht schaltete der korrekte Beamte nicht ein. Ab und zu blickte er über den Rückspiegel auf seine Gefangene. Sie bat, die Klimaanlage auszuschalten, weil sie fröre. Ihm hingeben standen die Schweißperlen auf der Stirn. In der Amtsstube nahm er ihr die Fesseln ab und fordert sie auf, sich vor einer Wand mit waagerechten Markierungen aufzustellen. Er schaltete seinen Computer ein und Scheinwerfer, die diese Wand mit Helga ausleuchteten. Er entnahm dem Schrank eine Kamera:

„Ich muss den Fall dokumentieren und Beweise sichern!" erklärte er lakonisch.

„Sie wollen doch nicht etwa Nacktfotos von mir machen?" protestierte Helga.

„Am Strand behaupteten Sie noch, Sie seien nicht nackt. Ich muss das tun, schließlich waren Sie es, die nackt durch die Gegend lief. Wenden Sie mir Ihre linke Seite zu und blicken Sie geradeaus. Helga gehorchte, begann aber über eine alternative Strategie nachzudenken.

„Nun, Ihre Frontpartie. Sehen sie geradeaus und lächeln Sie nicht so freundlich. Bitte Ihre rechte Seite... So! ...und nun von hinten. Sie können sich setzen!"

Wachtmeister Brandl nahm an seinen Schreibtisch vor seinen Computer Platz, seine Gefangene ihm gegenüber.

„Ich werde jetzt ein Protokoll aufnehmen!" gab er bekannt und tippte ein paar Vorbemerkungen zu den Umständen und Besonderheiten dieses Dokuments. Dann begann er, seine Fragen zu stellen.

„Herr Kommissar, wäre es nicht besser, wenn ich neben Ihnen sitze? Dann kann ich gleich die Eingaben überprüfen und sie eventuell korrigieren!" sagte sie zuckersüß.

„Gute Idee!" brummte er.

Helga Obert, die Nackte, setzt sich dicht neben ihn. Nachdem er ihren Namen eingetippt hatte, beugte sie sich vor, um besser lesen zu können. Dabei berührte ihre linke Brust seinen haarigen rechten Unterarm. Sie unternahm nichts, um diesen Kontakt zu korrigieren:

„Sehen Sie, Herr Kommissar, *Obert* ohne ‚th‘, ein einfaches ‚t‘ genügt!"

Lutz Brandl löschte das ‚h‘. Sie unternahm noch immer nichts, um Berührung - weibliche Brust mit haarigem männlichem Unterarm - zu beenden. Die Schreibfehler häuften sich. Die Dame wurde etwas ungehalten:

„Verzeihen Sie, Herr Inspektor, ich kann so sehr schlecht lesen, außerdem ermüde ich in dieser Körperhaltung. Ich schlage vor, mich auf Ihren Schoß zu setzen. Keine Angst, ich bin nicht schwer!"

Entweder es kam zu keinem Protest seitens des Beamten oder er war so schwach dahingehaucht, dass man ihn leicht überhören oder missverstehen konnte. Denn schwubs, saß Helga auf seinem Schoß! Das erleichterte ihren Beitrag ungeheuer. Der Wachmeister war sich unschlüssig, ob Vor- oder Nachteile überwogen. Jedenfalls war da ein Interessenkonflikt aufgetreten zwischen dem gewissenhaften Beamten und dem Mann in diesem Beamten, denn so viel komprimierte Weiblichkeit war ihm seit langem und vor allem nicht so nahe gekommen.

Sie sah ihn an:

„Herr Kommissar, Ihr Schlüssel drückt etwas!"

„Mein Schlüssel liegt dort auf dem Schreibtisch!"

„Aha! Ich verstehe...!" hauchte sie.

Er schrieb den Sachverhalt unter erschwerten Bedingungen nieder. Als er zur Schilderung der Leibesvisitation kam, erhob sie den Einwand, er sei zwar sehr gewissenhaft vorgegangen, allerdings könnte man ihm zum Vorwurf machen, dass er keine Beamtin hinzugezogen habe. Außerdem war es ihm ja bisher nicht gelungen, zweifelsfrei nachzuweisen, dass sie keine Drogen bei sich führte, was ja für ihn ein gewisser Fahndungserfolg darstellen würde.

Er stimmte ihr inhaltlich zu: „Aber was sollte ich denn tun? Mir waren die Hände gebunden!"

„Sie könnten ihre Visitation wiederholen!" schlug sie vor.

„Sie haben ja Recht, ich war zu oberflächlich, nicht sorgfältig genug... Aber wie denn? Was versprechen Sie sich davon?"

„Ich wäre in diesem Punkt rehabilitiert! Ich möchte nur meine Kooperationsbereitschaft und meine Unschuld beweisen! Es gibt doch da eine gewisse Sonde...! Wo könnte ich wohl ein Drogenpäckchen versteckt haben?"

„Ich habe doch nachgesehen und abgetastet..."

„Aber offenbar nicht gründlich genug! Passen Sie mal auf..."

Blitzschnell war die Beschuldigte aus ihrem letzten Kleidungsstück geschlüpft, hielt es mit spitzen Fingern in die Luft und ließ es auf den Schreibtisch herabsegeln."

„Aber Frau Obert, das können Sie doch nicht tun?" protestierte der Staatsdiener.

„Warum denn nicht? Wenn's der Wahrheitsfindung dient!" belehrte Helga. „Jetzt bestehe ich auf einer Inspektion! Ich möchte, dass mir Recht geschieht und meine Unschuld erwiesen wird!"

Dreist setzte sie sich auf Wachtmeisters Schreibtisch.

„Soll ich Ihnen behilflich sein? Verwenden Sie einfach Ihren Sensor. Er wird aufspüren, falls da etwas Verdächtiges zu finden ist. Er ist sehr empfindsam. Nur zu!" ermunterte sie.

Um keine weiteren Verzögerungen und Missverständnisse aufkommen zu lassen, öffnete sie schon mal seinen Gürtel und den Reisverschluss... Eine Diensthose rutschte zu Boden.

"Vielleicht fällt es Ihnen leichter wenn ich mich umdrehe?" schlug sie vor.

„Ja, tun Sie das!" keuchte er.

Behände schwang sie herum und verhalf ihm zu der Erkenntnis, wo er gefälligst suchen sollte. Erleichtert stellte sie fest, dass er endlich begriffen hatte.

„Nehmen Sie sich alle Zeit, die Sie brauchen! Seien Sie investigativ!" ermunterte sie

Bei seinen gründlichen Sondierungen blieb es nicht aus, dass sich ein Schuss löste, zum Glück nicht aus seiner Dienstwaffe.

„Oh!" entfuhr es ihm; ob es Ausdruck von Freude oder ein Bedauern über das Versehen war, war nicht eindeutig auszumachen. Vielleicht war es Ausdruck der Überraschung. Helgas Unschuld und ihr tadelloses Verhalten war erwiesen. Das musste der Beamte einfach honorieren.

„Ich glaube, ich vergesse das Ganze und vor allem diesen überflüssigen Papierkram. Sie sind frei, gnädige Frau! Es liegt nichts gegen Sie vor! Sie sind unschuldig, Sie können nach Hause gehen!"

„Danke, Herr Kommissar, aber Sie übersehen da einen winzigen Umstand...?" hauchte sie.

„Und der wäre?" Herr Brandl blickte auf, nachdem er den Gürtel schloss.

„Sehen Sie mich an! Ich bin splitternackt! Ich kann doch so nicht mit dem Bus nach Hause fahren; ich habe auch keinen Cent bei mir, um einen Fahrschein zu erwerben."

"Ich werde Sie nach Hause fahren, dann werde ich auch erfahren, ob Sie die richtigen Angaben gemacht haben!"

Wachtmeister Lutz Brandl war Kavalier und reichte ihr ihren Tanga.

Auf der Fahrt zu ihrem Haus sagte die vollkommen Rehabilitierte:

„Ich danke Ihnen, Herr Kommissar, dass Sie mein Weltbild zurecht gerückt haben. Zumindest gehören Sie zu denjenigen, die man getrost mein *Freund und Helfer* nennen darf. Daher erlaube ich mir die Frage, ob Sie mir auch zu Hilfe eilen werden, wenn ich einmal in meinem Hause, was der Himmel verhüten möge, ein verdächtiges Geräusch höre und ich mich ohne Sie zu Tode ängstige?"

Nach einer Pause fügte sie hinzu:

„Das nächste Mal, wenn ich den Strand entlang laufe und Sie mir zusehen, werde ich Ihnen zuwinken, ich fühle mich dann sicherer, wenn Sie da sind. Danke!"

Der Sheriff tippte an die Dienstmütze:

„Aber gewiss doch, Gnädige Frau! Stets zu Ihren Diensten!"

Blind Date

Sie hatten sich auf der Webseite eines Internetportals für Internet-Dating kennengelernt. Daran ist heutzutage nichts Ungewöhnliches. Sie hieß Irmgard, adaptierte ihren Namen aber an die Moderne und nannte sich selbst nur Irma. Er war Frank und hatte an seinem Namen nichts auszusetzen. Sie verwandten zu Beginn ohnehin Pseudonyme, als sie Ihren Kontakt über das Internet aufnahmen. Sie erstellten ein sogenanntes Profil, indem sie eine paar Daten über sich preisgaben, ihre Absichten, Wünsche und Erwartungen schilderten und ein paar Fragen beantworteten, die angeblich Aufschluss über eine eventuelle Kompatibilität geben sollten. Das heuchelte Seriosität, aber keiner kontrollierte den Wahrheitsgehalt ihrer Angaben. Doch das wussten sie.

Ihre Korrespondenz begann oberflächlich, indem sie alltägliche Dinge schilderten und bewerteten. Ihr Leben verlief nach eigenen Angaben in geordneten Bahnen, der Alltag meist eher sensationslos und unspektakulär. Es sollte etwas Leben ins Leben. Das Alleinsein hatten sie beide gründlich satt. Beide hatten bereits leichte Blessuren davon getragen. Sie diskutierten die traditionellen Varianten, irgendwo, irgendwie einen Partner kennenzulernen. Wie erkennt man, mit welchen Absichten wer auf der Suche ist? Frank war etwas schüchtern, ungeübt und so gar kein Womanizer. Irma mochte das. Sich selbst in der Öffentlichkeit wie auf einem Markt anzupreisen, mochte sie allerdings nicht. So kamen ihnen beiden die neuen Medien gerade recht. Man gab nur so viel von sich, wie man momentan wollte. Auch dass E-Mails von anderen gelesen werden konnten wie Postkarten, war beiden bekannt. Somit waren Fundamentales und Bedingungen schon einmal abgeklärt.

In einer Hinsicht verstieß Irma allerdings gegen die Spielregeln. Üblicherweise tauschte man schon zu Beginn Fotos aus. Irma weigerte sich. Der optische Eindruck seiner Briefpartnerin war für Frank aber wichtig. Er selbst hatte nicht die geringsten Bedenken, sein Konterfei ins Netz zu stellen. An der Stelle, wo sonst auf der Webseite das Bild dem anderen zulächeln sollte, prangte bei Irma ein großes rotes X. Hatte sie etwas zu verbergen? Gehörte sie zu der Gruppe der Verschleierten? Ihr Name widersprach aber diesem Verdachtsmoment. Hatte sie einen optischen Makel?

Frank schrieb sie daraufhin an. Sie bestätigte, dass keine seiner Vermutungen zuträfe; sie sei weder missgestaltet, abgrundtief hässlich, verwachsen oder unansehnlich. Eine Erklärung, warum sie ihm kein Bild von sich schickte, gab sie nicht. Frank erwog, den Kontakt abzubrechen. Immerhin, er kannte ihre Körpergröße und ihr Gewicht; sie musste groß und schlank sein. Er unterbrach die Korrespondenz für eine Weile, als Drohung gewissermaßen, fand das dann aber albern. Welch erwachsener Mann wollte schon in der Schmollecke stehen? Ihre Wortwahl, ihr Schreibstil beeindruckten ihn; er las gern ihre Briefe. Sie musste gebildet sein. Hierüber gab sie bereitwillig Auskunft. Sie spreche verschiedene Sprachen und sei die persönliche Sekretärin des Geschäftsführers eines bedeutenden ortsansässigen Unternehmens. Sie begleite ihren Chef auf wichtige Reisen ins inner- und außereuropäische Ausland. Sie fügte hinzu, dass ihr Chef glücklich verheiratet sei, zwei Kinder habe und es nie zu den geringsten zweideutigen Handlungen zwischen ihnen gekommen sei. Fremde hätten sie zwar öfter für ein Ehepaar gehalten. Er stellte aber sofort den tatsächlichen Sachverhalt klar. Auf Reisen gab es nie Doppelzimmer. Frank vermutete, dass ihre in gewisser Weise exponierte Position im öffentlichen Leben, sie daran hinderte, ihr Foto ins Netz zu stellen. Vielleicht war das sogar im Arbeitsvertrag so festgehalten worden: nichts Kompromittierendes in der Öffentlichkeit oder in den Medien, was die skandalwitternde Presse ausweiden könnte. Dennoch blieb Frank irritiert.

Sie fanden sehr viel Übereinstimmendes in ihren Ansichten. Sie beide mochten Literatur, Musik und Reisen. Sie debattierten gerne über Philosophien und Weltanschauliches. Sie beide hielten sich für spirituell aufgeschlossen, eher Agnostiker. Dogmatisches lehnten sie ab. Es sei demnach folgerichtig, dass das Weltanschauliche, falls vorhanden, beim modernen Menschen sich aus Glauben und Wissen zusammensetzt. An dieser Synthese von Wissenschaft und Glauben mangle es oder sie sei unvereinbar. Man war sich nicht sicher.

Sie mochten den gehobenen, eleganten Lebensstil, ohne oberflächlich zu sein oder Luxus zum Lebensinhalt zu favorisieren. Beide gaben vor, gesund zu leben aber dennoch unsportlich zu sein. Frank hatte sofort ein Stein im Brett, als er bekannte, dass er all diese Sportdarbietungen in den Medien verabscheute. Sie beide hielten sich für Außenseiter, die sich nicht in den allgemeinen Lifestyle und Mainstream einpassen wollten. Wenn das mal nicht etwas stark Verbindendes ist.

Immer wieder mahnte Frank ein Foto an. Irma ignorierte konsequent diesen Wunsch. Was steckte dahinter? Er begann, Nachforschungen anzustellen – ohne Erfolg, zumindest wusste er nicht, ob er Erfolg hatte; denn wen suchte er? War er ohne Zweifel, wenn er jemanden sah, die es sein könnte? Er hätte das Ganze abbrechen können. Er deutete es ihr gegenüber sogar an. Sie blieb unbeugsam. Man könne doch auch telefonieren, schlug er vor. Sie lehnte ab, Telefonnummern können mit Hilfe einer Umkehrsuche zurückverfolgt werden. Einerseits machte ihre konsequente Haltung das Ganze spannend, aber zugegebenermaßen auch frustrierend. Sie bedaure, dass er ihr Verhalten als lästig, gar ungebührlich empfinden würde und könne einen eventuellen Rückzug respektieren, würde das aber sehr bedauern. Im umgekehrten Falle, würde sie solch ein Verhalten allerdings nicht so dramatisieren. Ihr Aussehen sei ihm wichtig, meinte er; ihr seins nicht, gab sie zu verstehen.

Die Verstimmung legte sich, das Interesse an einander aber nicht. Einen großen Schritt aufeinander zu taten sie, als sie begannen, das Kapitel „persönliche Lebensplanung" aufzuschlagen und ihre Erwartungen voreinander auszubreiten. Beide beabsichtigten, ihr Singledasein zu beenden. In eigenen Kindern konnten sie keine Bereicherung erkennen, zumindest nicht in ihrem gegenwärtigen Lebensabschnitt. Die berufliche Selbstverwirklichung spielte bei beiden eine sehr wichtige Rolle, denn wenn Arbeit keinen Spaß macht, hat sie ihren Sinn verfehlt.

Ein neues Thema wurde in ihrer Korrespondenz diskutiert. Sie teilten einander mit, wie sie sich Ihre Zukunft vorstellten. Sie staunten über die Kompatibilität ihrer Ansichten und Erwartungen. Ihr Lebensweg würde parallel verlaufen, warum ihn dann nicht gemeinsam gehen? Irma öffnete das entscheidende Tor. Frank war überrascht über ihre Offenheit. Welchen Status ihre Beziehung auch haben möge, ob verheiratet oder nicht, sie wünscht sich Verlässlichkeit, wechselseitige Treue, Respekt, eine intelligente Lebensplanung, Offenheit und keine Lügen und natürlich sehr viel Intimität.

Intimität, so erklärte Irma, verlangt Ausschließlichkeit, Exklusivität; sie ist auf zwei Menschen beschränkt und mit niemandem teilbar. Sie wünscht sich eine Menge Geheimnisse, nur keine vor einander. Sie vertrat die Ansicht, dass ein reiches, gesundes und intensives Sexualleben bis ins hohe Alter der beste Garant für eine lebenslange, glückliche Gemeinschaft sei, ob sie nun vom Staat und Kirche abgesegnet wurde oder auch nicht. Sex sei eine Sprache, die den Dialog aufnimmt, wenn Worte versagen, Gefühle auszudrücken. Natürlich könne man Liebe und einen liebevollen Umgang nicht erzwingen, aber man könne eine Menge dafür tun, damit dies gelingt. Das sei eine gewaltige Aufgabe und sie fragte ausdrücklich nach, ob Frank bereit sei, ein solches Lebenskonzept mit aufzubauen, zu gestalten und gemeinsam zu erhalten.

Es entspann sich ein intensiver Dialog über gemeinsame Werte und Tabus. Nie zuvor war ihre Korrespondenz so lebhaft, wie auf dieser Baustelle. Beiden machte es Freude, sich über innere Werte- und Gefühlsmuster, auch und gerade über intimste Dinge auszutauschen. Offenbar war es ihrer beider Anliegen, sich in dieser Weise zu offenbaren. Wieder war es Frank, der wollte, dass sie beide doch von Angesicht zu Angesicht diskutieren und argumentieren sollten. Sie stellte die entscheidende Frage, ob es ihm denn so leicht fiele, mit ihr gegenüber solch intime Gefühlsdinge zu besprechen, die zwar so immens wichtig seien für ein glückliches gemeinsames Leben, die aber selbst zwischen Ehepartnern noch immer tabuisiert sind. Sie könne es nicht, und Frank musste zugeben, dass es auch ihm nicht möglich wäre. Über die Distanz und in der Anonymität sei es viel einfacher, sich freimütig mitzuteilen. So behielten sie ihren Kommunikationsstil bei und erfuhren so eine Menge voneinander. Irma gestand, dass sie durchaus versuchen werde, ihn, falls es denn so weit kommen würde, ihn in ihrem Sinne zu verändern, ihn gewissermaßen für sich und ihre Wertewelt einzupassen. Frank dagegen wollte das im umgekehrten Sinne nicht; aber das sei wohl geschlechtsspezifisch. Sie schilderten ihre Hierarchie in Bezug auf Wertvorstellungen und Bedürfnisse; sie diskutierten Unverzichtbares aber auch Verhandelbares.

Wie aus heiterem Himmel – Frank glaubte schon gar nicht mehr daran – kam von ihr der Vorschlag, sich zu treffen. Frank war sogleich damit einverstanden. Sie stellte aber Bedingungen, denn sie sei sich noch nicht sicher und wollte weitere Informationen. Sie wünschte sich ein echtes *Blind Date*.

Sie wollte sich mit ihm in einem Hotel treffen. Sie werde ein Zimmer reservieren. Dort werde sie auf ihn warten. Der Raum wird vollständig abgedunkelt sein, sie werden miteinander sprechen, vielleicht sich auch berühren und abwarten, was mit ihnen geschieht und wie sie sich miteinander fühlen. Aber sie werden einander nicht sehen.

Als Frank diese Mail las, schüttelte er nur den Kopf. Bei genauerer Betrachtung fand er die Idee aber reizvoll und spannend, und er sagte zu.

Etwa 30 Minuten später kam die Antwort:

„Danke! Morgen 18 Uhr im Hotel Capitol. Im Zimmer 212 werde ich auf dich warten. Ich freue mich."

Irma

Als Frank, gut gekleidet, die vornehme Lobby des *Capitol* betrat und zum Fahrstuhl wollte, rief ihm der aufmerksame Herr an der Rezeption zu:

„Kann ich Ihnen behilflich sein, mein Herr?"

Langsam ging er zur Rezeption.

„Guten Abend! Meine Frau sollte schon hier sein. Sie erwartet mich in Zimmer 212!" antwortete er geistesgegenwärtig.

Der Herr sah auf seinem Bildschirm:

„Richtig! Frau Berthold wartet auf ihrem Zimmer!"

Frank erfuhr ihren vermutlich korrekten Nachnamen. Das war doch schon mal was!

Er nahm den Fahrstuhl und klopfte alsbald an die Tür des Zimmer 212. Niemand antwortete. Er drückte die Klinke herunter, die Tür ließ sich öffnen. Er betrat einen kleinen, schwach erleuchteten Vorraum. Ein leichter Damenmantel hing an der Garderobe.

„Bist du's, Frank?"

Zum ersten Mal hörte er ihre Stimme. Er trat zu der Tür zum Zimmer.

„Ja Irma, ich bin's!"

„Bitte lösch' das Licht im Flur, bevor du eintrittst!" bat sie.

Er tat es und öffnete die Tür.

„Danke Frank, dass du gekommen bist und danke, dass du meine Wünsche respektierst. Es ist sehr wichtig für mich und ich bin sicher, eines Tages wirst du mich verstehen."

Ihre Stimme klang sympathisch, ruhig und selbstsicher, eine etwas tiefe Stimmlage. Frank mochte das. Sie streckte ihm beide Hände entgegen. Er ergriff sie; sie waren schlank. Er beugte sich und küsste galant ihre Fingerspitzen. Sie dufteten, so wie ihre ganze unsichtbare Erscheinung. Er assoziierte mit diesem Duft eine vornehme, gewiss sehr gepflegte und auf ihr Äußeres bedachte Dame.

„Komm, lass uns aufs Sofa setzen, ich führe dich; ich kenn mich schon ein bisschen aus!" Sie fasste ihn am Arm. „Möchtest du nicht dein Jackett ablegen?"

Sie legte es über eine Sessellehne. Er hörte das feine Knistern ihrer Strümpfe, auf das er wohl bei Licht nicht geachtet hätte.

„Komm, setz dich neben mich!" lud sie ihn ein. „Bist du Brillenträger? Ich möchte dein Gesicht betasten!"

„Nein, ich trage keine Brille! Es ist eigentlich ganz spannend, sich auf diese Art zum ersten Mal zu treffen!"

„Siehst du! So habe ich auch gedacht! Übrigens, du solltest mich auch erkunden! Das, was sonst deine Augen getan hätten, müssen nun deine Hände übernehmen. Sei nicht schüchtern!"

Sie nahm seine Hand und führte sie an ihre Wange. Er fühlte ihr langes, kräftiges, leicht gewelltes Haar. Sie sagte:

„Du hast mir ja mal ein Foto von dir geschickt; dann aber wohl aus Trotz keines mehr. Ich weiß, wie du aussiehst. Du kannst mir vertrauen, ich führe nichts Böses im Schilde. "

Er strich ihr Haar hinters Ohr. Er erkundete ihre Gesichtszüge, sie seine.

„Schön, dass du keinen Bart trägst!" raunte sie.

Er fühlte so etwas wie einen Stoffring der eng um ihren Hals verlief und von dem zwei Träger abgingen. Von ihren unbedeckten Schultern und Armen strich er sanft herab bis zu ihren Händen, hob sie und küsste sie noch einmal.

„Wenn du es schon auf solch einfache Weise schaffst, mir eine Gänsehaut zu zaubern, wie wird es dann erst sein, wenn du die Hotspots erkundest. Du hast dich gut angezogen; das honoriere ich. Auch der Duft deines Rasierwassers gefällt mir. Doch erzähl mir, was dir an mir aufgefallen ist und was dir gefallen hat. Auch ich bin neugierig!"

„Das war auch zunächst der Duft deines Parfums, der Klang deiner Stimme; sie klingt weich, angenehm und selbstsicher. Ich vermute, du bist sprachlich sehr gewandt?!"

Irma lachte: „Komisch, dabei fühle ich mich gar nicht so selbstsicher. Ich bin vermutlich genauso aufgeregt wie du. Aber weiter, was ist dir noch aufgefallen?"

Frank zögerte etwas: „Das Knistern deiner Strümpfe!"

Wäre es nicht stockdunkel, hätte Frank ihr Schmunzeln sehen können:

„Du bist ein guter Beobachter! Das gefällt mir! Aber rück ein bisschen näher, damit ich dich besser fühlen kann. Das Zifferblatt deiner Uhr leuchtet, leg sie ab!"

Ihre Hand glitt über sein Gesicht und öffnete ein Knopf seines Hemdes:

„Durch unsere Korrespondenz wissen wir schon eine Menge über uns, auch über Einstellungen zu intimen Dingen. Meinst du immer noch, dass es leicht ist, über Intimes zu sprechen, wenn wir uns gegenüber sitzen?"

„Zu Beginn, so wie jetzt, gewiss nicht. Aber wenn man vertraut miteinander ist, muss das möglich sein. Die Qualität einer Beziehung hängt vom Grad der Vertrautheit ab."

„Frank, sprich bitte nicht allgemein – sprich über uns. Nur das zwischen uns ist für uns von Bedeutung. Heute begegnen sich zum ersten Mal unsere Energiefelder. Wir wollen herausfinden, wie wir uns miteinander fühlen. Empfindest du mich als anstrengend?"

„Nein, überhaupt nicht! Vielleicht war das gar keine so schlechte Idee, das mit der Finsternis! Ich bin nicht angespannt, eher neugierig!"

„Worauf neugierig?"

„Na zum Beispiel, wie du gekleidet bist. Du hast dich gewiss hübsch gemacht, aber ich kann's nicht sehen."

„Was weißt du, was vermutest du?" lachte sie.

„Nun, dein Kleid ist schulter- und armfrei... zwei Träger führen zum Hals...!"

„Als Mann hättest du bei Licht bestimmt schon die Tiefe meines Ausschnitts erkundet!"

Frank schwieg.

„Hey du! Ich möchte den Mann in dir wahrnehmen; ich hoffe, du bist ganz normal und dich interessiert der Sexappeal deiner Freundin."

„Der interessiert mich wahnsinnig!"

„Du darfst! Sei nicht schüchtern!" ermunterte sie ihn.

„Wenn ich frech und unverschämt wäre?" provozierte er.

„Ich habe deine Mails gelesen! Du bist weder frech, noch unverschämt, noch respektlos! Ich werde dir schon keine knallen..." lachte sie.

Er legte seine Hand an ihren Nacken, strich ihr sanft über den Rücken und fühlte Haut, sehr viel Haut. Seine Finger schoben sich unter die Träger ihres Kleides, fühlte einen zweiten Träger, wohl der vom BH, folgte ihrem Verlauf nach vorn, wagte aber nicht, ihren Busen zu berühren.

„Du darfst!" ermunterte sie ihn erneut.

Mit beiden Händen umfasste er ihre Brust. Sie trug einen dünnen BH, der nicht unterstützte. Ihre Brust war fest und wunderschön ausgeformt. Er betastete sie sachte.

„Na endlich! Wie lange habe ich das vermisst; deine Hände tun mir wohl! Du willst doch wissen, wer, wie und was ich bin! Ich will wissen, was du wissen willst! Find's heraus! Es macht Spaß, wie du es herausfindest!" Sie lachte und fügte flüsternd hinzu: „Und ich bin eine Frau, und ich gestehe, dass ich eine Frau bin, die begehrt, sehr begehrt werden möchte!"

Natürlich war er neugierig und seine Hände tasteten über ihre Hüften. Er fühlte durch den dünnen Stoff des Kleides. Ein sehr schmales und ein breites Band verliefen entlang ihrer Hüfte und gaben ihm ein Rätsel auf. Irma ließ es geschehen und legte ihre Hand auf seinen Oberschenkel. Frank fühlte sich hinab entlang ihrer Hüfte und löste das Rätsel.

„Du trägst Strumpfhalter?"

„Richtig! Ich fand das sexy! Wie findest du es?" antwortete sie. „Ich stellte mir vor, wie deine Finger zittern, wenn du mir meine Strümpfe ausziehst!" lachte sie unbefangen.

„Hattest du damit gerechnet, dass wir miteinander schlafen?" fragte Frank.

„Du? Wir befinden uns in einem Hotelzimmer. Ich habe es gebucht! Dort steht ein breites Bett!" Irma klopfte auf den Busch.

Frank schwieg verunsichert. Hatte er etwas missverstanden? Hatte er versagt? Hatte er das erste Treffen vermasselt? Hatte sie deutlichere Initiative von ihm erwartet?

„Ich ahne, was in dir vorgeht!" sagte sie.

„Also gut!" stotterte Frank. „Ich war offen für alles, wollte abwarten, wie sich das mit uns entwickelt. Ehrlich gesagt, ich denke, es ist noch nicht so weit, trotz heute und unserer bisherigen sehr vertraulichen Korrespondenz. Fühlst du dich zurückgewiesen? Hast du etwas anders erwartet?"

Wäre es hell in diesem Raum, hätte Frank ihr Lächeln bemerkt. Sie wartete mit der Antwort.

„Hey du, ich will dich kennen lernen! Wir haben per E-Mails schon über viel Intimes diskutiert, sogar pikante Einzelheiten. Mir gefiel stets deine Wortwahl; niemals hast du vulgäre oder obszöne Formulierungen verwendet. Heute wollte ich einen Schritt weitergehen. Ich wollte wissen, ob sich das bestätigt, was ich in dir vermutete."

„Und habe ich nicht bestanden? Findest du bestätigt, was du erwartet hast?"

„Ich finde dich schüchterner, als in deinen E-Mails. Vielleicht hat dich die totale Dunkelheit verunsichert. Ich wollte das! Ich wollte dich unverstellt erleben, keine Show. Du bist kein Womanizer. Du bist auf mich eingegangen, ohne dich zu verleugnen. Als ich die Anspielungen auf Sex machte, hättest du denken können, ich erwarte die Initiative dazu von dir. Du hast genauso gefühlt wie ich, es war noch nicht soweit. Lass uns das für heute beenden; ich werde dir eine Mail schreiben. Übrigens, hast du Kondome dabei?"

Er zögerte, ihre Frage zu beantworten, gestand dann aber nach einer Weile:

„Ja!"

„Ein Pluspunkt mehr!" hauchte sie in sein Ohr.

Frank bekam eine Gänsehaut.

Sie griff nach seiner Hand und erhob sich. Er nahm sie sanft in den Arm:

„Bist du so groß, oder trägst du Schuhe mit hohen Absätzen?"

„Beides! Ich bin groß, wie ich dir geschrieben habe. Aber ich trage auch Schuhe mit etwas hohen Absätzen." Sie küsste ihn auf die Wange.

„Bitte folge mir nicht! Warte biss ich verschwunden bin!"

Noch ein gehauchter Kuss und sie verschwand aus dem Zimmer. Frank tastete sich zum Fenster und öffnete den Vorhang. Licht flutete herein, so dass er die Augen kurz zusammenkneifen musste. Er blickte hinunter auf dem Parkplatz. Nach einer Weile fuhr ein Auto aus der Tiefgarage. Das Zimmer war hübsch und modern ausgestaltet, ein französisches Bett, Minibar, ein Sofa, auf dem sie gesessen hatten, Fernseher und ein karamellfarbenes Bad. Frank verließ das Zimmer nachdenklich. Falls das soeben ein verblümter Abschied war, so würde er das sehr bedauern. So schlich er durch die Hotellobby zum Ausgang und zu seinem Auto, das er auf dem Parkplatz geparkt hatte.

Auch in den kommenden Stunden fand er nicht aus seiner inneren Zerrissenheit heraus. Warum hatte er es nicht gewagt, das Spiel in seinem Sinne zu gestalten? Wie immer, er wollte nichts falsch machen. Wer nichts tut, tut auch nichts Falsches. In diesem speziellen Fall aber vielleicht doch. Doch was hätte er denn gerne anders getan? Auf Prüfungen konnte man sich vorbereiten; doch wie hätte er sich auf diese Situation vorbereiten sollen? Wäre es hell gewesen, hätte er non-verbale Hinweise deuten können. Bekanntlich sind die Körpersprache und die Mimik von entscheidender Bedeutung bei First Dates.

Sein Computer meldete sich: „Sie haben eine Mail!" Sie kam von Irma; sein Herz sprang bis zum Halse:

Lieber Frank,

großen Dank, dass du dich auf meine Spielregeln eingelassen hast. Du hast mir damit eine riesige Freude gemacht. Ich hoffe nur, dass es dir genauso gut geht wie mir und ich hoffe auch, dass du nicht den Eindruck hast, ich würde mit dir spielen. Ich sammle Informationen. Du hast nichts Falsches getan. Ich weiß, ich habe dich etwas provoziert! Ich wollte, dass du aus dir herausgehst. Ich wollte dich verunsichern. Du bist mir wichtig, nur deswegen habe ich dich wohl etwas aus der Bahn geworfen. Ich hoffe, du bist nicht dauerhaft entgleist. Bitte, sei nicht böse. Ich möchte dich nicht wiedersehen, weil ich dich noch nie gesehen habe. Aber ich möchte dich wiederfühlen; dann wüsste ich, dass du mir meine Geheimnistuerei verzeihst, dass du mir wohlgesonnen bist und bleibst.

Am Freitag um achtzehn Uhr? Wäre es dir recht? So wie das letzte Mal an gleicher Stelle – im Dunklen? Besiege deinen Groll! Ich freu mich riesig auf dich!

Irma

Frank überlegte nicht lange. Groll hegte er nicht. Wenn er den Verärgerten, den An-der-Nase-herum-geführten spielen wollte, würde er am meisten unter seinem Trotz leiden. Er freute sich auch, dass er keinen Schaden angerichtet hatte. Also zusagen!

Liebe Irma,

wie schaffst du das nur, jemanden so auf die Folter zu spannen und ihm dabei auch noch Vergnügen zu bereiten. Ich hege keinen Groll! Ich bin auch froh, nichts zwischen uns beschädigt zu haben. Also, ich werde kommen und ich freu mich auch riesig auf dich!

Frank

Pünktlich um achtzehn Uhr betrat Frank im schicken Anzug das Hotel. Warum eigentlich der schicke Anzug? Es wird doch sowieso dunkle sein! Nun, er war der Ausdruck seiner Stimmung, seines Lebensgefühls. Im Vorraum des Zimmers 212 korrigierte er noch einmal den Sitz der Krawatte.

„Frank, bist du's?"

„Ja, ich bin's, und ich werde das Licht ausschalten, bevor ich komme!" Seine Stimme klang fest und selbstsicher.

„Danke!"

Er betrat das Zimmer. Irma flog ihm um den Hals. Fest drücke er sie an sich und küsste sie lange, sehr lange. Seine Hände tasteten über das, was seinen Augen nicht vergönnt war zu sehen. Irma erwiderte seinen Kuss unmissverständlich, um ihn wissen zu lassen, wie sehr sie sich nach dieser Begegnung gesehnt hatte. Beide wollten ihn schier nicht enden lassen. Als der Kuss ausklang sagte er:

„Du trägst ein Halsband?"

„Ja!" lachte sie. „Es ist aus Samt und du kannst deine Leine daran befestigen!"

„Ich möchte aber kein Schoßhündchen hinter mir herziehen!"

„Und wenn's umgekehrt ist? Das Hündchen dich durch die Gegend zieht?" lachte sie.

Er hörte sie gerne lachen. Sie schob sein Jackett von den Schultern, entwand seine Krawatte und öffnete zwei seiner Hemdknöpfe, ohne zu fragen. Ihre Hand glitt unter sein Hemd. Seine Hand strich unablässig über ihren Rücken.

„Vermisse ich eine haarige Brust?" fragte sie sich deutlich vernehmbar und antwortete sich selbst:

„Eigentlich nicht! Hauptsache sie ist tränenfest! Aber lass uns fürs Petting aufs Sofa setzen. Ich hab's dir zwar schon geschrieben, aber mein künftiger Lebensbegleiter sollte vielseitig verwendbar sein. Er sollte mein Papa sein, mich trösten und Geschichten erzählen. Er sollte mein großer Bruder sein und mich beschützen. Er sollte mein bester Freund sein, dem ich alles anvertrauen kann und er sollte selbstverständlich mein Lover sein, der mir meine körperlichen Bedürfnisse stillt, mein Herz höher schlagen lässt und für meine psychische Ausgeglichenheit sorgt. Hängt alles irgendwie zusammen. Findest du nicht?"

„Da hast du gewiss recht! Wenn du mich durchs Leben begleitest, wirst du ähnliche Aufgaben erfüllen müssen."

„Ganz spontan, ohne groß nachzudenken, welches ist die wichtigste?"

„Die der Geliebten!" sagte er etwas kleinlaut.

„Großartig, danke, das wollte ich hören! Sprich es ruhig laut und vernehmlich aus. Wenn wir gemeinsam durchs Leben gehen, werden wir sehr viel erotische Stunden im Bett verbringen. Ich hoffe, dass mein Verlangen nach sehr viel Liebe und Zärtlichkeit nicht deine Kapazitäten überschreiten und du mir davonläufst."

„Wirst du dann Ersatz beschaffen?" fragte Frank.

Irma lachte: „Nein, soweit wird es nicht kommen! Ich möchte einen Mann und den ganz für mich allein, mit Haut und Haaren, mit ganzem Herzen und voller Hingabe! Falls notwendig, müssen wir kräftig trainieren. Aber darüber haben wir ja schon in unseren Mails gesprochen. Diese Aussicht hat dich nicht verschreckt, und übrigens der Kuss vorhin war schon ein hoffnungsvoller Anfang!"

„Das fand ich auch! Dann sollten wir das wiederholen!" meinte Frank und zögerte nicht lange und zog Irma kräftig in seine Arme. Widerstandslos ließ sie es geschehen und reagierte ermutigend auf seine Initiative. Sie lachte, als er ihre Konturen erkundete.

„Na, hast du alle Informationen beisammen?" lachte sie erhitzt.

„Ich denke schon!" lachte er zurück. „Reißverschluss am Rücken, zwei Träger, moderater Ausschnitt... vermutlich Winziges darunter, Strümpfe, Schuhe..."

„Gut, mein Freund! Aber die Reihenfolge bestimme ich und das Winzige belässt du mir!"

„Einverstanden!"

„Und die Farbe des Kleides?"

„Wie das denn jetzt?"

„Die Farbe des Kleides??"

„Bunt!" sagte er spontan.

„Bravo! Bestanden!" Sie beugte sich an sein Ohr, biss ins Ohrläppchen und flüsterte: „Schuhe und Strümpfe zuerst!"

Frank gehorchte, kniete nieder und zog ihre Schuhe aus. Er tastete sich das Bein hinauf; Söckchen oder Kniestrümpfe waren es nicht. Er musste schon oberhalb des Knies, unter ihrem Kleid nach dem Ende suchen.

„Beeil' dich ja nicht!" bat sie ihn. „Das krabbelt so schön!"

Er fand die Halter, löste behutsam den Strumpf, zog ihn sachte herunter und legte ihn über die Lehne des Sofas. Das gleiche tat er mit dem andern. Irma atmete tief:

„Schade, dass ich kein Tausendfüßler bin! Nun ich dein Hemd."

Sie öffnete langsam alle Knöpfe, zog das Hemd aus der Hose und zog es ihm aus. Sie trat nah an ihn heran, öffnete den Gürtel seiner Hose, öffnete auch den Reißverschluss und ließ sie fallen. Frank entledigte sich seiner Schuhe und rasch seiner Socken.

„Das geht ja flott von der Hand, wie einstudiert!" kommentierte sie. „Nun, mein fingerfertiger Zauberlehrling, mein Kleid!"

„Eins noch!" unterbrach er den Gang der Dinge. „Wie steht es mit der Verhütung?"

„Nun, wir haben uns darüber geschrieben; für Verhütung ist gesorgt; daran hat sich nichts geändert. Trotzdem danke, dass du daran erinnerst!"

Frank setzte sein Tun fort, er fand den Reißverschluss und zog ihn besonders langsam und effektvoll herunter. Kurz über ihrem Po war Schluss. Er schob beide Träger über die Schultern. Irma schüttelte sich etwas und schon fiel das Gewand zu Boden. Er reichte ihr die Hand und sie stieg heraus aus dem, was sie schützte. Sie legte die Arme um seinen Hals und raunte:

„Wenn du die Güte hättest, mir das winzige Verbliebene nicht auch noch zu rauben, wäre ich dir dankbar! In weiser Voraussicht habe ich, bevor du kamst das Bett schon abgedeckt. Zum Glück konntest du das nicht sehen. So blieben dir meine Absichten verborgen. Gut so! Wenn ich denn also bitten darf?"

Sie küssten sich, bis die Knie erweichten. Frank erkannte, dass rückwärtig nichts Irmas Blöße bedeckte - offensichtlich ein Wunderwerk der Mode. Er bemerkte auch, dass das, was er liebevoll streichelte, rasch eine Gänsehaut entwickelte.

„Wenn ich denn also bitten dürfte!" wiederholte sie ihr Angebot. Sie fanden den rechten Ort auch bei Dunkelheit und ließen sich in die Kissen sinken.

„Wie geht's dir mit mir?" fragte sie ernsthaft besorgt.

„Ich bin wahnsinnig aufgeregt!" gestand Frank.

„Für einen sensiblen Mann ist das erste Mal meist schwierig. Mach dir aber keine Sorgen, entspann' dich, sei neugierig und erkunde meinen Körper. Ich bin sicher, dich werden gewisse Dinge besonders interessieren. Im Übrigen mich auch! Du kannst nichts falsch machen. Doch raube mir bitte nicht meine letzten Habseligkeiten."

„Trau' dich!" hauchte sie in sein Ohr und ließ ihn ihre Fingernägel auf seiner Brust spüren. Das leicht Schmerzhafte ermutigte ihn. Er strich über Hals und Nacken zu den Schultern, fuhr unter ihr dichtes Haar, zog ihr Haupt nach hinten küsste ihre Kehle, wanderte hinüber, wo sich Hals und Schultern treffen und küsste sie dort an dieser empfindsamen Stelle. Er streckte ihre Arme und grub sein Gesicht in ihre Achsel, schwenkte hinüber zu ihrer weichen Brust und versank im Tal zwischen beiden Erhebungen. Irma bäumte sich auf und presste sein Gesicht fest an ihre Brust.

„So ist's recht!" lobte sie. „Weiter so, hör' nicht auf! Ich genieße deine Neugier!"

Er streichelte ihren Bauch, umfasste ihre Hüften und fühlte das zarte Band ihres Slips. Er folgte dessen Verlauf.

„Er ist wirklich winzig!" raunte er in ihr Ohr.

„Ich trage ihn gerne; ich fühle mich so gerne sexy!" antwortete sie.

„Er bedeckt ja kaum etwas!"

„Da gibt's auch nicht viel zu verbergen! Du brauchst da schon größere Behältnisse für Big Ben..." lachte sie und schob langsam ihr Knie über seine Oberschenkel, um seinen Erregungszustand zu erkunden:

„Oh, das fühlt sich ja gut an! Da ist schon etwas mächtig im Busch. Ich werde jetzt deine Hose stehlen, sonst gelingt mir das nachher nicht mehr!"

Beherzt tat sie das, was sie angekündigt hatte. Sie legte auch ihren BH ab. Frank begrüßte liebevoll und ausgiebig die beiden Zwillinge, als sie befreit über sein Gesicht streichelten.

„Jetzt ist es aber an der Zeit, dass du mir das Bis-zu-letzt-Verbliebene raubst. Du musst aber verwegen sein und mich überwältigen, denn ich werde meine Jungfräulichkeit verteidigen. Wenn du mich dann besiegt hast, woran ich keineswegs zweifle, denn ich werde dich bei deinem Angriff unterstützen und dir, dem Sieger zujubeln; dann aber solltest du behutsam vorangehen, wenn du dein neues Territorium betrittst. Denn nicht immer ist die Besiegte auch die Unterlegene. Übe deine Macht zum Wohle der Besiegten aus."

Nach diesen wohlgesetzten Anweisungen sollten wir die beiden alleine lassen und diskret draußen warten, bis es Anzeichen gibt, dass ihre erste Begegnung vorüber ist. Das gehört sich so! Schließlich ist es auch akustisch nachvollziehbar, wie weit das Geschehen vorangeschritten ist. Übertriebene Neugier, oder gar Voyeurismus wären nicht angebracht.

Entspanntes Kichern und Albernheiten sind deutliche Anzeichen, dass die beiden heil gelandet sind. Der Dialog klang artikulierter. Lassen wir die beiden noch eine Weile ruhen, bevor wir uns ihnen in unserer Fantasie wieder nähern, um den Fortgang der Ereignisse nicht zu verpassen.

Nach geraumer Zeit küsste Irma ihn auf die Wange:

„Habe ich dich wachgeküsst?"

Wortlos küsste Frank zurück.

„Frank, ich habe eben mit dir etwas sehr Schönes erlebt. Allerdings dient das bekanntlich ausschließlich der Arterhaltung, was wir aber von vornherein verhindert haben. Ich würde jetzt gerne mit dir etwas zur deutlichen Selbsterhaltung tun. Ohne das sind wir auch in Zukunft nicht zur Arterhaltung fähig..."

„Du sprichst in Rätseln! Geht's auch etwas weniger kryptisch?" meldete sich Frank.

„Das hoff' ich doch, dir ein Rätsel zu bleiben! Doch ganz einfach; ich habe Hunger! Wollen wir nicht unten im Restaurant gemeinsam zu Abend essen?"

„Aber wie das denn? Ich würde dich doch dann von Angesicht zu Angesicht sehen?"

„Keine Angst, es wird nicht schlimm ausfallen! Oder hast du dich schon so sehr an das ‚Im-Finstern-ist's-gut-munkeln' gewöhnt? Ich werde mich im Bad jetzt zurecht machen. Du wartest hier, gehst nach mir ins Bad und folgst mir hinunter ins Restaurant an der Terrasse zum See. Mal sehen, ob du mich wiedererkennst. Ist doch eine spannende Sache, findest du nicht?"

„Das ist eine großartige Idee! Ich bin neugierig und freu' mich auf dich!"

Ein Küsschen, und Irma verschwand im Bad. Frank hörte das Wasser rauschen. Dann war es still. Nach einer Weile steckte sie den Kopf ins Finstere, zum letzten Mal:

„Das Bad ist frei! Bis gleich! Aber du hast jetzt auch die letzte Chance, dich einfach davonzuschleichen!"

„Das werde ich gewiss nicht tun!" sagte er bestimmt, stand auf und ging ins Bad:

„Wie das hier duftet!" bemerkte er.

Nachdem er sich wieder für das zivilisierte Leben aufbereitet hatte und alle Check-ups bestanden hatte, trat er hinab ins Erdgeschoss, an dessen Terrasse sich die verschiedenen Restaurants befanden.

Er kam ins Grübeln, da saßen fünf Damen allein an je einem Tisch. Gab eine ein geheimes Zeichen? Beherzt ging er auf eine zu:

„Entschuldigen Sie, gnädige Frau, hatten wir soeben das Vergnügen?"

Entsetzt sah sie ihn an:

„Ich darf doch wohl sehr bitten, Sie Flegel!"

Geschockt wich Frank zurück. Etwas zurückhaltender fragte er die nächste:

„Entschuldigen Sie, gnädige Frau, heißen Sie vielleicht Irmgard oder Irma?"

„Seh' ich so aus? Die Anmache wird immer einfallsloser!" sagte sie herablassend.

Auch die dritte war kaum weniger freundlich. Ratlos sah sich Frank um. Hatte Irma sich aus dem Staub gemacht, wie sie ihm geraten hatte? Das wäre ein harter Schlag; dann hatte er auf ganzer Linie versagt, alles vermasselt, und sie suchte derweil den eleganten Weg, um für immer aus seinem Leben zu verschwinden. Ein begossener Pudel konnte nicht armseliger aussehen wie Frank.

Da trat eine elegant gekleidete Frau hinter einem dekorativen Pflanzenarrangement hervor:

„Frank, du siehst so betrübt aus! Hattest du einen misslungenen Nachmittag? Ich bin's, Irma, wie hatten soeben das Vergnügen..."

Frank war sprachlos. Mit allem hatte er gerechnet, außer in diesem Augenblick einer solch wunderschönen Frau gegenüber zu stehen. Das war nicht seine Liga; das waren nicht seine Kreise! Er kam sich vollkommen deplatziert vor, wie in einem falschen Film. Zum Glück blieben ihm die Worte im Halse stecken. Vermutlich hätten sie nur irreparable Schäden angerichtet. So rettete Irma die Situation:

„Frank, ich habe da drüben in der Ecke einen Tisch für uns eindecken lassen. Ich glaube, wir haben eine Menge zu besprechen."

Irma ging voraus. Sie sah wirklich blendend aus. Frank war ihr behilflich, Platz zu nehmen. Der Kellner nahte:

„Ich wünsche einen guten Abend. Darf ich Ihnen einen Aperitif auf Kosten des Hauses servieren?"

„Gerne! Frank, einen Prosecco?"

Frank nickte.

Als der Kellner gegangen war, die Speise- und Weinkarte zurücklassend, fragte Frank:

„Auf Kosten des Hauses?"

„Ja! Ich habe sehr oft mit diesem Hotel zu tun. Man wollte sich wohl erkenntlich zeigen..." antwortete Irma. Aber ihre Mimik veränderte sich:

„Frank, was ist? Du scheinst mir zu entgleiten; dafür besteht kein Grund. Ich weiß, ich habe dir viel Geduld abverlangt. Nur tu' mir bitte jetzt nicht eins an, mach dich bitte nicht innerlich aus dem Staub. Ich sitze jetzt hier mit dir, um dir zu erklären und weil ich nach dem, was ich soeben mit dir erlebte, sehr glücklich bin. Sag' mir, was mit dir los ist?"

Der Kellner erschien mit zwei eisgekühlten Gläsern und füllte sie mit Prosecco:

„Ich wünsche den Herrschaften einen angenehmen Aufenthalt in unserem Hause. Lassen Sie mich wissen, wenn Sie gewählt haben oder aber auch, wenn ich nachschenken darf."

Er verbeugte sich leicht. Die beiden prosteten sich zu und tranken einen Schluck.

„Nun Frank, bitte lass mich wissen, was in dir vorgeht! Ungewissheit ängstigt mich!" bat sie. Sorge schwang unüberhörbar in ihrer Bitte.

„Irma, du bist eine außergewöhnliche und ungewöhnlich gut aussehende Frau. Nie zuvor habe ich so viel Schönheit in einer Person vereinigt gesehen, außer vielleicht in Hochglanzmagazinen, auf dem Bildschirm oder der Leinwand. Du verkörperst eine so ganz andere Welt, so eine ganz andere Gesellschaftsschicht – diese Welt der Schönen und Reichen von Porto Fino über Marbella, St. Tropez, Costa Smeralda, Cala Volpe bis Las Vegas, Santa Monica und wie all diese Domizile heißen mögen. Das ist eine Welt, zu der ich keinen Zugang habe und niemals haben werde. Da ist eine unsichtbare Wand unterschiedlicher Wertemuster und Erwartungen zwischen uns. Ich gebe zu, ich möchte nicht einmal dazugehören zu dieser sogenannten Prominentenelite mit ihrer Oberflächlichkeit und einem ständig steigenden Bedarf an Luxus. Ich suche eine Frau im Sinne einer Lebensgefährtin, für die Belange von Liebe, Zärtlichkeiten, Kamerad- und Freundschaft, der das Wesentliche im Leben etwas bedeutet."

Irma schwieg und ließ ihm genügend Zeit, vielleicht noch etwas zu ergänzen.

„Sieh genauer hin!" bat sie.

Frank, der bei seiner Rede vor sich hin gestarrt hatte, sah ihr in die Augen:

„Du siehst traurig aus!"

Irma nickte:

„Deine Einschätzung ist nur zum Teil richtig. Aber es ist nicht das erste Mal, dass ich Derartiges zu hören bekam. Eigenartigerweise verschlägt es Männern die Sprache in meiner Gegenwart, oder sie stolpern, oder tun andere alberne Dinge. Das ist ja entschuldbar; aber für eine Flucht besteht doch kein Grund! Ich hoffe, du empfindest meine Aussage, dass eine ungewöhnlich schöne Frau auch besonders zu leiden hat, nicht als arrogant?"

Frank bemerkte, dass er mit seiner Einschätzung offenbar zu weit gegangen war und dass Irmas Stimmung zu kippen drohte. Schließlich hatte er sie ja schon recht genau im Verlauf ihrer Korrespondenz kennengelernt. So beeilte er sich, zu antworten:

„Ich glaube, ich verstehe, was du meinst! Wäre ich dir zufällig begegnet, hätte ich auch nicht gewagt, dich anzusprechen, selbst wenn du mir noch so gut gefallen hättest. Durch unsere Korrespondenz habe ich eine andere Seite wahrgenommen und mir ein Bild von dir geschaffen. Im Austausch unserer Ansichten und Meinungen sind wir uns schon sehr nahe gekommen. Auf traditionellem Weg wäre das wohl nicht geschehen."

„Da hast du gewiss recht. Ich bereue kein einziges Wort, das ich dir anvertraut habe. In einer Begegnung im Café auch nach längerer Zeit hätte ich mich nicht getraut, so viel von mir preiszugegeben."

Sie machte eine Pause und fuhr fort:

„Frank, bitte, lass mich erklären. Es wird Zeit, dass du verstehst. Ich möchte aber nicht devot um Verzeihung bitten. Ich habe dir willentlich kein Schmerz zufügen wollen. Ich weiß, ich habe dir viel zugemutet. Zu keinem Zeitpunkt wollte ich dich schikanieren oder mit dir spielen... In meinen Augen haben wir keine Rivalitäten ausgetragen oder ausgelotet, wie weit wir gehen können, wer der Mächtigere ist... Aber ich tat nichts anderes, als meine Interessen zu vertreten, um mein privates und mein berufliches Leben in Einklang zu bringen und zu schützen.

Ich möchte dir einen Einblick in mein Leben geben. Ich habe nicht nur mit dir korrespondiert... Viele sind seit langem abgesprungen; du nicht, du bist übrig geblieben! Du warst zwar mehrmals ungeduldig – was ich verstehen kann – aber du hast stets mich und meine Wünsche respektiert. Ich vermute, Respekt ist eine deiner Tugenden. Das hat dir meinerseits Hochachtung eingebracht. Oft hatte ich mit dir gelitten; aber du sollst erfahren, warum ich nicht anders konnte."

Wieder machte sie eine Pause und griff nach Franks Hand. Er zog sie nicht zurück. Erleichtert fuhr sie fort:

„Ich studierte Volkswirtschaft und fand sehr leicht jede Menge Stellenangebote. Die meisten erwiesen sich als zwielichtig; ich will nicht näher darauf eingehen. Schließlich entschied ich mich für die hiesige Maschinenbau AG. Der Chef fand mich sehr sympathisch und erklärte mir ganz offen seine Gründe; er wolle mich als seine persönliche Assistentin, weil ich knapp ein Dutzend Sprachen spreche, weltgewandt sei und blendend aussehe. Ich sollte ihn auf seinen Dienstreisen begleiten. Bei schwierigen Verhandlungen erleichtert die Anwesenheit einer hübschen Frau vorteilhafte Abschlüsse. Außerdem könnte ich verstehen, wenn sich die ausländische Delegation berät, in der Meinung, niemand versteht ihre Unterredung. Er ergänzte seinen Kommentar, dass er sehr glücklich verheiratet sei und dass sich daran auch nichts ändern wird. Falls ich sein Angebot annehmen sollte, wolle er mich auch sogleich seiner Frau vorstellen. Wenn er etwas hasse, dann sei es irgendeines dieser „Geschmäckle"...

Dann kam er zum unfairen Teil seines Angebots. Er wisse, dass es sittenwidrig sei, aber er müsse sich absichern! Er erklärte, dass ich als seine persönliche Assistentin in alle Betriebsgeheimnisse und Firmeninterna eingeweiht werden würde. Ich wäre ein Geheimnisträger von immensem Wert für die Konkurrenz. Nur vier Personen wüssten über all diese Details der Werke Bescheid. Auch seiner Frau erzähle er nichts. Was sie nicht weiß, kann sie nicht belasten. Unter diesen Betriebsgeheimnissen befinden sich keine illegalen Machenschaften oder gesetzeswidrige Manipulationen. Es sind Know-how, spezielle Software und Programme, die uns einen entscheidenden Vorsprung vor der Konkurrenz verschaffen. Zudem trete die Firma als Makler für den Verkauf ganzer Fertigungsanlagen auf. Auch von diesen Geschäftsbeziehungen braucht die Konkurrenz nichts zu wissen. Ich werde aber all diese Dinge erfahren. Man wird vermutlich versuchen, mich zu bestechen. Das können wir vermutlich durch ein üppiges Gehalt abwenden. Man könnte aber auch versuchen, mich zu erpressen, falls sich Dinge ereignen, die mich erpressbar machen könnten. Daher erwarte er ein einwandfrei untadeliges Privatleben. Ich sei eine junge, blendend aussehende Frau und ich bin nicht verheiratet. Unterschätzen sollte ich nicht die üblen Tricks irgendwelcher Paparazzi. Es ist deren Job, mich reinzulegen. Ich sollte ihnen keinen Anlass geben, mich zu erpressen. Das ist starker Tobak; daher sollte ich gründlich überlegen, ob ich mich solchen Bedingungen unterziehen wollen. Er musste mir fairerweise all dies vorher sagen. Eine Woche Bedenkzeit...? Ich nickte und entschied mich alsdann, diesen Job anzunehmen."

„Und hast du es bereut?" fragte Frank.

„Zum Teil schon! Ich betrat zwar die noble Welt der Wirtschaftslenker mit all ihrem exquisiten Luxus, aber nicht alle hatten das Format meines Chefs. Mit ihm gab es nicht die geringsten Zweideutigkeiten. Auf gelegentliche auf mich bezogene chauvinistische Machosprüche einiger Gesprächsteilnehmer reagierte er äußerst scharf und brach in einem besonders krassen Fall sogar einmal meinetwegen die Geschäftsbeziehungen ganz ab.

Doch mein Privatleben litt. Ich war gewohnt, mich in der Männerwelt nach eventuellen Partnern umzusehen. Der Gang in Bars und Kneipen war mir nun verwehrt. Ich war jung, sehr gut aussehend und hatte wie alle Frauen den sehnlichen Wunsch nach zärtlichen Berührungen. Es blieb mir nur das Internet. Zum Glück fand ich dich! Schon bald ertappte ich mich, dass ich voller Ungeduld auf Post von dir wartete. Andere Korrespondenten verloren rasch an Bedeutung. Einige erklärten mich wegen meines seltsamen Verhaltens für bescheuert und brachen ab, du nicht. Ich danke dir, dass du geblieben bist; und ich danke dir, dass wir in diesem Augenblick hier zusammensitzen."

Frank schwieg. Der Kellner brachte das Dinner. Er hatte wegen unserer angeregten Unterhaltung gewartet und die Speisen warm gehalten. Seine Einfühlsamkeit verdient eine besondere Würdigung. Das Paar aß mit großem Appetit und schwieg. Die Speisen waren ausgezeichnet. Mehrmals streichelte Frank die Hand seiner Irma. Erleichtert lächelten sie einander zu.

Nachdem sie gegessen hatten, schlug Irma vor, sich hinaus auf die Terrasse zu setzen wie all die anderen Paare, denn es war warm und die lange farbige Sommerdämmerung zauberte einen romantischen Abend. Frank stimmte zu und sie ließen sich noch einmal Wein auf der Terrasse servieren. Sie setzten sich nebeneinander, um Zärtlichkeiten zu tauschen und leise miteinander tuscheln zu können. Ihr Konflikt schien bereinigt. Sie lehnte ihren Kopf an seine Schultern.

„Wie lange habe ich mich nach all dem gesehnt!" raunte sie in sein Ohr. „Auch unsere sehr intime Korrespondenz hat mir sehr geholfen, unser erstes Mal so intensiv zu genießen! Ich hatte solche Angst…!"

„Du hattest Angst? Wenn hier jemand Angst haben durfte, dann bin ich das!" wunderte sich Frank.

„Ach, was wäre gewesen, wenn dein Freund dir die Gefolgschaft verweigert hätte? Nichts! Was wäre aber gewesen, wenn das erste Mal das letzte Mal gewesen wäre und wir wären wortlos auseinander gegangen? Ich glaube, ich hätte nie wieder aufgehört zu heulen und hätte mich in den Luxus meines Appartements verkrochen. Zumindest hätte ich über Jahre keinen weiteren Versuch gestartet. Ich mag „Mann" und ich brauche „Mann"! - aber nicht jeden, auch keinen Kompromiss! Bei dir befindet sich alles am rechten Fleck. Ich weiß nicht, wie sich das zwischen uns alles entwickelt, aber ich bin sehr optimistisch, zuversichtlich - und wahnsinnig verliebt!"

Sie senkte den Kopf, als würde sie sich wegen ihres Geständnisses schämen. Doch sie kokettierte. Frank griff nach ihrer Hand, küsste sie und jeden ihrer Finger. Sie ließ es lächelnd geschehen. Er sah sie an:

„Das bin ich auch! Was mir bei deinem Anblick auch gewiss nicht schwer fällt. Offenbar haben dich dein Aussehen und dein mit Glückssträhnen durchzogenes Leben nicht hochnäsig werden lassen. Welch glückverheißende Kombination für mich…"

Frank lachte. Der Wein hatte seine sonst etwas zwanghafte Gefühls- und Gedankenwelt deutlich aufgemischt.

„Ich höre dich gerne lachen!" ermutigte Irma. „Zum Glück wissen wir schon eine ganze Menge sehr Privates über einander. Das macht's jetzt leichter!"

Frank erhob das Glas:

„Auf das Lachen!"

„Auf das Lachen! ...und auf unser Glück!" bestätigt sie.

„Frank, es hat mich viel Mühe gekostet, dich wie die sprichwörtliche Nadel im Heuhaufen zu finden. ich möchte dich auf keinen Fall wieder verlieren!" sagte die schönste Frau, die er je von Angesicht zu Angesicht zu sehen bekommen hatte. Der Ober brachte behutsam ein Windlicht, um die stimmungsvolle Energie zwischen den beiden Liebenden nicht zu entweihen.

„Du hattest Angst?" nahm Frank den Faden wieder auf. Irma dachte eine Weile nach:

„Nach unserem ersten Blind Date war ich völlig durcheinander. Ich war so unglaublich heiß... Deine Berührungen... deine Stimme... deine Energie... Um ein Haar wäre ich über dich hergefallen. Etwas hielt mich ab! Nachdem wir uns trennten, glaubte ich alles falsch gemacht zu haben. Aber es war so wie es war. Deine Mail hat mich beruhigt und mich wieder mit beiden Beinen auf die Erde gestellt. Da war nichts zerbrochen – keine vertane Chance – dein vertrautes Wohlwollen hatte keine Kratzer. Trotzdem dachte ich weiter über uns nach. Es blieb mir gar nichts anderes übrig; jede Faser meines Seins wollte sich mit dir und dem Geschehen beschäftigen. Meine Arbeit litt etwas darunter. Ich fühlte und fühle mich ungeheuer lebendig. Unwiderstehlich war mein Verlangen nach dem ersten Mal... Wir wussten voneinander, dass wir beide seit langem keine sexuellen Kontakte mehr hatten und mir drängte sich der Vergleich von einem Schlüssel und einem Schloss auf. Beide wurden seit langem nicht mehr benutzt. Das klingt zwar witzig, aber es hilft zu erklären, was ich sagen möchte. Vielleicht sind beide eingerostet. Was können wir tun, um beide wieder vollkommen funktionstüchtig zu machen?"

Irma lachte:

„Aber meine Sorge war vollkommen unbegründet! Du hast ihn so behutsam eingesetzt und er ließ sich mühelos drehen, und er erschloss mir den Zugang zu neuen Welten. Es war großartig! Darum lass uns nicht vergessen, das Zimmer ist bis morgen noch für uns reserviert."

„Dann lass uns rasch nach oben gehen!" forderte Frank sie auf.

„Wirklich?" strahlte sie. "Du bist noch nicht ermattet?"

Ihre Wangen röteten sich. Beim Verlassen der Terrasse raunte sie dem Ober zu: „Setzen Sie alles auf die Rechnung!"

„Sehr wohl, gnädige Frau!"

Verstand er, warum das Paar so eilig die romantische Terrasse verließ? War sie nicht romantisch genug? Im Fahrstuhl begegneten sie einer der grob abweisenden Damen, die nun ihrerseits in männlicher Begleitung ihn wiedererkannte. Sie bemerkte milde:

„Ich verstehe nicht, wie Sie mich mit Ihrer Partnerin verwechseln konnten!"

„Ach, wissen Sie, das wäre eine längere Geschichte...!" antwortete Frank und niemand war brüskiert.

Das Zimmer war zwischenzeitlich aufgeräumt worden und das sanfte Licht brannte.

„Frank, ich bin so dankbar, dass du mir aufs Zimmer gefolgt bist. Ich bin so aufgeregt und habe so gar keine Angst vor unserem zweiten Mal. Wollen wir zuerst zusammen duschen oder baden?"

„Das hätte ich auch vorgeschlagen!" raunte Frank als er seine Geliebte an sich zog.

Irma lachte:

„Gut, dass ich auf alles vorbereitet bin!"

Sie verschwand kurz und hielt ihm alsdann ein paar Teelichte vor die Nase:

„Verteil' sie bitte im Badezimmer und zünde sie an, damit wir das grelle Licht ausschalten können. Ich will jetzt gewiss alles tun, damit alles romantisch wird. Lass mich zuvor nur rasch mein Makeup korrigieren!"

Sie knipste das Licht aus und wandte sich ihm wieder zu:

„Nun, mein lieber Mann, nun lass uns einander ausziehen. Ich brenne darauf, mich dir nackt zu zeigen und ich brenne darauf, dich nackt zu sehen."

Sie führte seine Hand an ihre Bluse, bevor sie begann sein Hemd aufzuknöpfen. Hemd und Bluse fielen zu Boden. Sie trug einen dunkelroten BH, durch den etwas ihre weiße Haut hindurchschimmerte. Er konnte kaum den Blick von ihrem bezaubernden Dekolleté wenden, als seine Hände zum Rücken tasteten, um mit zitternden Fingern den Verschluss des reizenden BH zu öffnen.

„Nein, mein Schatz, lass mir bitte noch meinen BH, zuerst deine und meine Schuhe und natürlich deine Socken. Ein Mann nur in Socken sieht fürchterlich aus."

Frank kniete nieder, Irma stützte sich an seiner Schulter ab, als er ihre hochhackigen Schuhe abstreifte. Er sah sie ratlos an.

„Sei nicht schüchtern, fass mir unter den Rock! Ich mag das von dir, nur von dir! Du wirst die Halter schon finden. Lass dir Zeit! Ich genieße dein Krabbeln..."

Frank tat Dinge, die er nie zuvor getan hatte. Er hob etwas ihren Rock, fand die jeweils zwei Halter und öffnete sie. Behutsam zog er die seidenen Strümpfe herunter. Sie knisterten etwas! Als er sich wieder aufgerichtet hatte, ließ sie ihn wissen, dass es gewisse Dinge gäbe, die sie nur von ihm erwartete, weil sie ihr Leben bereicherten.

„Ich werde dir von diesen Dingen nachher erzählen. Hör dann gut zu, damit du sie nie wieder vergisst!"

Während sie das sprach, hatte sie den Gürtel seiner Hose geöffnet, den Reißverschluss heruntergezogen und die Hose zu Boden fallen lassen. Der Reißverschluss ihres Rockes befand sich hinten. Frank fand ihn und zog ihn herunter; er löste die beiden Häkchen und auch ihr Rock fiel ungehalten. Galant stieg sie aus dem gefallenen Kleidungsstück.

„Sieh mich an, mein Lieber, ich habe für dich meine sexy Unterwäsche angezogen, weil ich weiß, wie sehr du das spärliche Outfit magst. Ich werde mich aber jetzt davon trennen müssen, weil ich nicht damit duschen möchte. Denn dann würde sie nur noch mehr einlaufen."

Sprach's und befreite ihn gleichzeitig sanft aber bestimmt von seinen Boxershorts.

„Nun, mein Freund, du kannst dich sehen lassen, aber künftig bitte nur noch vor mir! Jetzt bist du am Zug! Ich freu' mich drauf, aufs erste Mal!"

Frank nahm ihr den BH ab und ließ sie aus dem Slip schlüpfen. Er war sprachlos und sie verdrehte die Augen:

„Meine Güte, ist das schön. Endlich betrachtet mich ein Mann mit den Augen meines Mannes, wie es sein sollte; und ich unartiges Mädchen schäme mich nicht im Geringsten! ...und man sieht ihm an, dass es ihm gefällt! Die Welt ist also doch noch vollkommen in Ordnung!"

Mit einem Handtuch wand sie geschickt einen Turban um ihr Haar, damit es nicht nass wird. Dann drehte sie den Hahn auf und wählte die richtige Temperatur. Frank beobachtete jede Einzelheit ihrer Bewegungen und schien so etwas wie gelähmt. Sie zog ihn unter die Dusche. Irma wusch im zielstrebig und rasch alle verbliebene Scheu von der Haut und unterwies ihn voller Genuss in die Reinigungsrituale ihres eigenen Körpers. Als alles wohlbedacht worden war und deutliche Reaktionen hinterließ, hielt es die beiden nicht länger unter der Dusche. Rasch trockneten sie einander ab und huschten ins Schlafzimmer. Irma dimmte das Licht Frank schlug das Bett zurück. Er zog sie an sich in seine Arme. Ihre Blicke trafen sich und verharrten. Sie sagte:

„Hat es dir gefallen, was du gesehen hast?"

„Es hat mir über alle Maßen gefallen und ich hoffe, dass ich all das sehr häufig zu sehen bekomme!" flüsterte er.

„Da kannst du ganz sicher sein! Beherzige ganz einfach diesen kleinen Hinweis: Ich brauche sehr viel Mann! Seitdem ich mit dir korrespondiere sogar mehr als erwartet. Ich brauche meinen Mann an meiner Seite, ich brauche meinen Mann unter mir, ich brauche meinen Mann über mir, und vor allem aber brauche ich meinen Mann sehr oft in mir! Das ist doch ganz einfach! Oder nicht?"

Frank griff in ihren Nacken und zog sie kräftiger zu sich. Sie legte ihre Arme um seinen Hals und sah ihm in die Augen. Er las von ihren Lippen ihre lautlose Aufforderung:

„Lass uns küssen, wie niemals zuvor!"

Ihre Zunge benetzte ihre Lippen dann seine. Es war nicht ihr erster Kuss, als sich jedoch diesmal ihre Lippen berührten, durchfuhr es sie wie ein elektrischer Schlag. Ihre Zungen betasteten einander, spielten miteinander, tanzten miteinander. Die beiden lachten, ohne sich zu lösen. Sie küssten inniger; seine Hand glitt von ihrem Nacken über ihren Rücken... Die Haut entlang ihrer Wirbelsäule war etwas feucht vor Erregung; doch als er mit den Fingerkuppen ihren Po streichelte, fühlte er, wie sich eine Gänsehaut bildete. Unsichtbare und unwahrnehmbare Wolken an Pheromonen dampften aus jeder ihrer Hautporen, tanzten in der Luft und wurden von den Liebenden eingesogen. Noch immer schwelgten sie in ihrem Kuss. Sie ließ ihn wissen, wie sehr sie seine deutlich fühlbare Erregung begrüßte. Ihre Beine zitterten. Sie wurde schwer in seinen Armen. Er ließ sie in die Kissen gleiten und kam selbst auf ihr zu liegen. Sie schlang ihre Beine um seine Hüften.

„Meine Güte, du bist hart wie ein Meißel; dabei bin ich weich wie Knete in deinen Händen!" Das waren ihre letzten artikulierten Worte, die sie sprach, bevor sie für die kommenden Stunden in den mächtigen Strudel überbordender Gefühle gerissen wurden. Wir sollten uns auch abwenden und nicht länger zusehen, wie ein neues Paar ihr Kunstwerk beginnt. Vielleicht will uns dieses großartige Schauspiel ermuntern, selbst Meißel und Knete zur Hand zu nehmen, um unser eigens Kunstwerk zu gestalten.

Die beiden begannen nach einem kurzen Schlaf den Morgen, wie sie den Abend beschlossen haben. Dennoch wenig ermattet, nahmen sie schweigend ihr Frühstück ein und grinsten sich dabei hin und wieder verschmitzt an. Den Sonntag verbrachten sie zunächst getrennt in ihren Wohnungen, trafen sich aber am frühen Abend zu einem leichten Dinner. Irma bat ihren Geliebten mit in ihre Wohnung. Sie wohnte in dem Bezirk, den man den Promihang nannte. Ihr Appartement war ein Teil einer hübsch angelegten Wohnanlage mit alten Bäumen und blühenden Büschen. Sie wohnte im ersten Stock. Frank war begeistert über die Großzügigkeit ihrer Wohnung, deren Einrichtung und den eleganten, aber nicht pompösen Wohnstil:

„Donnerwetter, Hut ab, du hast Geschmack" bewunderte er ihr Werk, als sie ihn herumführte. „Hast du alles selbst eingerichtet?"

„Nicht nur Geschmack, ich hatte auch Geld und ich ließ mir Zeit. Es dauerte fast zwei Jahre, bis alles so wurde, wie du es jetzt siehst, gerade rechtzeitig zu deinem Einzug in mein Leben."

Sie deutete auf das französische Bett: „In diesem Bett hat noch nie ein Mann gelegen. Meinst du nicht, wir sollten es heute einweihen und testen ob es stabil genug ist?"

Frank nickte, aber vermutlich nicht entschieden genug, denn als sie ihn auf die Terrasse führte. fragte sie nach:

„Frank, bitte sag mir ehrlich, ob du mich zu aufdringlich empfindest."

„Nein überhaupt nicht! Wie kommst du denn darauf?" antwortete er.

„Ich möchte vorsichtig sein und dich nicht verscheuchen oder irritieren. Aber gestern, der Tag und die Nacht waren gesegnet mit den schönsten Momenten meines Leben...!"

Frank zog sie in seine Arme, küsste sie sacht auf die Stirn und beruhigte sie:

„Ich dachte, wir kennen uns schon besser durch unsere umfangreiche und sehr intime Korrespondenz."

„Das stimmt! Aber ich hatte nicht gedacht, dass es mich so schlimm erwischt mit dem körperlichen Verlangen!"

„Ich hatte dir geschrieben, dass ich mir eine sehr aktive und fordernde Frau wünsche. Du hattest begeistert geantwortet und ich habe es begeistert zur Kenntnis genommen. Erinnerst du dich nicht? "

„Doch natürlich, ich erinnere mich genau!" antwortete sie versonnen.

„Und, wo liegt nun das Problem?" fragte er liebevoll.

Sie sah zu Boden:

„Frank, ich wünsche mir, dass du häufig mit mir schläfst...!"

„Na sag schon, wie häufig?"

„Eigentlich immer, ständig, weißt du?"

Frank sah ihr begeistert in die Augen:

„Liebste, du bist bisher einfach zu kurz gekommen. Du bist jung und gesund, und um ehrlich zu sein, mir geht es ziemlich genau so wie dir! Es ist einfach nur normal, dass sich eine schöne Frau nach ihrem Recht auf Liebe sehnt wie jede Frau! Also worauf warten wir noch? Lass uns dein Bett einweihen!"

Irma strahlte und im Nu waren sie ihrem Bett und jauchzten sich durch den Abend in die Nacht bis ihnen die Augen zufielen. Wohl behalten trennten sie sich am nächsten Morgen und begaben sich zur Arbeit.

Irmas Chef bemerkte sofort eine positive Veränderung in ihrer Ausstrahlung. Sie berichtete und ihr Chef gratulierte ihr aufrichtig und mit heiterem Blick. Doch nach zwei Stunden bat er Irma noch einmal in sein Büro:

„Irma, keine Angst, ich habe nur noch ein paar Fragen zu deinem neuen Lebensabschnitt und zu eventuellen Plänen. Du weißt, du bist Geheimnisträger und eine der wichtigen Säulen dieses Unternehmens. Ich möchte dich nur ungern verlieren. Trägst du dich mit dem Gedanken, uns zu verlassen?"

„Nein, ich habe nicht die Absicht, die Firma zu verlassen. Mir gefällt, was ich hier tue! Meine Arbeit tut mir gut und ich fühle mich sehr wohl!"

Ihr Chef lächelte:

„Ich weiß, Irma! Aber hast du mit deinem Freund gesprochen?"

„Ja, natürlich weiß er seit gestern, was ich mache, was ich arbeite und wo ich arbeite. Über Einzelheiten und Interna habe ich nicht gesprochen!" sagte Irma.

„Gut! So soll es auch bleiben. Du weißt, wir tun nichts Illegales, aber unsere vertraulichen Angelegenheiten und internes Wissen sollten das Haus nicht verlassen und auf uns beschränkt bleiben. Aber da ist noch was anderes. Ich kenne deinen Freund nicht. Aber es gibt Männer, die ertragen eine starke, selbstbewusste, erfolgreiche Geschäftsfrau nicht, die womöglich sehr viel mehr verdient als er und häufig auf Geschäftsreisen ist! Vielleicht fordert er dich auf, ihm zuliebe deine berufliche Tätigkeit aufzugeben und ausschließlich Frau und Mutter zu sein, während er das Geld verdient."

„In dieser Deutlichkeit haben wir noch nicht darüber gesprochen. Doch wie ich ihn kenne, wird er nicht dieses Ultimatum stellen. Doch du hast Recht, wir werden reden, aber weder ich noch er wollen, dass einer von uns unglücklich wird!"

Irma hatte ihrem Chef nie erzählt, dass sie mit Frank schon über eine geraume Zeit per E-Mail korrespondiert hatte. Sie hatte also ausreichend Gelegenheit, die Charakterstruktur ihres Zukünftigen zu studieren. Sie deutete die Hinweise ihres Chefs als wohl gemeint, nicht etwa als Abschreckung. Dennoch nahm sie sich fest vor, diesen Punkt noch einmal mit Frank ernsthaft zu besprechen.

Am Abend trafen sie sich in einem Restaurant. Sie freuten sich, einander wiederzusehen. Dass sie beide keine Kinder haben wollten, war bereits geklärt. Frank hatte keine Erfahrung im Umgang mit erfolgreichen Geschäftsfrauen. Es war ihm klar und er respektierte, dass Irma keine Einzelheiten über ihre Arbeit erwähnen durfte; auch dass sie oft unterwegs auf Geschäftsreisen sein wird, war ihm durchaus bewusst. Wie sich all das auf ihre junge Beziehung auswirken würde, wussten beide nicht. Keiner wollte aber voreilig irgendwelche Bedingungen stellen; zuerst wollten sie alltägliche Erfahrungen sammeln. Frank war aufgrund seiner Tätigkeit als Fachausbilder nahezu selbstständig und somit zeitlich flexibler. Der Ausbau und die Intensivierung ihrer Beziehung sollten für beide aber oberste Priorität haben. Keiner sollte den Märtyrer spielen müssen. Daher vereinbarten sie uneingeschränkte und wahrheitsgetreue Informationspflicht über Fakten und Emotionen. Der Wille zur Einigung war also vorhanden. Irma fragte direkt:

„Hast du Probleme mit starken, selbstbewussten, erfolgreichen Geschäftsfrauen?"

Frank lächelte:

„Das weiß ich nicht! Frauen interessieren mich eigentlich nicht!"

Irma erschrak; Frank lachte:

„Mich interessiert nur eine einzige Frau und das bist du! Ich halte generell nichts von geschlechtsspezifischen Zuweisungen von Rollenverhalten. Eine starke Frau ist mir allenthalben lieber als ein hilfloses Anhängsel. Du bist mir völlig gleichgestellt. Vielleicht bin ich dir in körperlicher Stärke überlegen. Die Dinge, in denen wir uns unterscheiden, erfreuen mich sehr, begeistern mich geradezu, denn sie bereichern uns und ergänzen uns wechselseitig.

Mir imponiert, wie du dein Selbstbewusstsein lebst – im wahrsten Sinne des Wortes: du bist dir deiner selbst bewusst! Du bist weder überheblich noch arrogant; du hast das Leben, dass man dir bot, genutzt und zu deinem Vorteil gestaltet; der häufige Ortswechsel deiner Eltern hat dich nicht geängstigt sondern bereichert; ich empfinde dich nicht einmal als stolz, eher bescheiden."

„Frank, deine Einschätzung rührt mich sehr! Zum einen, weil du mich gründlich studiert und mich zutreffend geschildert hast, und zum anderen, weil mir noch niemand solch wunderbare Komplimente gemacht hat. Ja, du hast Recht! Ich bin nicht stolz, ich bin dankbar! Und was mir jetzt widerfährt, macht mich eher bescheiden!"

„Bescheiden?"

„Nun, ich war noch nie so glücklich in meinem Leben, wie jetzt mit dir und durch dich! Ich frage mich, womit habe ich das verdient? Habe ich jemals so viel gegeben, wie ich jetzt bekomme?"

Frank zog sie sanft zu sich:

„Ja, das hast du! Und das tust du gerade! Du gibst mir wenigstens so viel, wie ich dir gebe. Aber lass uns nicht aufrechnen. Wir werden belohnt für das, was wir leben. Wir bereichern diesen Planeten."

Er machte eine Pause und streichelte ihr Haar:

„Schatz, ein kleines Geständnis: Ich habe eine Schwäche für dominante Frauen... wenn du über mir bist, welch berauschender Anblick! Welch unvergleichbares Erlebnis – meine Hingabe an dich..."

Wieder machte er eine Pause. Irma lächelte, was er nicht sah.

„In einem Punkt bin ich allerdings noch recht konservativ!"

Irma sah ihn an.

„Ich möchte, dass du ganz mir gehörst und mir gehorchst, genauso wie ich ganz dir gehöre und nur dir gehorche!"

„Das will ich auch! Somit sind wir beide altmodisch! Und ich gestehe dir, dass ich etwas süchtig nach deiner Liebe und Zuwendung bin und meine seelische und emotionale Ausgeglichenheit vom Maß deiner Aufmerksamkeit und Zärtlichkeiten abhängt. Hab' aber keine Angst; wenn erst einmal meine Defizite aufgefüllt sind, werde ich moderater in meinem Verlangen sein."

„Bitte, werde nicht moderat!" bat er.

Sie lachte:

„Vielleicht lässt sich das durch etwas noch Machtvolleres ersetzen! Um dich total zu schockieren, man könnte das dann als Besessenheit bezeichnen!"

Beide lachten. Sie schlug vor, jetzt rasch nach Hause zu eilen, damit er dann dort von ihr Besitz ergreife!

Immer häufiger blieb er bei ihr über Nacht. Er zog gewissermaßen schleichend bei ihr ein. Stets hatten sie viel Freude mit- und aneinander und zahlreiche unvergessliche Erlebnisse. Er begleitete sie, wenn sich die Gelegenheit dazu bot, auf ihren Geschäftsreisen. Irmas Chef hatte nichts dagegen, denn auch seine Frau begleitete ihn ab und zu. Er bestand aber auf korrekter Abrechnung. Dagegen hatte niemand etwas einzuwenden.

Ob die beiden eines Tages geheiratet haben, wusste niemand. Sie berichteten auch niemals darüber. Die, die es wissen mussten, hinderte der Datenschutz. Offenbar war es ohne Bedeutung. Auch den Segen einer Kirche, eines Temples, einer Synagoge schien nicht erforderlich.

Was sie allerdings mit Enthusiasmus vollzogen hatten, war ein eindrucksvolles Vermählungsritual. Als die Zeit gekommen war und nicht der geringste Zweifel bestand, dass sie sich jemals wieder voneinander abwenden werden, vollzogen sie dieses Ritual. Es war sehr emotional, zum Teil poetisch und auch pathetisch, aber sie mochten es so. Es wird ihnen als unvergesslich im Gedächtnis bleiben. Jeden Monat wurde dieses Ereignis gefeiert.

Ihre Prognose traf allerdings niemals ein. Ihre Freude aneinander wollte einfach nicht enden oder ein moderateres Niveau annehmen. Als die bekannteren Varianten des gemeinsamen Liebesspiels nicht mehr zusagten, wandten sie sich den Nuancen und Feinheiten zu. Ihre Freude am Experimentieren und Auskosten sowie ihre Kreativität schienen unerschöpflich. Manchmal genügte schon etwas an sich Kurzes auf Stunden zu verlängern. So eröffnete ein Kuss, geküsst über Stunden, ganz andere Dimensionen.

Physisch und psychisch bekam ihnen alles vortrefflich. Ihre Gesundheit, Lebensfreude und Vitalität schien unbesiegbar.

Ihre Lust und Leidenschaft war ihr unerschöpflicher Gesundbrunnen. Warum sollten sie etwas verändern, wenn sie von allen Seiten und Institutionen ermutigt und belohnt wurden?

Die Sekretärin

Robert Venlo hatte gute Startbedingungen. Er hatte Naturwissenschaften mit Schwerpunkt Chemie und Biologie studiert und anstatt eine Promotion anzuschließen, studierte er weitere Semester Patent- und Wirtschaftsrecht bis zum Staatsexamen. Die Naturwissenschaften waren seine Leidenschaft, das Jurastudium die Saat seines Vaters. Sein Vater war Rechtsanwalt für Strafrecht und Familienrecht. Er genoss hohes Ansehen. Man fragte ihn oft, warum er nicht selbst Richter geworden sei. Dann sagte er, er könne sich nur schwer entscheiden und nur schwer die Verantwortung für einen Gerichtsbeschlusses und deren eventuellen Folgen tragen. Er vertrat nur Klienten, von denen er überzeugt war, dass sie entweder unschuldig oder offensichtlich die Geschädigten waren. Er behauptete sich sogar gegen die gerissenen Anwälte der sogenannten arabischen Großfamilien, die mit einem abgestuften Repertoire an Zeugeneinschüchterungen arbeiteten. Nicht selten wurden seine Familie und sein Haus unter Polizeischutz gestellt. Er behauptete, er besäße das Robin-Hood-Gen, um die weitverbreitete und vielfach auch berechtigte Meinung zu entkräften, dass Recht sei käuflich und nur der finanzstarke Bürger käme zu seinem Recht. Schon in jungem Alter bezog er seinen Sohn in seine Gedankengänge mit ein, diskutierte mit ihm seine Fälle, bereitet sie ihm für sein kindliches Verständnis vor. Er war überrascht, welch gesundes Rechtsempfinden bereits in einem Kind angelegt war. Vater Reinhardt Venlo war ein Verehrer von Emanuel Kant!

Auch in familiärer Hinsicht wuchs Robert unter denkbar günstigen Bedingungen auf. Seine Eltern liebten und verehrten einander. Nie gab es Streit zwischen den beiden. Sie alle wohnten in einem großen Haus am Rande einer großen Stadt. Die Kanzlei befand sich im Erdgeschoss des Hauses, das Archiv im Keller. Frau Gisela Schröder war seit jeher die zuverlässige und gewissenhafte Sekretärin seines Vaters. Sie arbeitete schon für Vater Venlo, als Robert geboren wurde. Vater Venlo pflegte seine Sekretärin, *seinen* Rechtsbeistand zu nennen. Denn sie stand ihm bei, das Recht zu finden, insbesondere wenn es darum ging, Passagen warmer Empathie in die Plädoyers ihres Chefs mit einzuarbeiten. Solche Dinge kamen bei Geschworenen meist gut an.

Nach Abschluss Roberts letzten Examens wurde das Türschild am Eingang des Hauses ausgewechselt. Es lautete nun:

Robert Venlo

– Anwalt für Patent- und Wirtschaftsrecht –

Sprechzeiten nach telefonischer Vereinbarung

Sein Vater zog sich zurück und erfüllte sich seinen Lebenswunsch; er wollte mit seiner geliebten Gattin ausgiebig verreisen. Robert übernahm die Kanzlei seines Vaters. Frau Gisela Schröder stand nun ihm kompetent zur Seite. Doch eine Kanzlei zu leiten und genügend Klienten zu haben, sind zwei verschiedene Dinge. Stunden- ja sogar tagelang saßen die beiden zusammen und diskutierten die künftige Strategie des jungen Venlo. Er hatte zwar sehr viel an der Universität gelernt; ihm fehlte es jedoch an einer praxisnahen Sichtweise der Dinge und machbarem Realitätsbezug. Als erstes entwarfen sie eine Art Arbeitsplan für sein künftiges Tätigkeitsgebiet.

Wie wollte er sich ausrichten? Was wollte er anbieten? Er wollte den Ideenreichtum von Studenten und Doktoranden, den er an der Universität kennengelernt hatte, den Anwendern in Industrie und Wirtschaft zuführen. Beide Parteien sollten durch seine Vermittlung profitieren. Fairness auf beiden Seiten galt als oberstes Gebot. Er wollte Kontakte knüpfen und mit Informationen handeln. Er wurde bei einer Sektion der Fraunhofer-Gesellschaft vorstellig, um Finanzierungsquellen für das recht teure juristische Patentverfahren zu erkunden, um es den mittellosen Studenten vorzustellen. Sie beide übersahen Entscheidendes und mussten schon sehr bald schmerzvoll dazulernen.

Er entwarf gemeinsam mit Frau Schröder einen Flyer und legte ihn in der Fakultät für Natur- und Ingenieurswissenschaften aus. Einer seiner ersten Kunden war sein ehemaliger Kommilitone Lehnert, der eine besondere, medizinisch gut verträgliche Kunststoffoberfläche entwarf, deren Qualität er getestet hatte und nun nach einem kommerziellen Verwerter suchte. Sie arbeiteten eine Patenschrift aus, sicherten sich die Kostenübernahme der Fraunhofer-Gesellschaft zur Europäischen Patentanmeldung. Herr Lehnert erhielt tatsächlich nach einer Bearbeitungszeit sein erstes Patent. Doch Europa wollte es nicht. Es erschienen aber zwei Vertreter einer US-amerikanischen Firma. Einer der Herren nannte seinen deutschstämmigen Namen, Weinberg. Sie waren autorisiert, das Patent zu erwerben und schlossen einen beinharten Vertrag. Als Gerichtsstand wurde der Wohnort von Herrn Lehnert vereinbart. Die Lizenzgebühren waren branchenüblich großzügig. Herr Venlo und sein Freund Lehnert waren außer sich vor Freude. Doch kein Cent schaffte es letztendlich über den Atlantik. Kein Mahnschreiben wurde beantwortet; ein Gerichtsverfahren in den Vereinigten Staaten war unerschwinglich. Auch die Fraunhofer-Gesellschaft wollte sich nicht in dieses finanzielle Abenteuer stürzen. Produkt und Gewinne waren verloren, von US-Amerikanern gestohlen. Einige Jahre später produzierte die amerikanische Firma Lehnerts Idee. Sie verwendeten sogar den Namen seines Produkts. Ihren eigenen Namen hatte die Firma vorsorglich verändert. Robert lernte seine Lektion, man muss eben genau hinsehen, mit wem man es zu tun hat.

Sein Vater unterstütze ihn dabei, eine hochmoderne EDV-Anlage zu installieren. Frau Schröder fand sich rasch zurecht. Mit Hilfe seines Vaters entstanden erste Kontakte zu Industrie und Wirtschaft. Doch schon bald machte er eine weitere sehr merkwürdige Erfahrung. Er traf sich mit unauffälligen Herren in Supermärkten, Kaufhäusern, im Foyer einer Oper oder einem Schnellimbissrestaurant, die ihm rasch Köfferchen in die Hand drückten. Wenn Robert sie öffnete, enthielten sie Passwörter, Telefonnummern, die nur mit PINs zu erreichen waren, Codewörter oder bestimmte Redewendungen. Schon bald erfuhr er warum. Große und namhafte Industrieunternehmen fürchteten die Industriespionage. Nicht nur die US-amerikanischen Geheimdienste hörten alles und jeden ab, nicht nur zur Wahrung der inneren Sicherheit. Auch andere befreundete und erstrecht feindliche Geheimdienste betrieben Industriespionage, soweit es ihre technischen Möglichkeiten zuließen. Zuverlässige Kurierdienste hatten Hochkonjunktur und persönlich überbrachte Dokumente wurden besonders geschätzt. Im Internet versandte man gefälschte Unterlagen, um den Gegner zu verwirren und korrigierte auf anderem Wege die gefälschten Angaben. Jeder wusste, gute Ideen waren mitunter Millionen wert, wenn nicht sogar Milliarden. Die einerseits so bejubelte Globalisierung hatte deutliche Risse bekommen und ermunterte zu Kriminalität. Robert hatte sehr viel zu lernen, was keine Universität lehrte.

Ideen zu patentieren, verlor an Attraktivität. Der Prozess dauerte zu lange, ging durch zu viele Hände. Oft war die zu schützende Idee bereits veraltet, wenn das Patent erteilt wurde. Oder es hatte undichte Stellen gegeben, so dass Entscheidendes vorzeitig in die Hände der Konkurrenz gelangte.

Ein Umstand kam ihm zu Hilfe, mit dem er nicht gerechnet hatte. Seine Unbekanntheit machte ihn zum Favoriten einiger Wirtschaftsunternehmen. Geld schien keine Rolle zu spielen, wenn nur die Sicherheit und das Geheimnis gewahrt blieben. Man stellte ihn auf die Probe. Seine Zuverlässigkeit sprach sich herum. Bald hatte er so viele Aufträge, so dass er weitere ablehnen musste, was er bedauerte. Er brauchte Unterstützung. Auch Frau Schröder arbeitete bis an ihre Leistungsgrenze. Sie schlug vor, eine weitere Sekretärin einzustellen.

Robert setzte gemeinsam mit Frau Schröder eine Stellenausschreibung auf. Die Wortfindung gestaltete sich als schwierig; es sollte nicht zu viel preisgegeben werden. Viel konnte sich hinter dem Begriff ‚Flexibilität' verbergen. Wer es verstand, ihn zu deuten, hatte einen Platzvorteil. Kurzum, die Suche gestaltete sich zu einem Katz- und Mausspiel. Zuviel an Information durfte auch während des Vorstellungsgesprächs nicht fließen. War die Bewerberin ein Trojanisches Pferd? Erst wenn die künftige als tatsächliche Sekretärin gewissermaßen vereidigt war, konnten gewisse Geheimnisse erörtert und Namen genannt werden. Robert war sich durchaus im Klaren, dass sich erst nach einer Phase des Misstrauens, gegenseitiges Vertrauen einstellen würde.

Es verwundert nicht, dass sich sehr viele Damen meldeten, durchaus auch solche mit außergewöhnlicher Qualifikation. Die diffusen Schilderungen ihres künftigen Chefs über ihr Tätigkeitsfeld schreckte allerdings viele ab, weil sie meinten es handele sich um illegale, möglicherweise sogar um gefährliche Arbeiten. Eine Dame befand sich darunter, die in vielerlei Art und Weise auffiel. Sie verfügte über umfangreiche Fremdsprachenkenntnisse, gute Referenzen, war noch jung, wenig attraktiv, mit einem gefälligen Schreibstil und betonter Neugier, verbunden mit dem Wunsch nach einer anspruchsvollen, abwechslungsreichen und von Routine befreiten Tätigkeit.

Ihr Vorstellungsgespräch begann mit einem Eklat. Robert besah sich das Bewerbungsfoto und dann das Gesicht der Bewerberin.

„Sie sind Frau Larissa Lessjon, geboren am 10. Oktober 1987?"

„Natürlich bin ich das! Wieso zweifeln Sie? Wollen Sie meinen Personalausweis sehen?"

Robert schüttelte den Kopf:

„Es ist das Bewerbungsfoto... es weicht sehr deutlich von der Realität ab!"

Larissa Lessjon lächelte:

„Das ist das Foto meiner Schwester. Sie legt keinen Wert auf ein gepflegtes, ansprechendes Äußeres."

„Allerdings!" entfuhr es Robert. „Aber warum legen sie ein falsches Foto vor. Sie haben das doch gar nicht nötig, Sie sehen blendend aus. Sie sind geradezu eine außergewöhnlich gut aussehende Frau!"

„Danke, Herr Venlo! Aber genau das ist es ja!"

Frau Schröder, die anwesend war, schmunzelte. Robert blickte die hübsche Bewerberin fragend an.

„Ich wollte von Anfang an klar stellen, dass ich nicht wegen meines Aussehens eingestellt werden möchte, sondern wegen meiner Qualifikationen. Ich wollte, dass Sie meine Bewerbung aufmerksam lesen und nicht von meinem Foto voreingenommen sind."

„Das hat eine gewisse Logik!" gestand Robert. „Ihre Qualifikation ist in der Tat nicht weniger beeindruckend. Sie sprechen eine Reihe Europäischer Sprachen, sogar slawische... Wie kommt's?"

„Meine Eltern kommen aus zwei verschiedenen Ländern. Mein Vater war oder vielmehr ist noch Diplomat. Wir sind viel herumgekommen. Es fiel mir nie schwer, mich in einer neuen Umgebung rasch zurechtzufinden. Kinder schließen schnell neue Freundschaften; Kinder wollen kommunizieren... Vielleicht bin ich auch nur sprachbegabt..."

„Ich habe viele Europäische Kunden und Partner. Es hilft, wenn man sie versteht! Wenn wir uns einigen, werde ich davon profitieren!" bestätigte Robert.

„Das werden Sie gewiss!" meinte Larissa.

„Wann könnten Sie bei mir anfangen?" fragte Robert.

„Ich bin im Augenblick nicht vertraglich gebunden! Mit Beginn der nächsten Woche..."

Robert schwieg überrascht.

„Herr Venlo, Sie möchten mich etwas fragen, was Sie von Rechts wegen nicht dürfen. Daher bitte ich Sie, das nicht zu fragen. Dennoch möchte ich Ihnen Ihre ungestellte Frage beantworten!"

Robert sah überrascht auf.

Larissa sprach:

„Ich bin nicht verheiratet, ich bin nicht schwanger und ich habe auch nicht vor, es zu werden!"

„Sie scheinen ja geradezu eine perfekte Kombination aller vorteilhaften Eigenschaften zu sein! Dann sollten wir uns, über den finanziellen Rahmen einigen!" freute sich Robert.

„Nun, ich nehme an, wir werden eine gegenseitige Probezeit vereinbaren. Danach können wir nach den dann vorliegenden Erfahrungen neu verhandeln."

Robert nickte lachend: „Gegenseitig finde ich gut! Aber das ist korrekt! So werden wir verfahren!"

Sie einigten sich rasch und besiegelten ihre Vereinbarung durch Handschlag. Frau Schröder hatte sich Notizen gemacht und sagte zu, noch in dieser Woche den schriftlichen Vertrag vorzulegen.

Robert begann, von seiner Tätigkeit zu erzählen. Er versuchte bewusst unpräzise zu bleiben. Aber Larissa fragte nach, begriff aber bald, dass er erst dann vollkommen offen sprechen könne, wenn Vertrauen entstanden ist. Sie ergänzte abschließend seinen Bericht:

„Mir ist der tiefere Sinn des Begriffs „Sekretärin" durchaus bewusst. Ich werde mich absolut loyal verhalten, bei Bedarf auch rechtsfreie Unternehmungen mittragen. Für mich sind diese etwas geheimnisvollen, konspirativen, etwas aufregenden und außergewöhnlichen Vorgehensweisen besonders attraktiv und motivierend. Sie werden mir die Angst vor allzu viel lähmender Routine nehmen. Ich kann mir sehr gut vorstellen, ein sehr gutes Team zu werden!"

„Das scheint mir auch so!" lächelte Robert.

Sie verabschiedeten sich. Er sog ihren Duft ein. Larissa hatte es bemerkt. Sie konnten sich riechen. Als die Neue gegangen war, berieten sich Robert und Frau Schröder. Wenn sie unter sich waren, duzten sie sich.

„Mir macht nur eins Sorge!" begann Robert. „Werdet ihr beiden miteinander auskommen!"

Gisela Schröder lachte:

„Mach dir darüber mal überhaupt keine Sorgen. Wir werden klare Zuständigkeiten vereinbaren, mal ganz grob formuliert: du und sie für den Außendienst, den Dienst oder die Arbeit draußen an der Front, und ich bin wie eh und je für die inneren Arbeiten und Angelegenheiten verantwortlich. Ich sehe uns ebenfalls als ein gutes Team!"

„Das beruhigt mich, Gisela! Danke für deinen Optimismus. Weißt du, inneren Reibungsverlusten stünde ich hilflos gegenüber. Ich hätte nicht den blassen Schimmer, wie ich da schlichten sollte."

Gisela Schröder lächelte geheimnisvoll:

„Du hättest dich mal beobachten sollen. Du warst auf verschiedenen Ebenen erheblich angetan. Die Dame hat dir sehr gefallen!"

„Ja, sie ist bemerkenswert! Welche Fertigkeiten sie schon mit 28 Jahren erworben hat; da kann man nur staunen!"

Frau Schröder schüttelte den Kopf:

„Das meine ich nicht! Du bist ein gutaussehender junger Mann; in deinem Privatleben kommst du zu wenig unter die Leute, schließt keine Freundschaften, pflegst keinen natürlichen Umgang mit Frauen. Du lebst nur für deine Arbeit. Ich glaube, dass das, was uns da gerade ins Haus geschneit ist, dir gut tun wird. Du vernachlässigst dich und einen wichtigen Teil deines Lebens. Deine Eltern waren dir doch ein gutes Vorbild. Und wenn ich da mal zitieren darf: „Es ist nicht gut, dass der Mann allein sei..." oder: „Darum wird der Mann Vater und Mutter verlassen und dem Weibe anhangen..."

„Gisela, Frauen erwarten Aufmerksamkeit und Gesellschaft! Das hält mich von der Arbeit ab!"

„Das ist Quatsch, Junge! Andere Männer schaffen das auch! Da ist was anderes! Vielleicht werden die mächtigen Gefühle die da aufsteigen, dir die Sinne vernebeln, Angst?"

Das Gespräch verlief ergebnislos und beide wandten sich wieder ihrer Arbeit zu.

Die Neue erschien pünktlich am kommenden Montag. Sie hatte eine Flasche Champagner mitgebracht, die man gemeinsam zu dritt am Ende des Tages zu ihrer Einstellung trinken könnte. Larissa war gut gekleidet: eine unauffällige Eleganz mit dem Duft eines frischen Parfums. Frau Schröder zeigte ihr ihren Arbeitsplatz. Zur Besprechung betrat sie das Büro ihres Chefs.

Robert sprang auf und begrüßte sie freundlich lachend:

„Guten Morgen und herzlich willkommen, Frau...? Ja, wie möchten Sie angesprochen werden?"

„Ich schlage vor, Vornamen und Sie?"

„Einverstanden! Guten Morgen und natürlich einen guten Tag, Larissa!" wiederholte Robert.

„Guten Morgen, Robert, wenn ich mich recht erinnere!" lächelte sie charmant.

„Das tun Sie! Setzen wir uns am besten dort hinüber ans Fenster. Heute kann ich etwas offener zu Ihnen sprechen, wo Sie ja jetzt gewissermaßen zum Inner Circle gehören."

Sie nahmen beide Platz. Robert vernahm beim Platznehmen etwas, was er gewiss schon öfter gehört hatte, aber eben nicht wahrgenommen hatte, das Knistern ihrer Strümpfe. Er räusperte sich:

„Alles, was wir hier besprechen und besprechen werden, sollte nicht anderen zur Kenntnis gelangen, Frau Schröder natürlich ausgenommen. Wir werden oft zu gemeinsamen

Verhandlungen mit unseren Kunden und Klienten gehen. Hören Sie bitte aufmerksam zu, machen Sie sich einfach Notizen oder schreiben Sie anschließend ein kurzes Memo oder ein Gedächtnisprotokoll. Firmenvertreter kommen oft zu zweit. Ausländer sprechen sich zwischendurch in ihrer Muttersprache ab. Niemand sollte voreilig von Ihrem Sprachtalent erfahren. Das ist zu unserem Vorteil. Wir handeln mit Ideen, die gelegentlich sehr viel Gewinn versprechen. Jeder argumentiert zu seinem Vorteil. Unsere Ideenlieferanten sind oft ungeschickt in solchen Situationen. Daher sollten sie nicht an den direkten Besprechungen teilnehmen. Wir teilen ihnen später das Ergebnis mit. Ist eine Einigung zustande gekommen, können wir beide Parteien zusammenführen. Von den Ideenlieferanten können wir zunächst kein Honorar erwarten. Wir werden anteilig an den vereinbarten Honorarzahlungen beteiligt. Immerhin verfügen wir über die Detailkenntnisse."

Robert machte eine Pause, bevor er fortfuhr:

„Ein anderer Bereich unserer Tätigkeit wird es sein, den Wahrheitsgehalt einer Erfindung einzuschätzen. Dazu ist Fach- und Sachkenntnis notwendig. Es wird meine Aufgabe sein, die Relevanz und die Erfolgsaussichten einer Idee herauszufinden. Ich erwarte von meinem Erfinder, detaillierte und vollständige Aufklärung über sein Projekt. Das wird aber unser Geheimnis bleiben, bis ein Deal zustande gekommen ist. Ihre Aufgabe wird es sein, die Idee wieder so weit zu verschleiern, dass es einem Dritten nicht möglich ist, sie zu kopieren. Wir werden das anschließend an einem Beispiel üben. Aber haben Sie irgendwelche Fragen, Larissa?"

Sie nickte:

„Das habe ich alles verstanden. Mein Selbstverständnis über eine Sekretärin ist es, ihrem Chef die Arbeit zu erleichtern, ihn zu entlasten, ihm den Kopf freizuhalten und dafür zu sorgen, dass er sich wohl und gut behandelt fühlt. Sie sollte so etwas wie ein guter Geist sein. Wie wünschen Sie, dass ich mich kleide?"

Robert war überrascht und zögerte etwas:

„Hm, das möchte ich Ihnen überlassen. Sie haben einen ausgezeichneten Geschmack!"

„Danke!"

„Nun, wenn wir hier arbeiten, sollten Sie sich kleiden, damit Sie sich wohlfühlen. Hochhackige Schuhe sind vielleicht etwas unbequem..."

„Ich trage gerne hochhackige Schuhe!" unterbrach Larissa.

„Nun gut! Entscheiden Sie, ich bin sicher, sie treffen immer die richtige Entscheidung. Oft werden wir auch außerhalb der üblichen Arbeitszeit mit Kunden bei einem Arbeitstreffen zusammensitzen und verhandeln – meist in einem schicken Hotel. Dann sollten Sie gepflegt elegant aber nicht überzogen auftreten."

„Ich verstehe!" meinte Larissa. „Aber darf ich ganz offen mit Ihnen sprechen?"

„Aber natürlich!" ermutigte Robert.

„Von südeuropäischen Männern weiß ich, dass sie besonders auf betont weibliche Reize ansprechen..."

„Das tun doch alle Männer, wohl auch der Schwede..." lächelte Robert.

„Finnen sehr wenig!" belehrte Larissa.

„So?"

„Nun, ich möchte nichts falsch machen. Wenn eine solche Besprechung in unserem Sinne verläuft, kann uns das doch nur recht sein! Immerhin bevorzugen Südländer gerne bei Konferenzen in ihrem Land die Anwesenheit schöner Frauen; das sei eine atmosphärische Verbesserung, diese weibliche Energie, sie bringt die Wertschätzung des Gastes mit und wurde seit Urzeiten praktiziert. Natürlich, erwartet heute niemand mehr, dass die Dame den Gast auch noch abschließend begleitet."

„Nun ja, Sie werden Recht haben. An was denken Sie?"

„Ein etwas kürzerer Rock, ein Figur betonendes Kleid, ein großzügiger Ausschnitt, gewisse Accessoires... Es gibt da viele Varianten!"

Robert schmunzelte:

„An solch schmückendes Beiwerk habe ich bisher noch nie gedacht. Aber warum nicht? Ich bin sicher, Sie werden auch hier die rechte Dosis der Beimischung finden. Ich verlasse mich auf Ihr Talent! Jedenfalls freue ich mich über unsere Zusammenarbeit!"

Robert reichte ihr noch einmal die Hand.

„Wollen wir dann mit diesem Beispiel beginnen, von dem ich vorhin sprach?"

„Gerne, ich bin neugierig!" Larissa erhob sich.

„Die Idee wurde in allen Einzelheiten von einem Doktoranden in einer Datei niedergeschrieben. Wie wollen wir es handhaben? Wollen Sie neben mir sitzen, oder wollen Sie einen eigenen Bildschirm?" fragte Robert etwas unsicher.

„Nun, es ist kein zweiter Bildschirm da; ich werde also neben Ihnen sitzen." sagte sie.

Sie nahmen nebeneinander Platz. Robert richtete den Bildschirm zu ihren Gunsten aus. Er sog den Duft ihres Parfums ein:

„Das Verfahren ist einfach und genial und hat ein hohes Potential. Es käme den Herstellern von Kunstoffen zu gute. Um die Kettenreaktion zu starten, verwendet er einen zunächst inaktiven Initiator. Nach homogener Verteilung – in einem großen Rührkessel ist das gar nicht so einfach – aktiviert er ihn auf physikalische Weise durch einen Lichtblitz."

„Ja, das klingt einfach! Er verwendet einen bestimmten Initiator?"

„Wenn er ihn nennt, kann man das ganze kopieren, abwandeln und seine Idee umgehen!"

„Er sollte alle Initiatoren schützen, die auf diese Weise aktiviert werden können!" schlug Larissa vor

„Oder die Idee verkaufen, keinen Patentschutz beantragen und die Firma verfährt so, ohne dass der Rest der Welt davon erfährt. Sie verkauft Produkte mit sehr enger Molmassenverteilung, gleichbleibender Qualität und hätte so einen Wettbewerbsvorteil. Es könnten schwierige Verhandlungen werden. Fairness ist, wenn's ums Geld geht, nicht gerade die starke Seite unserer Industrie!"

„Sie könnten als Treuhänder auftreten!" schlug Larissa vor.

Robert lächelte: „Gute Idee! Aber ich bin überrascht, wie schnell Sie einen Ihnen unbekannten Sachverhalt erfassen! Alle Achtung!"

„Danke! Lob tut gut!" lachte Larissa.

Die drei ließen sich zu Mittag etwas vom Chinesen bringen.

Am Nachmittag ging Larissa durch all die noch anhängigen Verfahren. Das Team spielte sich ein.

Die Neue begleitete Robert auch auf dessen Verschleierungstouren. In Supermärkten oder öffentlichen Verkehrsmitteln wurden Verabredungen mit Kunden getroffen und Dokumente übergeben. Im Büro wurden falsche E-Mails verschickt, während die Korrekturen hierzu per Post zugestellt wurden. Überall war Geheimnistuerei vielleicht etwas übertrieben, aber die Industriespione schliefen nicht und Roberts exzellenter Ruf stand auf dem Spiel und nicht nur dieser, auch die Höhe seines Kontostandes. Larissa akzeptierte auch flexible Arbeitszeiten und machte klaglos Überstunden. Alles lief easy und reibungslos, der Umgang vertrauter, zwangloser.

Einmal, Larissa hatte Kaffee gebrüht, natürlich auch einen Becher für ihren Chef. Sie brachte ihn in sein Büro. Er freute sich über die Unterbrechung, denn er hatte sich in etwas verrannt und kam nicht weiter. Sie setzte sich neben ihn auf seinen Schreibtisch und schlug die Beine übereinander. Es gefiel Robert, seitdem sie kürzere Röcke trug. Sie bemerkte seine Blicke und sein deutliches Durchatmen.

„Irritiert Sie mein Benehmen, hier so einfach auf ihrem Schreibtisch zu sitzen?" fragte sie.

„Keineswegs, es ist ein Zeichen der Unkompliziertheit. Ich mag die kleinen, hübschen Unterbrechungen; sie helfen zu entspannen."

Sie wandte sich, um auf den Bildschirm zu sehen:

„Woran arbeiten Sie gerade?"

Robert sah in ihren Ausschnitt. Sie trug einen schwarzen BH. Daher kam er in Verzug mit seiner Antwort, währenddessen sie seinen Atem unterhalb ihres Halses spürte.

„Ach, es ist eine etwas verworrene Darstellung einer neuen Küchenmaschine, die die Arbeit erleichtern soll. Dieses Gerät scheint aber etwas zu groß zu sein, so dass es schwer fällt, sie irgendwo unterzubringen, wenn sie nicht gebraucht wird."

Larissa beugte sich etwas mehr herab, um lesen zu können. Dabei berührte ihr Knie seinen Arm:

„Es wäre einfacher, wenn der Erfinder eine Zeichnung vorlegt oder ein Foto!" meinte sie.

„Voilá!" strahlte Robert. „Das ist es! Sehen Sie, Sie irritieren mich nicht! Sie inspirieren! Sie bringen es einfach auf den Punkt! Ich werde etwa in einer Stunde fertig sein. Können wir dann geneinsam den Text noch einmal durchgehen?"

„Natürlich können wir das, Chef!" Larissa erhob sich, strich ihren Rock zurecht, nahm beide Becher an sich und verschwand mit einem zauberhaften Lächeln.

Einmal, Larissa machte einen Behördengang, waren Gisela Schröder und Robert allein in der Kanzlei. Gisela fragte unvermittelt:

„Robert, merkst du eigentlich, wie gut dir unsere Neue tut?"

„Ja? Findest du? Das ist mir noch gar nicht aufgefallen!" naivelte Robert.

„Meine Güte, bist du blind. Deine Erscheinung ist gepflegter; du kleidest dich besser, du rasierst dich täglich; dein Rasierwasser duftet den ganzen Morgen und wetteifert mit ihrem Parfum. Das duftet hier manchmal wie in Lauriens Rosengarten, und das willst du nicht bemerkt haben?"

„Ach Gisela, das geschieht alles unbewusst ohne meine Absicht!"

„Dann ist dein Unterbewusstsein dir meilenweit voraus. Dabei hast du doch auch Biologie studiert. Hast du denn vergessen, wie das funktioniert mit den Reizen, den Botenstoffen, den Pheromonen und den Veränderungen der Zellmembran bis hin zur Synthese von Substanzen, die dir bisher scheinbar unbekannt waren. Liebe drängt sich zwar nicht auf, aber sie ist unvermeidbar. Du zeigst jedenfalls deutliche Symptome. Larissa wird das auch nicht entgangen sein!"

„Ach was du dir alles ausdenkst. So schlimm wird es schon nicht sein. Ja, sie trägt dazu bei, dass ich mich rascher entspanne, wenn ich mich mal wieder verrannt habe wie ein Hund in einem Dachsbau und nun nicht weiß, wie er da wieder rauskommt. Außenstehende haben oft den leichteren Durchblick!"

„Eben!!!"

„Was soll das denn nun schon wieder heißen?"

„Du magst ein gescheites Kerlchen sein, aber auf so manchen Gebieten brauchst du entschieden Entwicklungshilfe. Mal sehen, was ich für dich tun kann."

Das Gespräch wurde unterbrochen, als sie hörten, wie Larissa draußen an der Garderobe ihre Jacke aufhängte.

„Guten Morgen, na habt ihr von mir gesprochen? Gibt es etwas, worüber ich mir Sorgen machen müsste?" fragte sie schmunzelnd.

„Wir haben über Sie gesprochen. Aber nur Gutes! Es gibt also keinen Grund zur Sorge!" antwortete Gisela.

Ein andermal, es war spät geworden und Larissa und Bernd hatten bis zur Erschöpfung gearbeitet.

„Kommen Sie, machen wir Schluss! Die ganzen Korrekturen können Sie morgen einfügen. Hätten Sie Lust, mich in eine Bar zu begleiten, um zu entkrampfen, zu entspannen?"

„Ja gerne, wenn's nicht zu lange wird. Schlafen sollte ich auch noch etwas! Entspannung tut gut! ...und gemeinsam entspannt sich's leichter."

„Schön, ich freue mich! Es ist nicht weit. Ich hol' nur rasch meine Jacke!"

Sie fanden einen Tisch in einer Ecke einer kleinen Bar und bestellten zwei Cocktails.

Nachdem sie sich zuprosteten, meinte Larissa:

„Es ist schön hier! Ich freue mich, dass wir uns auch mal abseits der Arbeit treffen."

„Fühlen Sie sich wohl bei uns? Macht Ihnen Ihre Arbeit Spaß!" fragte Robert.

„Ich würde noch eins draufsetzen: meine Arbeit macht mir Freude!"

Bruno lächelte: „Tiefsinnig, allerdings!"

„Aber Chef, sind Sie denn mit mir bisher zufrieden?" fragte sie.

„Oh ja, zweifeln Sie daran? Sie sind eine tüchtige Kraft. Sie entlasten mich in vielen Dingen; sie verbreiten eine zauberhafte Atmosphäre."

„Nun, Sie haben's bemerkt, ich kleide mich gerne hübsch; ich hoffe, Sie mit meinem Outfit und Stil nicht zu irritieren. Mir ist sehr an der Beachtung der Personen meiner Wahl gelegen. Ich möchte gefallen, so wie eben jede Frau!"

„Nein, Sie irritieren mich nicht, Sie regen an, Sie ermuntern, kurz innezuhalten, um mich an Ihrem Anblick zu erfreuen. Kleiden Sie sich so, wie Sie sich wohlfühlen. Ich möchte, dass Sie sich wohlfühlen!" beeilte sich Robert zu entgegnen.

„Danke! Das beruhigt mich ungemein!"

Inzwischen hatte ein kleiner Mann, von den beiden unbemerkt, an einem Flügel Platz genommen und begann, gefällige Barmusik zu spielen. Nach einem Potpourri gängiger Melodien folgte verhaltener Applaus. Dann spielte der Pianist „*Casablanca*". Larissa legte spontan ihre Hand auf Roberts:

„Chef, bitte tanzen Sie mit mir, es ist eines meiner Lieblingslieder!"

„Ich bin ein lausiger Tänzer!"

„Bitte!"

Sie erhoben sich. Ehrlicher Beifall brach aus. In artiger Tanzhaltung schwangen sie sich ein.

„Danke, Sie Lügner!" hauchte sie.

„Lügner?"

„Sie tanzen wunderbar!"

„Vielleicht liegt's an Ihnen!"

Dann kam es: *A kiss is just a kiss*...

„Chef, ich werde Sie jetzt küssen!"

Sie duldete keinen Widerspruch, hielt ihre Hand an seinem Hinterkopf und küsste ihn lange, etwas jenseits des freundschaftlichen Kusses.

„Jetzt beim Du?" flüsterte sie.

„Jetzt beim Du!" bekannte er.

„Ich wollte nur dazugehören! Mit Gisela duzt du dich auch!" log sie ein bisschen.

Noch einmal brauste Beifall auf, genau hinein in den Schlussakkord. Sie bedankten sich wie ein Turniertanzpaar und lächelten.

Wieder am Tisch, bestellten sie sich noch einen Wein:

„Robert, habe ich dich überfahren?"

„Nicht überfahren, überrascht, angenehm überrascht. Ich bin etwas verwirrt!"

„Keine Angst, Robert! Das war doch kein Verlobungskuss. Nichts ist passiert! Bei unserer Arbeit und in Gegenwart von Klienten wird es selbstverständlich beim Sie bleiben! Aber warum verwirrt?"

„Das letzte Mal habe ich ein Mädchen während der Zeit auf der Uni geküsst; ist lange her!"

„Und habt ihr zusammen geschlafen?"

Robert nickte: „Es war schrecklich!"

„Gut, dann werde ich nicht weiter nachfragen!" schloss sie das Thema und prostete ihm zu.

„Wir sollten allmählich aufbrechen!" schlug Robert vor.

„Ich möchte dich nicht in dieser Erinnerungsschleife hängen lassen!" sagte sie und küsste ihren Chef noch einmal liebevoll.

Robert lächelte erleichtert.

Er beglich die Rechnung und brachte sie zu ihrem Wagen. Sein Abschiedskuss beschloss den wunderbaren Abend.

Am nächsten Morgen berichtete Larissa ihrer Kollegin von den Veränderungen.

„Und habt ihr euch geküsst?" fragte sie direkt.

Larissa nickte.

„Gut gemacht, Mädel!" lobte sie. „Dann sollten wir das jetzt auch tun, nicht das Küssen aber das Du-sagen! Einverstanden?"

Larissa nickte erleichtert: „Danke, Gisela!"

Ihren Chef küsste Larissa in seinem Büro sanft auf die Wange.

Robert strahlte: „Welch schöner Beginn eines Arbeitstages."

„Was liegt an, Chef?"

„Wir bekommen Besuch aus Bologna! Wir brauchen zwei Zimmer im *Astor*, ein Doppel- und ein Einzelzimmer auf den Namen *Cantalupe* und ein Besprechungsraum mit Video und eine Standleitung nach Bologna."

„Ich kümmere mich drum! Zu wann?"

„Freitag! Vielleicht wollen die drei Italiener übers Wochenende bleiben. Aber das geht uns nichts an! Falls die Reservierung nachfragt, gib ihr hier diese Nummer in Bologna. Wir gehen mit der geschäftlichen Rechnung in Vorkasse. Kommt es nicht zu einem Abschluss, wird die Rechnung vorgelegt, andernfalls verrechnen wir diesen Betrag mit unseren Gewinnen.

Pünktlich am Freitag betraten Robert und Larissa die Eingangshalle des *Astor*. Die Rezeption war informiert und man empfahl, in der Lobby Platz zu nehmen. Robert bat seine Mitarbeiterin:

„Larissa, ich möchte dich bitten, deine italienischen Sprachkenntnisse zunächst für dich zu behalten. Vielleicht ist es zu unserem Vorteil, wenn wir während den Verhandlungen das verstehen, was die anderen in ihrer Sprache absprechen."

Sie lächelte: „Verstehe! Natürlich bleibt das unter uns!"

Die Zeit verging und niemand erschien zum verabredeten Zeitpunkt. Robert bat an der Rezeption, die Fluggesellschaft anzurufen. Die Maschine war pünktlich gestartet und in München gelandet. Auch der Weiterflug verlief planmäßig. Nur die *Cantalupes* waren nicht an Bord.

„Jetzt brauchen wir deine Italienischkenntnisse vorzeitig. Kannst du in Bologna anrufen. Hier hast du die Nummer."

Larissa kam mit ernster Miene zurück:

„Schlechte Nachrichten, Chef! Unsere Gäste sind während der Fahrt zum Flughafen verunglückt. Einzelheiten konnte mir die Person in Bologna nicht nennen. Wir werden das hier wohl abbrechen müssen!"

„Danke Lara!" sagte Robert aschfahl im Gesicht.

Sie gingen zur Rezeption und berichteten und baten um Stornierung.

Der Herr am Empfang war äußerst einfühlsam:

„Herr Venlo, das tut mir außerordentlich Leid für Sie. Solche Dinge geschehen immer wieder, die Eile, der Stress, das hohe Verkehrsaufkommen. Wir können Ihnen aber leider nicht Ihre Auslagen erstatten. Mit Vielem sind wir selbst bereits in Vorkasse getreten. Jetzt noch die beiden Zimmer zu vermieten ist fast unmöglich, morgen vielleicht, es ist ja Messe... Ich bedaure, Ihnen nicht günstigere Bedingungen nennen zu können. Einen Augenblick, ich werde mich kurz mit meinem Vorgesetzten bereden..."

Er griff zum Hörer; er sprach sehr leise; die beiden konnten ihn kaum verstehen. Er wandte sich den beiden wieder zu:

„Ich kann Ihnen den folgenden Vorschlag machen. Sie erhalten eine korrekte, steuerlich relevante Rechnung über all unsere Unkosten. Nehmen sie beide heute zum Trost und zum Stressabbau unser gesamtes Wellnessprogram in Anspruch, kostenlos. Frau Chang wird Ihnen alles zeigen und einweisen, wenn Sie das wünschen. Um neun Uhr laden wir Sie zu einem Viergänge-Menü ein."

„Oh ja, Robert, lass uns das machen! Das wird uns gut tun!"

„Wir haben keine Wellness-Utensilien bei uns...!" gab Robert zu bedenken.

„Keine Sorge, Herr Venlo!" schaltete sich der Hotelangestellte ein, „Es ist alles vorhanden, jede Menge Handtücher, Bademäntel, Cremes und Waschlotionen...! Und soweit ich weiß, sind Sie da heute Abend ungestört; es liegen keine Anmeldungen vor. Die Sauna braucht etwa zwanzig Minuten, um aufzuheizen. Ich werde Frau Chang rufen lassen; sehen Sie sich alles an und entscheiden Sie dann!"

Frau Chang, eine kleine, schlanke Asiatin, verbeugte sich mit aneinander gelegten Händen vor ihren Gästen und bat sie, ihr zu folgen. Die Wellness Oase hat ihren Namen zu recht verdient: ein Juwel der Stille unter dem wuseligen Hotel, liebevoll ausgestaltet mit vielen kleinen asiatischen Accessoires und bunten Blumenarrangements. Ein feiner Blütenduft lag über dieser Stille, die behutsam mit leiser fernöstlicher Musik aus versteckten Lautsprechern ergänzt wurde. Die beiden hatten ein kleines Paradies betreten und waren sprachlos. Frau Chang beobachtete sie und lächelte weise.

„Ich werde die Sauna einschalten und oben Bescheid sagen, dass Sie belieben zu bleiben!" flüsterte sie. An Herrn Venlo gewandt, fügte sie hinzu:

„Wenn Sie eine belebende asiatische Massage wünschen, mein Herr, dann lassen Sie es mich bitte wissen, damit ich alles vorbereiten kann. Ihre Gattin wird Ihnen das sicher gestatten."

Sie verbeugte sich und wandte sich an Larissa:

„Wenn die gnädige Frau eine Massage mit pflegenden Ölen wünscht, dann lassen Sie es mich bitte wissen, damit ich alles vorbereiten kann. Ihr Gemahl wird Ihren Gewinn an Schönheit mit Sicherheit bewundern. Möge der Gott der kleinen Dinge mit Ihnen sein."

Frau Chang legte blütenweiße Handtücher und zwei Bademäntel zurecht:

„Beginnen sie am besten mit einem reinigenden Bad. Verwenden sie diese Lotion; sie öffnet alle Poren und reinigt sogar von hemmender Energie, wenn sie sich beide behilflich sind. Wir haben hier keine Duschen. Wie in Indonesien übergießen wir uns hier mit Wasser aus kleinen Holzkübeln. Das macht viel Spaß!"

Sie reichte den beiden ihre Handtücher:

„Dort drüben können Sie sich umziehen!"

Larissa und Robert standen wie versteinert.

„Das ist wunderschön hier!" raunte Larissa. „Lass uns das Angebot annehmen, es ist fair und eine unerwartete zauberhafte Überraschung! Wie könnten wir so etwas Schönes ausschlagen?"

„Stimmt schon! Aber du weißt, dass man unbekleidet die Sauna, den Baderaum, das Schwimmbecken betritt? Von Badebekleidung habe ich hier nichts bemerkt. Handtücher, Bademäntel ja, aber..."

„Robert, Frau Chang hält uns sowieso für ein Paar. Oder gehörst du zu denjenigen, die meinen, Intimität untergräbt Autorität?"

Robert schüttelte energisch den Kopf. Er war sicher, dass Larissa ihren Job stets mit größter Gewissenhaftigkeit machen würde und die personellen Strukturen in der Kanzlei respektiert.

„Außerdem sind wir zwei erwachsene Menschen! Und hinzukommt, dass du mich vorhin Lara genannt hast! Weißt du, dass Lara mein Kosename ist? Mein Vater nannte mich so! Ich mochte meinen Vater sehr und den Namen, den er mir gab. Niemand nannte mich so bis zu diesem Augenblick."

„Abgemacht! Das Entsetzen wird uns gewiss erspart bleiben. Wo bleibt Evas Apfel im Paradies?" lachte er.

Sie verschwanden im Umkleideraum und verließen ihn in blütenweißen Bademänteln. Frau Chang rief ihnen zu, dass sie sie nun allein lasse. Wenn die beiden ihre Dienste wünschen, sollten sie nur den Gong schlagen. Die beiden winkten Frau Chang zu und verschwanden im Baderaum, nachdem sie die Bademäntel draußen an den Haken gehängt hatten.

„Hast du die Waschlotion?" fragte sie.

Robert nickte.

„Sie soll hemmende Energien beseitigen, meinte Frau Chang!" lachte Larissa.

Drinnen im schummrigen Baderaum besahen sie sich, was sich die Erfinder ausgedacht hatten. Da hing ein Zeichen, auf dem eine Person das große Wasserbecken besteigen will. Das Symbol ist rot durchgestrichen. Einige Pfeile deuteten auf die handlichen Holzkübel, mit denen man Wasser schöpfen soll, um sich oder andere damit zu übergießen.

„Versuchen wir's halt mal!" sagte Robert.

„Mit der weiblichen Anatomie kennst du dich aus?" fragte Larissa.

„Das schon, aber nicht mit einer solch hübschen...!" gestand Robert.

„Das höre ich gern, sehr gern! ...und ich kann es nicht oft genug hören! Ich war selbst erstaunt, wie sehr ich mich darauf freute, mich dir zu zeigen! Ist mir noch nie passiert... Dann überlass ich mich dir jetzt mal. Mal sehen, ob dieses Wundermittel tatsächlich die Reste der hemmenden Energie beseitigt!"

Larissa war fröhlich und ausgelassen, wurde etwas stiller, genießerischer als Roberts Hände sie kräftig einseifte. Sie murmelte nur einmal:

„Sei nur nicht schüchtern!"

Dann war er dran und sie war überhaupt nicht schüchtern, auch nicht, als sich die Reaktionen des gesunden Mannes einstellten.

„Du kennst dich gut aus mit der männlichen Anatomie?" sondierte Robert.

„Kein Kommentar!"

Sie füllten die Kübel und spülten einander ab. Das steigerte tatsächlich die Ausgelassenheit; aber ob das nun an dieser mysteriösen Waschlotion lag, war nicht eindeutig auszumachen. Sie spielten im Schwimmbecken, litten in der Sauna; raffinierte Duschprogramme heiß-kalt belebten ihren Kreislauf. Sie lachten beim Planschen und schienen all das nachzuholen, was sie an eine frohe Kindheit erinnerte. Prickelnde Momente blitzten dazwischen; Larissa geizte nicht mit ihren weiblichen Talenten und amüsierte sich über Roberts Unerfahrenheit, damit umzugehen. Sie, die Dominante, spielte mit dem, der sie einfangen sollte, aber der zu oft über sich selbst stolperte, weil er Natürliches peinlich fand. Doch er konnte und wollte sich nicht ihrem Charme entziehen.

Später beim stimmungsvollen Dinner meinte sie:

„Wer hätte heute Morgen schon gedacht, dass wir uns im Laufe des Tages so nahe kommen werden? Ich hoffe, ich habe bei dir nicht nur Minuspunkte geerntet!"

„Nein, das hast du nicht! Ganz gewiss nicht! Ich könnte dich das Gleiche fragen. Sehr souverän habe ich mich wohl nicht verhalten!"

„Das war dein Charme! Ich habe dich verunsichert! Du bist kein Womanizer! Von meiner Seite gibt's keine Kritik! Wir sind unverhofft in diese Situation hineingeschliddert. Wir waren unvorbereitet und wir haben das Beste daraus gemacht. Ich hatte mächtig Spaß, mal wieder so unverstellt Frau sein zu können. Sollte auch unser Geheimnis bleiben! Oder fandest du mich unanständig?"

„Auf gar keinen Fall! Ich hatte meine helle Freude. Ich frage mich nur, warum ich mir all das bisher habe entgehen lassen?" entgegnete Robert.

„Machen dir Frauen Angst?" fragte sie freundlich.

„Ich glaube, in gewisser Weise schon!" gestand er.

„Daran wirst du dich gewöhnen müssen, und die Angst verschwindet von ganz alleine! Ungeschickt zu sein, hat mitunter seinen diskreten Charme!"

„Nicht jeder hat das Glück, nicht nur eine äußerst hübsche sondern auch noch eine sehr weise Sekretärin zu haben!" sagte Robert

„Darauf möchte ich mein Glas erheben und dir weiterhin viel Glück wünschen!" Sie prosteten einander zu.

Frau Schröder bemerkte die Veränderungen. Sie erfuhr ohnehin, dass die Italiener nicht erschienen waren. Sie beglich auch die Rechnung des Hotels. Beide erzählten ihr, dass sie nach der Anspannung im Wellnessbereich entspannt und gespeist hatten.

„Sehr gut gemacht, ihr beiden!" lobte sie.

Ein andermal waren sie mit einem süddeutschen Kleinunternehmer zu einem sondierenden Arbeitsessen verabredet. Er hatte ein großes Interesse, mit einem Studenten in Kontakt zu gelangen, der vorgab, die Effizienz von Biogasanlagen entscheidend verbessern zu können. Doch dieses Interesse schmolz beim Anblick von Larissa völlig dahin:

„Alle Achtung, Herr Venlo! Da haben Sie sich ja eine flotte Mitarbeiterin angelacht. Na, wenn da mal nicht die Qualität Ihrer Arbeit darunter leidet. Nein, ich verstehe, eine kurze Unterbrechung kann durchaus die Arbeit anregen!" zwinkerte er dreist Larissa zu.

„Herr Brenningmeyer, Frau Lessjon ist meine äußerst wertvolle, begabte und engagierte Assistentin und Sekretärin. In der Tat ist sie ungewöhnlich vielseitig und eine großartige Bereicherung für meine Kanzlei. Ich bestehe allerdings darauf, dass Sie Ihre unpassenden Anspielungen künftig unterlassen. Sie sind unserem Projekt in keiner Weise von Nutzen!"

Robert hatte ärgerlich gesprochen. Seinem Tonfall war klar zu entnehmen, dass er auf der Stelle jede weitere Verhandlungen abbrechen würde. Herr Brenningmeyer hatte zwar verstanden, wusste aber nicht, wie er mit dieser Zurechtweisung umgehen sollte. So entfuhr ihm nur so etwas wie ein „Ahem!". Eine Entschuldigung unterblieb. So verliefen die folgenden Gespräche ziemlich schleppend. Herr Brenningmeyers Ego war beschädigt.

Auf dem Weg zurück in die Kanzlei, bedankte sich Larissa über das ritterliche Eingreifen ihres Chefs. Es habe ihr gut getan. Üblicherweise verfüge sie über ein Repertoire, sich selbst effektvoll zu wehren. In dieser Situation sei sie aber ratlos gewesen, sie wollte auf keinen Fall die Verhandlungen belasten. Robert nickte ihr lächelnd zu:

„Es ist gut so, wie es gekommen ist. Kein noch so großartiger Geschäftsabschluss ist es Wert, dass dafür Menschenopfer gebracht werden oder zuzulassen, das deine Würde beschädigt wird!"

„Danke Chef, danke Robert, meinem Freund!" sagte Larissa bewegt.

So wie in den meisten Fällen kündigte sich das Unheil nicht rücksichtsvoll warnend an. Es war plötzlich da. Eine scheinbar kaum erwähnenswerte Ungeschicklichkeit rief es in die so heile und reibungslos funktionierende Welt der Rechtsanwaltskanzlei. Der Chef höchst persönlich war es, der das Unheil heraufbeschwor. Es war so wie immer. Gisela Schröder hatte während des Tages eine Reihe von Schriftsätzen ausgearbeitet, die nun dem Chef zur Korrektur oder nur zur Kenntnisnahme vorlagen. Zuvor las sie Larissa und kennzeichnete sie mit ihrem Namenskürzel. Robert las sie ein weiteres Mal und steckte sie dann in Umschläge, die Frau Schröder korrekt adressiert beigefügt hatte. Nun gab es da bei zwei Klienten eine winzige Namensähnlichkeit, letztendlich nur zwei Buchstaben, die nicht korrekt wahrgenommen wurden. Da waren ein Herr Haber und ein Herr Huber. Letzterer arbeitete in der Entwicklungsabteilung für einen Automobilhersteller in Ingolstadt. Herr Haber arbeitete in der Entwicklungsabteilung der Kieler Howalthswerft. Dadurch, dass Robert versehentlich die Schriftsätze in die Umschläge des jeweils anderen steckte, erfuhr Herr Haber von den Entwicklungsplänen es Herrn Huber und umgekehrt. Aber davon ahnte Robert zu diesem Zeitpunkt noch nichts. Ahnungslos brachte er die Post noch rasch zum Flughafen, damit sie morgen früh die Bestimmungsorte erreichte.

Kurz vor der Mittagspause des nächsten Tages klingelte ungehalten das Telefon. Das Unheil forderte, eingelassen zu werden. Es ist nun nicht mehr wichtig, wer zuerst anrief. Beide Herren trugen ihren Protest fast wortgleich vor, der Herr aus Bayern benutzte eine etwas deftigere Sprache. Vielleicht lag es auch daran, dass Robert Venlo das klirrend scharf zugespitzte Norddeutsche nicht so recht verstand. Sowohl von Norden als auch von Süden zogen finstere Gewitterwolken heran. Sie wollten sich zu einem Weltuntergangsspektakel vereinen. Robert Venlo war das Ziel. Beide Tsunamis dauerten gleichlang und hinterließen schlimme Verwüstungen. Beide Herren, sowohl Herr Huber als auch Herr Haber hatten die Koordinaten des jeweils anderen. Sie hätten Schlimmstes verhindern können, indem sie sich direkt kontaktierten. Sie taten es nicht. Sollte der Alleinschuldige allein mit dem Desaster fertig werden, das er angerichtet hatte.

Larissa fand ihren Chef im wahrsten Sinne des Wortes am Boden zerstört. Herr Huber hatte von den Details einer neuen Atemluftaufbereitungsanlage in Deutschen U-Booten erfahren: ein streng geheimes militärisches Verfahren. Herr Haber in Kiel erfuhr von neuen Konzepten völlig autark fahrender Automobile, vom privaten PKW bis hin zum tonnenschweren LKW, dem Nebel und schlechte Sichtverhältnisse nichts mehr anhaben konnten. Die Entwickler in Ingolstadt bezeichneten ihr Konzept auch zivilluftverkehrstauglich, das heißt, Zivilflugzeuge fliegen künftig ohne Piloten sicherer als mit Piloten.

Larissa erfasste die Situation blitzschnell, während ihr Chef noch paralysiert vom Schrecken in den Seilen hing.

„Als erstes korrigieren wir unseren Fehler!" sagte sie.

Robert überhörte ihr solidarisches „wir". Schade! Zuerst dachte sie daran, die beiden Herren anzurufen. Doch was sie ihnen zu sagen hatte, wussten diese selbst und mit Sicherheit werden sie beide noch mächtig verärgert sein. Beide waren Geschädigte; beide könnten aus ihrer Information Nutzen ziehen. Doch, was der eine tut, wird der andere tun. Vielleicht sind sie klug genug, die Patsituation zu erkennen und sich auf ein gegenseitiges Stillschweigen einigen. Robert Venlo, ihrem Chef, könnten sie allerdings empfindlich schaden, wenn sie dafür sorgen, dass er keine Aufträge mehr erhält, von niemand. Eine entsprechend formulierte Informationskampanie, teure Rechtsstreits in der Folge, werden verheerende Auswirkungen für Robert Venlo haben. Vielleicht sind die beiden auch in diesem Fall klug genug, um nicht unnötig Energien und Ressourcen zu vergeuden. Rache wirft keinen Profit ab. All das war ungewiss! Larissas Vorschlag, rückhaltlose Schuldanerkenntnis, tapferes Ertragen von vielleicht unsachlichen Vorwürfen und schnell Abhilfe schaffen, drangen nicht bis zu Robert vor. Er war in einer Endlosschleife von Selbstvorwürfen turbulent erstarrt, vollkommen paralysiert, verknotet und unzugänglich!

Da kam ihr eine Idee! Langsam schlich sie ihn an, knöpfte ebenso langsam ihre Bluse auf. Er hob den verzweifelten Blick von den verfluchten Dokumenten. Die Bluse segelte zu Boden. Ihr dunkelroter BH war transparent und ließ die weiße Haut hindurchschimmern, auch die etwas dunkleren Spitzen ihrer Brust. Sie schüttelte den Kopf, um ihr Haar zu lockern. Larissa öffnete den Reißverschluss ihres Rocks, löste die beiden Häkchen; ein gekonnter Hüftschwung und auch er glitt zu Boden. In ihrer Selbstsicherheit sah sie hinreißend aus. Die paar Schritte zum Schreibtisch fesselten Robert. Er war triebgesteuert, das Gehirn war vollkommen entlastet, maskuliner Autopilot! Sie setzte sich direkt vor ihn auf den Tisch und zog ihn mit seiner Krawatte zu sich:

„Ich hatte so eine Ahnung heute früh, als ich meine Unterwäsche wählte, dass ich heute etwas ganz besonderes für dich werde tun müssen. Mein Instinkt hat mich nicht getäuscht!"

Sie öffnete seinen Gürtel und Reißverschluss. Seine Hose gesellte sich zu ihrem Rock. Sie erhob sich einmal kurz, umfasst mit spitzen Fingern die beiden hauchdünnen Seitenbändchen ihres Slips und zog ihn effektvoll herunter und legte ihn neben sich. Sie sah ihm dabei unentwegt in die Augen:

„Das andere wird nicht stören bei dem, was ich von dir will! Darf ich?"

Sie erwartete keine Antwort und entließ geschickt seinen Drängenden in die Freiheit.

„Oder soll ich mich dort drüben über den Sessel beugen?"

Robert stotterte: „Nein, nein!"

Ein paar kleine Nachjustierungen und sie empfahl:

„Von nun an hat es keine Eile!"

Obwohl noch ziemlich unerfahren, machte Robert seine Sache recht gut und hatte sogar deutlich hörbaren Spaß daran. Auch Larissa empfand es so und war sogar überrascht, angesichts der Umstände, die sie zu dieser Intervention zwang. Soviel spontane und gesunde Vitalität hatte sie ihrem Chef nicht zugetraut. Daher strahlte sie, als sie abhob und in sanften Wonnen dahinglitt. Nun, soviel sei gesagt, sie hatte eine geraume Zeit auf derartige Flugübungen verzichten müssen, da sie keinen talentierten Piloten zur Hand hatte.

Nach der Landung strahlten beide. Alles wurde wieder an seinem Platz verstaut, und kurzfristig unnötige Kleidungsstücke gesucht und wieder angelegt. Erleichtert und innerlich frisch geordnet ging's wieder an die Arbeit. Erstaunlich, wie leicht und ohne Nervosität plötzlich alles von der Hand ging. Larissa tippte liebenswürdige und aufrichtige, um Entschuldigung bittende Begleitschreiben, in denen sie Missverständnisse aufklärte. Es war eben die Ähnlichkeit der Nachnamen beider Adressaten. Natürlich bat sie auch, von juristischen Schritten abzusehen. Man werde sich künftig gewiss umsichtiger verhalten und Schaden vermeiden. Sollten im gegenwärtigen

Fall zusätzliche unerwartete Kosten entstanden sein, werde man selbstverständlich Entgegenkommen zeigen.

Erleichtert, wenn auch nicht umfassend entlastet, übergaben sie einem Express-Kurierdienst am Flughafen ihre Schreiben. Robert lud seine Sekretärin in einem gediegenen Restaurant zum Essen ein. Gerne nahm Larissa an. Nach einem Glas Champagner fand Larissa etwas Mut, um sich ihre Last von der Seele zu reden:

„Robert, ich hoffe, du nimmst mir die Wahl meiner Mittel nicht übel. Aber du schienst, unter Schock zu stehen!"

„Du hättest mir auch eine Ohrfeige geben können!" meinte Robert scherzhaft.

„Ich dachte daran, aber so etwas ist mir wesensfremd! Ich tat es nur einmal, als mir ein Mann zu unverschämt zu nahe kam! Meine Sorge ist, dass ich unser Verhältnis beschädigt haben könnte. Denn im umgekehrten Fall wäre es eine Vergewaltigung gewesen!" Ihre Stimme klang ernsthaft besorgt.

„Also bitte, Larissa, zerre dieses Ereignis nicht auf eine solche Ebene. Du hast Recht, deine Intervention war schon ungewöhnlich. Aber, und jetzt bitte ich dich, mich nicht falsch zu verstehen, du hast klar und umsichtig gehandelt und ich hatte großes Vergnügen an deiner Reset-Methode. Ich trage dir nicht das Geringste nach. Ich überlege, ob ich nicht öfter den Verwirrten spiele, um diese Reaktion zu provozieren. Aber mal ganz ehrlich, ich sage danke, und das von ganzem Herzen!"

„Das nimmt mir eine Last von meiner Seele. Und ich will ganz ehrlich sein, auch ich hatte ganz unerwartet meine Freude. Wenn ich vollkommen egoistisch bin, ich bereue es nicht. Nur solltest du nicht abwertend über mich denken!"

„Noch einmal Larissa, bitte lass dieses Vokabular!" Robert klang tatsächlich etwas ärgerlich. „Es ist niemand verletzt worden, niemals und nirgendwo! Dein Zugriff hat rasch meinen Kurzschluss behoben!"

Die Speisen wurden serviert und die beiden unterbrachen ihr Gespräch. Sie schwiegen und waren begeistert von der Qualität ihrer Wahl. Nur ab und zu sahen sie sich an und ein leichtes, homöopathisches Grinsen war ihrem Lächeln beigemischt.

Noch vor dem Nachtisch richtete Larissa eine Frage an ihren Chef:

„Robert, hatte ich dich richtig verstanden? Du sagtest, dass du darüber nachdenkst, öfter den Verwirrten zu spielen, um meine Intervention zu provozieren."

Frank nickte: „Ja, das habe ich so oder so ähnlich gesagt!"

„Dann schlage ich vor, das mit der Provokation sein zu lassen!" sagte sie sybillinisch.

Irritiert sah er wie aufgescheucht auf:

„Wie das jetzt?"

„Nun, ich meinte, du solltest in Zukunft eine Provokation unterlassen und mich stattdessen einfach wissen lassen, dass dir der Sinn nach mir steht; hilfreich und pikanter wäre es, wenn du ganz klar sagst, was du möchtest. Das würde mich sofort aufglühen lassen, falls ich nicht sowieso schon in deiner Nähe glühen sollte. Wenn du auch noch charmante oder originelle Formulieren verwenden würdest, steht deinem Erfolg nichts mehr im Wege."

„Danke für deinen Hinweis. Ich dachte, ich hätte schon wieder etwas falsch gemacht. Ich bin eben noch sehr ungeschickt im Umwerben eines solch hübschen Geschöpfes!"

„Siehst du, es geht doch! Learning by doing, nennt man das. Ich halte nämlich nichts von überkommenen Gesellschaftsnormen und traditionellem Geschlechterverhalten, wie zum Beispiel, der Mann wirbt und tut den ersten Schritt und sie ziert sich effektvoll eine Weile. Übrigens, sei nicht überrascht, ich werde es genauso tun! Lust ist eine Tugend! Wir können ein Punktesystem einführen über das Ergreifen der Initiative. Da ich dich für noch etwas naiv halte, was ich ganz süß finde, werde ich dir etliches beibringen müssen. Das tue ich gerne, schon aus ganz egoistischen Gründen, zum Beispiel etwas zwischenmenschliche Mathematik, also die zwischen Mann und Frau!"

„Danke für deine Hilfestellung und deine Geduld, ich werde beides brauchen!" sagte er etwas kleinlaut.

„Nun," sie sah aus dem Fenster, „von Geduld habe ich nicht gesprochen. Angesichts des Pensums, schlage ich vor, alsbald zu beginnen!"

„Alsbald?"

„Ja! Heute! Jetzt!"

„Huch!" entfuhr es ihm.

„Bist du etwa erschöpft?" fragte sie ungläubig.

„Nein, das nicht! Es kommt nur so überraschend...!" stotterte er.

„Überraschend? Überraschung war vorhin... Immerhin war ich überrascht über dein Talent, was zugegebenermaßen noch ausgebaut werden muss. Hättest du mich mit deinen Fähigkeiten nicht so überrascht, würde ich dich jetzt nicht bitten, doch recht rasch, ohne noch lange zu überlegen und zu argumentieren, die Rechnung zu begleichen und mich nachhause zu begleiten, wo keine Überraschung auf dich wartet, sondern eine ausgiebige Fortsetzung von Begonnenem!"

„Das klingt kompliziert! Ich neige dazu zu vereinfachen! Du willst, dass wir wiederholen...?"

„Allerdings, und zwar im Komfort meines Bettes, was derartiges noch nie erlebt hat!" lachte Lara.

Der Ober verstand die Eile des hübschen Paares und erhielt ein großzügiges Trinkgeld. Sie fuhren in ihre hübsche Wohnung, die vorbildlich aufgeräumt war, obwohl sie nicht ahnte, dass am frühen Abend noch jemand zu Besuch kommen würde. Es geschah vielerlei, was die Wohnung noch nicht kannte: ein gemeinsames Bad unter der Dusche, ein gewissenhaftes gegenseitiges Abtrocknen, ein eiliges Verschwinden im Schlafzimmer und eigenartige Geräusche aber viel Lachen. Alles klang liebevoll; offenbar schien niemand, zu Schaden zu kommen und so beruhigte sich die Wohnung schnell und machte sich keine Sorgen.

Am nächsten Morgen erschienen beide gemeinsam in der Kanzlei. Frau Gisela Schröder war noch nicht da. Doch als sie erschien, erfasste sie schnell, dass etwas geschehen war. Ein genaueres Hinsehen bestätigte ihren Anfangsverdacht.

Sie zwinkerte mit den Augen:

„Na, ihr beiden, bei euch ist doch nicht etwa was passiert?"

„Sieht man's uns an?" fragte Larissa.

„Und ob! Ich kenn' unseren Robert vom ersten Tag an! Ich sehe, dass du, Larissa, ihm gut getan hast!"

„Gisela, bitte!" mahnte Robert, der das Ganze nicht vertiefen wollte.

„Hör zu, mein Junge!" warf Gisela ein, „Von den schönen Ereignissen des Tages sollte man schon erfahren; von den hässlichen Ereignissen erfährt man viel zu viel! Ich werd's schon nicht in die Welt hinausposaunen. Jedenfalls freut mich das und meinen herzlichen Glückwunsch und weiter so!"

Gisela freute sich aufrichtig:

„Mit Robert hast du eine gute Wahl getroffen. Das erinnert mich an die Wahl meines Gatten. Ich musste ihm noch viel beibringen, aber ich hatte dadurch das Glück, ihn mir so heranzubilden, wie ich ihn haben wollte, genau und gerade im Bett! Und ich hab's nie bereut! Manchmal muss ich ihn noch immer an die Aufgaben eines Ehemanns erinnern, aber er hört's ganz gerne und daher provoziert er meine Ermahnungen geradezu. Das gehört zu unserem Ritual!"

Gisela lachte verschmitzt:

„Das verspricht, ein schöner Tag zu werden. Auf alle Fälle werde ich's im Kalender fürs Private anmerken! Vielleicht wird dieses Datum mal in die Familienchronik eingehen."

Larissa fragte nach:

„Du sprachst von den Aufgaben eines Ehemannes? Ich lerne gern von einer erfahrenen Frau!"

„Früher, in meiner Jugend und zur Zeit meiner Eltern sprach man noch von den ehelichen Pflichten. Damals bezog sich das meist auf das Verhalten der Gattin, die über verschiedene seltsame, dramatische Vorspielungen sich ihren Gatten vom Halse halten wollte. Verständlich, denn damals gab' noch keine brauchbaren Verhütungsmittel und solche Interaktionen hätten Folgen haben können, die keiner wollte. Schließlich musste sie es ausbaden. Heute hat sich das geändert. Heute fühlen sich viele Männer durch die üppigen Wünsche ihrer Partnerinnen schnell überfordert; heute erfinden sie falsche Wehwehchen, um sich ihrer Gattin zu entziehen. Oft unterstützt sie ihr gemeinsamer Freund bei seinem Rückzug. Manche leiden sogar unter dem Zuviel und Zuoft ihrer Gespielin.

Dennoch gibt es Aufgaben, die ein Ehemann beherzigen und sich nicht aus der Verantwortung stehlen sollte. Die Pflicht des Liebhabers oder Ehemannes ist es, sie grenzenlos glücklich zu machen, sie zu beschützen, die zu unterstützen und sie zu umsorgen. Er soll für ihr physisches, mentales und emotionales Wohlergehen da sein. Er soll für ihr innerlich ausgeglichenes und stabiles Wesen sorgen. In Sachen Liebe sollte er niemals kleinlich und geizig sein. Gleiches gilt selbstverständlich auch für sie. Allerdings sollte keiner erwarten, der andere könne die Gedanken und Wünsche des jeweils anderen lesen. Hellseherische Fähigkeiten entwickelt er erst nach Jahren. Daher sollte sie ihn von Anfang an niemals über ihre Wünsche und Erwartungen im Unklaren lassen."

Gisela hatte aus dem Stegreif eine flammende Rede gehalten und erntete ehrlichen Beifall. Alsdann machte sich ein jeder wieder an die Arbeit.

Das junge Paar verbrachte immer häufiger die gemeinsame Freizeit miteinander, insbesondere und gerade die Nächte. Sie sprachen ausgiebig über ihre Erwartungen, wie Gisela sie lehrte, auch und gerade über die im Bett. Larissas Bedürfnisse stießen bald an Roberts Grenzen. Das beklagte sie nicht, sondern half ihm geschickt, seine Grenzen zu erweitern. Das belohnte er mit dankbaren Sonderschichten. Larissa war voll des Lobes.

Sie machten sich daran, das große Haus mit der Praxis im Erdgeschoss, für die gemeinsame Nutzung umzugestalten. Das sparte künftig Zeit und Kosten. Und eh man sich versah, lebten sie unter einem Dach und teilten Bett und Tisch miteinander und nicht umgekehrt.

Gisela Schröder nahm das alles mit großer Freude und Anteilnahme zur Kenntnis, erteilte, falls gewünscht, praktische Ratschläge und ermunterte, wenn das Projekt ins Stocken zu geraten schien. Ihre langjährigen Beobachtungen beim Heranwachsen ihres Chefs, Robert Venlo, kamen Larissa zu gute. Sie hörte aufmerksam zu, wenn Gisela erzählte und Robert nicht anwesend war. So erfuhr sie so manches Geheimnis, von dem selbst Roberts Mutter keine Ahnung hatte. Schließlich war Tante Gisela, wie er sie damals nannte, seine Vertraute.

Larissa wurde nicht nachlässig, auch nicht als sie in das Haus der Venlos einzog und auch nicht als sie Roberts Namen annahm. Ihm gefiel, dass sie ihm eine anspruchsvolle und treue Ehefrau war und er bemühte sich nach allen Kräften, seine Frau innerhalb und außerhalb des Bettes glücklich zu machen. Stets erschien Lara, wie er sie jetzt immer nannte, tadellos gekleidet in der Kanzlei. Sie war nicht nur den männlichen Besuchern eine Augenweide. Auch Robert schätzte ihr modisches, elegantes und immer etwas sexy Auftreten sehr. Er sparte nicht mit Komplimenten und kleinen Aufmerksamkeiten. Das lehrte ihn wiederum Gisela und das kam gut bei Larissa an. So blieb es nicht aus, dass die drei viele Jahre in Eintracht lebten und in Freude miteinander arbeiteten. Und da sie nicht gestorben sind, so leben sie noch heute und sind alles andere als ein Märchen.

Allerdings bedauerte Gisela das Ausbleiben des Kindersegens, den sie so gerne gesehen hätte. Kinder werden meist von denen geschätzt, die nicht die Verantwortung für sie tragen müssen. Das lernte auch Gisela. Als unerwartet ihr geliebter Gatte starb, nahmen die beiden Eheleute die einsame Frau in ihr Haus auf. Ein jeder trug des Anderen Last, wenn es notwendig werden sollte; und so blieb es bis zum heutigen Tag.

Der erste Hochzeitstag

Genau vor einem Jahr hatten wir geheiratet. Wir hatten es auf eine ganz besondere, originelle Weise getan, die Verwandte, Eltern und Freunde ausschloss, was uns kurzfristig etwas Ärger einbrachte. Auch Hochzeitsgeschenke gab es nicht. Dennoch blieb uns dieser Tag, eben wegen der ganz besonderen Zeremonie, die nur uns beide etwas anging, unvergesslich. Während des vergangenen Jahres haben wir auch immer wieder dieses Ereignis an besonderen Tagen gefeiert, besonders zu jedem Vollmond. So blieb uns unser Honeymoon ein ganzes Jahr erhalten. Möge er uns niemals verlassen.

Nachdem wir geheiratet hatten, änderte sich einiges, darunter viele zu Herzen gehende Überraschungen. Ich hatte befürchtet, dass sich Alltag, Nachlässigkeit, Unachtsamkeit und Routine einschleichen würde. Dem war nicht so! Gewiss, wir hatten schon vor unserem Entschluss zu heiraten sehr viele Gemeinsamkeiten und identische Wertvorstellungen vorgefunden. Wir wollten auf keinen Fall nach einem traditionell gesellschaftlichen Geschlechterverhalten leben. Wir beide wollten vollständig gleichgestellt sein; unsere körperlichen, mentalen, emotionalen und psychischen Unterschiede sollen ein ständiger Quell der Freude sein und uns gegenseitig bereichern und vervollkommnen. Wir wollten einen Bereich schaffen, in dem wir ausschließlich nach unseren eigenen Regeln, Wünschen und Vorstellungen leben, wo wir unser emotionales Potential ungehindert ausleben können und wo gegenseitiger Respekt und Achtung die einzigen Grenzen sind, die wir niemals überschreiten werden. Nie wollten wir eine garstige, entwürdigende Sprache verwenden, wenn wir über intime Belange sprechen. Eine liebevoll vorgebrachte Kritik in allen Bereichen sollte uns helfen, aneinander zu wachsen und unser Zusammenleben bereichern. Wir führten schon vor unsrer Ehe ein recht aktives Sexualleben, das sich aber nach unserer Eheschließung entscheidend vertiefte und intensivierte, was uns beide zusätzlich ermutigte. Wir wurden inniger, aber auch sensibler, verletzlicher und zerbrechlicher. Ganz plötzlich flossen hin und wieder Freudentränen durch tiefe innere Berührungen.

Doch heute an unserem ersten Hochzeitstag wollten wir besonders angemessen feiern, etwas Bilanz ziehen, Erinnerungen auffrischen und neue Visionen teilen. Dabei sollte nichts zu kurz kommen. Wir wollten auch nicht stilvoll ausgehen, denn der Gang der Dinge war nicht vorhersehbar aber wir ahnten, wie und wo alles enden würde. Da wollten wir uns keine unüberwindbaren Hindernisse in den Weg legen.

Am Nachmittag bereiteten wir ein appetitliches leichtes Dinner vor, dass dann nur noch kurz erwärmt werden musste. Natürlich wanderten zwei Flaschen Champagner in den Kühlschrank, damit sie sich für uns erkälten. Der Strauß bunter Rosen stand in einer dekorativen Vase auf dem Esstisch. Anja war über die Farbenpracht erstaunt, fragte, ob sie denn echt seien. Ich erklärte ihr, er sei ein Symbol für die Vielfalt unserer Beziehung. Ich hatte meinen Wunsch schon zehn Tage zuvor unserer Blumenhändlerin geschildert und sie versprach, für ein originelles Arrangement zu sorgen. Die Überraschung war gelungen. Abschließend duschten wir gemeinsam, trennten uns aber, um uns fesch zu kleiden. Wir wollten uns im Wohnzimmer treffen. Ich rasierte mich noch einmal gründlich, verwendete das herrlich duftende Rasierwasser, das sie mir geschenkt hatte und zog einen eleganten dunkelgrauen Anzug an, dazu ein fliederfarbenes Hemd und eine dunkelrote Krawatte. Das Haar sollte etwas verwegen gebürstet aussehen. Ich gefiel mir und wartete im Wohnzimmer auf sie.

Als sie den Raum betrat, füllte sie ihn sofort mit dem Bukett ihres Parfums. Sie lächelte. Sie trug das einfache, hautenge Schwarze mit den Spagettiträgern und dem fantastischen, großzügigen Ausschnitt. Es war allerdings sehr kurz, so dass ein Tragen außer Haus vollkommen ausgeschlossen war; dazu schwarze Pumps, die ihr einen unsicheren Gang abverlangten, eine weiße Perlenhalskette, ein Fußkettchen und Ohrclips. Ihre Haut und ihre Beine waren noch gut gebräunt vom Sommerurlaub. Kurzum, sie war eine atemberaubende, betörende Schönheit mit einer unwiderstehlichen Ausstrahlung. Ihre dunklen Augen fragten. Sie kannte meine vorübergehende Sprachlosigkeit.

„Und?" half Anja nach.

„Du siehst fantastisch, großartig aus. Manchmal frage ich mich, ob ich so viel Verzauberung verdient habe!"

„Hast du auch nicht! Du bekommst sie dennoch, einfach so, als Geschenk!"

Sie kam auf mich zu, zupfte ihren Rock etwas zurecht. Ich schloss mein Juwel in die Arme. Sie schmiegte sich an mich, schlang ihre Arme um meinen Hals und wir küssten uns lange, sehr lange... Sie sah mir in die Augen:

„Allein wie du küsst ist ein handfester Grund, dich zu heiraten!" raunte sie.

„Würdest du es denn wieder tun?" fragte ich warm.

„Dann frag mich doch! Aber zuvor auf die Knie! Als deine Göttin darf ich das erwarten!"

Ich tat es:

„Wunderschöne Anja, würdest du mich heiraten?"

Sie sah mich an, etwas skeptisch-streng:

„Aber gewiss doch! Ich würde dich heiraten, wenn ich nicht schon mit dir verheiratet wäre! Ich würde dich auch gerne zweimal heiraten, wenn ich dann auch doppelt so viel von dir bekommen werde! Ich könnte gut zwei Ehemänner wie dich gebrauchen. Ich hätte da keinerlei moralischen Bedenken!"

Ich küsste ihre Hand und sie zog mich hoch und küsste meine Stirn.

Sie sagte:

„Ich hol' jetzt unsere kalte Platte aus dem Kühlschrank! Mach du den Champagner auf und sorg für etwas stimmungsvolle Musik; ich bin sicher, du hast ein wunderschönes Repertoire zusammengestellt!

Zu sanft romantischer Barmusik wollten wir Platz nehmen. Es gab ein kleines Missverständnis. Ich wollte meiner Anja beim Platznehmen behilflich sein; sie schüttelte den Kopf:

„Ich möchte auf deinem Schoß sitzen. Wir brauchen auch kein Besteck; ich füttere dich – und du mich! Das erspart uns den Abwasch! Aber ziehe dein Jackett aus und die Krawatte, damit nichts besudelt wird – kann ja leicht passieren. Dein Hemd können wir leicht auswaschen!"

Flink hatte sie mich bei der Krawatte gepackt und zu sich gezogen. Sie öffnete den Schlips und schon war er verschwunden:

„Nun nimm Platz!"

Sie setzte sich auf meinen Schoß; ihr schöner Busen war in Lippenhöhe.

„Mmh, ich mag deinen warmen Atem so nah an meinem Busen!" schwärmte sie.

Ich reichte ihr ein Glas Champagner und hob meins:

„Auf dein Wohl, mein Liebster!" begann sie „Auf all die schönen Sünden, die wir im vergangenen Jahr begangen haben..."

„... und auf all die schönen Sünden, die im kommenden Jahr auf uns warten, begangen zu werden!"

„Fallen dir denn neue Sünden ein?" kicherte sie.

„Mir fallen da noch eine Menge ein...!" bestätigte ich.

„Dann ist ja alles gut! Mir nämlich auch! Weißt du, was mich so sehr überrascht, ist, dass ich für das, was ich mit dir tue und du mit mir tust, mich nicht im Geringsten schäme, es sogar geradezu im höchsten Maße genieße!" lachte sie.

Wir tranken, setzten ab und sie ergänzte:

„Ich danke dir für all die schönen Stunden, die du mir mit deinen Zärtlichkeiten und deiner männlichen Ausdauer in mein Leben gezaubert hast. Viele davon werden mir unvergesslich bleiben. Du hast mir eine Welt erschlossen, von der nicht einmal ahnte, dass sie existiert..."

„Danke, schöne Anja! Aber ich war das nicht allein! Du hast die Tür zu diesem Park geöffnet. Ohne dich wäre sie auch mir für immer verschlossen geblieben. Es ist wichtig, dass wir verstehen und schätzen, was wir einander bedeuten. An allem, was wir erleben, sind wir beide beteiligt. Nur gemeinsam erwachen wir zu einem glücklichen Leben. Wir werden für unser Bündnis belohnt"

„Das hast du schön gesagt! Du bist mein Poet, mein Philosoph! Mich quält nur ab und zu die eine Sorge, du könntest meiner überdrüssig werden! Ich weiß, ich bin sehr fordernd, besitzergreifend, übergriffig..."

„Du solltest dir keine Sorgen machen! Sie sind vollkommen überflüssig! Wir sind weit davon entfernt, einander überdrüssig zu sein! Im Augenblick sind die Fusionskräfte stärker. Wenn's tatsächlich mal dazu kommt, werden wir wachsam sein und eine Lösung finden! Wir werden schon die richtige Rezeptur zur Wende finden! OK? Außerdem gab es ja bereits Momente der Schwäche, Betriebsausfälle..."

Anja sah mich ratlos an:

„Was soll das jetzt? Was meinst Du?"

„Nun, ich meine die paar Male, als ich dir nicht deine Wünsche erfüllen konnte...!"

„Das ist jetzt nicht dein Ernst! Gut, ich nehme zur Kenntnis, dass du darunter mehr gelitten hast als ich! Aber das hat nicht im Geringsten Bedeutung! Ich meine, dir deutlich gesagt zu haben, dass ich ein schrecklich unersättliches Weib bin! Daran bist du nicht ganz unschuldig! Es ist für mich so unbeschreiblich schön, wenn du mich mit deiner ganzen Manneskraft durchjubelst, dich verausgabst und hinundhergibst. Ist es da nicht verständlich, wenn ich das wieder und immer wieder haben möchte, wenn ich das gerne ständig haben möchte, ständig und ohne Unterlass?"

„Ich denke manchmal, ich kann dich nicht zufrieden stellen!"

„Das glaub' ich jetzt nicht! Das ist doch Quatsch! ...und ich will das nicht weiter kommentieren! Ich bin doch kein kleines dummes Teenymäuschen! Du bist doch keine Maschine! Du bist nicht unerschöpflich!"

Dann fuhr sie fort mit einem verschmitzten Lächeln und tieferer leiser Stimme:

„... und ich gestehe dir, dass es mir unvergleichlich Freude macht, all meine Magie anzuwenden, um dich erneut zu aktivieren und zu erleben, wie stolz du bist, deine Grenzen zu überschreiten! Nein, nein, mit uns ist alles in bester Ordnung innerhalb und außerhalb unseres Bettes! Und nun will ich keine abgestandenen Neuigkeiten mehr aus Absurdistan hören! Und ich denke nicht daran, meine nymphomanischen Anwandlungen herunterzufahren. Ich mag sie und ich mag sie ausleben! Immerhin, zuvor kannte ich das nicht an mir... es begann, als ich dir begegnete! Auf meinem Grabstein soll stehen: die getreue Nymphomanin."

Ich griff nach einem Happen und fütterte meine Liebste. Sie tat es mir gleich. Servietten gab es nicht; deren Aufgabe übernahmen unsere Zungen.

„Schatz, würdest du bitte den Kamin anzünden; du weißt, mir brechen dabei leicht die Fingernägel oder die Streichhölzer ab oder ich steh' vorzeitig in Flammen. Ich tu' die Reste in den Kühlschrank!"

„Schon gut!" stimmte ich zu, schließlich hatte ich Erfahrung mit dem Kamin. Schon bald knisterte es munter und hell und ich konnte große Holzscheite nachlegen. Anja kam zurück und brachte das große, weiße Fell mit, auf dem wir häufig im Bett spielten. Wir breiteten es vor dem Kamin aus, sorgsam darauf bedacht, damit es nicht durch Funken in Brand geraten konnte. Anja zupfte immer wieder an ihrem kurzen Rock. Ich schenkte noch einmal Champagner nach und wir prosteten uns zu. Anja hatte ihren linken Arm um meinen Hals gelegt:

„Du hast mir noch gar nicht gesagt, ob ich dir gefalle; oder stimmt etwas nicht mit meinem Outfit?"

„Du bezauberst mich jeden Tag mit deinem Aussehen, deinen weiblichen Attributen, deiner weiblichen Vielfalt, deinem Charisma, deinem sicheren Auftritt im gewagten Outfit... Mir gehen allmählich die Worte aus! Ich mag dieses Kleid sehr, weil es deinen weiblichen Schmuck zum Blickfang macht. Du verstehst es, mein Hinsehen zu provozieren. Es irritiert mich nicht mehr so wie früher; es freut mich, es begeistert mich und ich bin glücklich, so sehr für deine Magie empfänglich zu sein..."

Anja kuschelte sich in mich:

„Schön, dass ich dich nicht mehr erstarren lasse... Das Gegenteil will ich erreichen! Nur einem Körperteil ist es gestattet zu erstarren. Und das mit den Worten... Du kannst dich gerne wiederholen. Du weißt, die schönsten Melodien in einem Musikstück wird man nie müde, wieder und immer wieder zu hören. Doch du sprichst von Schmuckstücken... Ich trage doch nur diese Perlenkette?"

Ich lachte:

„Du weißt genau, welchen Schmuck ich meine. Du trägst sie ständig bei dir!"

„Wirklich? Sag' es mir! Bitte!" Ihre großen Augen sahen mich an. Können diese Augen lügen? „Bitte sprich über meinen Körper; ich muss wissen, ob du ihn genauso magst wie ich dich! Lass es mich hören, dass du mich begehrst!"

„Wo soll ich beginnen? Ich liebe deine gesamte Erscheinung, dein gelungenes Design, die Gesamtkomposition, dieses harmonische Zusammenspiel all deiner Vorzüge! Ich liebe dein Glühen, denn du glühst für mich!"

Bei diesen Geständnissen schmiegte sie sich fester an mich.

„Ja, wo soll ich beginnen? Deine süßen Füße, die nur einen Weg kennen, den Weg zu mir! Deine hübschen, kräftigen

Beine, ohne Makel, zum Glück nicht streichholzdünn, dafür weiblich schön geformt! Weißt du eigentlich, wieviel Mühe dein Schöpfer sich mit dir gegeben hat?"

Anja nickte:

„Ja, ich weiß es! Ich will nur immer wieder wissen, ob ich dir gefalle; das ist mir wichtig! Ich kann es nicht oft genug hören! Nur mein fetter Hintern wird dir missfallen!"

Ich drückte sie kräftig an mich:

„Liebling, wenn du an meiner Frau herummäkelst, bekommst du Ärger mit mir. Niemand darf meine Frau mit falschen Behauptungen kränken. Du hast den bezauberndsten weiblichen Hintern, den ich je gesehen habe, sei es in freier Natur oder auf Bildern. Daran gibt es nichts zu verbessern. Die pure Wonne!"

„Es ist ein solch schönes Gefühl, für jemanden voll und ganz da zu sein, jemanden mit Haut und Haaren zu gehören!" schwärmte sie.

Ihr Lieblingssong erklang im Radio und unterbrach unsre Konversation. Wir sprangen auf; wie aus einem Mund:

„Lass' uns tanzen!"

Sie schleuderte die Schuhe von ihren Füßen, schlang ihre Arme um meinen Hals und legte ihren Kopf an meine Schulter. Sanft wiegten wir uns zur Melodie und sangen den Text leise mit. Meine Hand glitt zärtlich über ihren Rücken und ihren süßen Po und über ihre Hüften wieder aufwärts. Ich flüsterte ins Ohr:

„Schatz, du trägst keinen Slip!"

„Ich weiß, es ist eine Schande! Aber du hättest ihn mir sowieso schon längst geraubt!"

„Du trägst auch keinen BH!"

„Ich weiß, auch das ist schändlich! Aber auch ihn hättest du mir längst geraubt! Du wirst dich daran gewöhnen müssen, dass du mit einem liederlichen Weib zusammenlebst!" seufzte sie eindrucksvoll.

„Das wird mir gewiss nicht schwerfallen!" besänftigte ich sie.

„Das ist sehr gütig von dir!"

Während sie das sagte, drehte sie sich in meinen Armen im Rhythmus der Musik langsam um die eigene Achse. Sie wandte mir jetzt ihre Rückseite zu. Sie ließ ihr Haar über meine Schultern fallen und wand ihre Arme rückwärts um meinen Hals. Meine Hände taten das gleiche wie zuvor; sie wanderten jetzt über ihre kurvenreiche Vorderseite. Behaglich schnurrte sie. Ich streichelte und umkreiste ihren Bauch. Anjas gedehnte Haltung ließ den Saum ihres Kleides unerlaubt weit empor rutschen. Das Kleid vernachlässigte seine Aufgabe, gewisse Bereiche korrekt zu bedecken. Ich erforschte freies Gebiet... Meine Fingerspitzen wurden neugieriger...

„Nun?" raunte Anja in mein Ohr, „Konntest du dich davon überzeugen, dass ich tatsächlich ein Mädchen bin?"

„Ja, das konnte ich!"

„Das ist gut! Ich habe jedenfalls wahrgenommen, dass du kein kleiner Junge mehr bist und deutlich männliche Regungen zeigst!"

Sie wandte mir wieder ihre Vorderseite zu und sah mich an:

„Ist es jetzt nicht an der Zeit, Hand an mich zu legen?"

Ich schmunzelte:

„Du meinst, ich sollte...?"

Sie nickte heftig. Ich tastete nach dem Reißverschluss ihres Kleides und zog ihn langsam herunter. Ich schob die dünnen Trägerchen von ihren Schultern. Das Kleid saß so eng, so dass es nicht zu Boden fiel.

„Bitte zieh es herunter, nicht über den Kopf, du weißt die Frisur...!" riet sie mir.

Als sie elegant herausstieg, jubelte sie:

„Juchhu, endlich frei! Nun, mein Geliebter, jetzt werde ich Hand an dich legen! Ich erwarte keinen Widerstand, sonst werde ich mich zur Strafe schämen!"

Rasch war mein Hemd geöffnet und von den Schultern gestreift, ein Kuss auf die Brust gehaucht und flink der Gürtel geöffnet.

„Halt!" ermahnte sie sich. „Kein nackter Mann in Socken!"

Anja bückte sich, nahm mir Schuh und Socke und war schon wieder bei der Hose. Der Reißverschluss sirrte kurz und die Hose fiel zu Boden.

„Netter Versuch: du trägst meine Lieblingsboxer! Aber da hilft nichts, auch die müssen jetzt fallen!" erklärte sie und zog sie mir langsam herunter.

Ich suchte Halt an ihrer Schulter, als ich aus dem nicht mehr benötigten Kleidungsstück ausstieg. Sie erhob sich, schlang die Arme um meinen Hals und flüsterte:

„Lass uns weiter tanzen, bitte! Nicht nur cheek-to-cheek, sondern skin-to-skin!"

Es war unbeschreiblich, sich so nah zu fühlen, wie wir einander suchten und berührten und wie unsere Hände wanderten und streichelten. Dazu wiegten wir uns zu sanften

Melodien. Wieder drehte mir Anja ihre Kehrseite zu; meine Hände hoben ihre Brust, umkreisten ihren Bauch, während sie sich an mich schmiegte. Sie wanderte geschickt zu meiner Rückseite und umschlang mich von hinten, barg ihr Gesicht an meinem Rücken. Ihre Finger glitten vorn nach unten; zuerst spürte ich ihre Fingernägel, später wurde sie sanfter und ihre Finger neugieriger. Beherzt griff sie zu. Ich mochte das und ließ sie erleben, wie sehr ich es mochte und wie sehr ich sie wollte. Wieder wandten wir uns einander zu und küssten uns verwirrend innig. Unsre Knie wurden weich, unsere Beine wollten uns nicht länger tragen. Wir sanken in die Kissen auf unserem Fell dicht vor dem warmen Kaminfeuer, hielten uns umschlungen wie aus einem Guss.

Nachdem wir uns fürs erste satt geküsst hatten, richteten wir uns auf und setzten uns nah voreinander. Sie legte ihre Arme um meinen Hals und fragte unschuldig:

„Darf ich mich dir noch mehr nähern – ich spüre so gerne seine Unruhe!"

„Aber gewiss doch! Nur zur Korrektur: deine so dichte Nähe, schafft dort Unruhe!"

„Ich weiß! Es ist ebenso, wie es sein soll! Seine Unruhe schafft mir hin und wieder Beruhigung!"

„Die Sphinx hat gesprochen!"

„Etwas Sphinx will ich immer für dich sein! Und das letzte Wort will ich auch immer haben!" belehrte sie, und bevor ich etwas erwidern konnte, verschloss sie mir den Mund mit ihren süßen Lippen.

„Lass uns ein bisschen zurück schauen auf unser erstes Jahr; woran erinnern wir uns?" raunte sie in meinen Mund und ich ergänzte:

„... und was ist uns als besonders schön in Erinnerung geblieben!"

„Da muss ich nicht lange nachdenken!" hauchte sie. „Es war unsere Hochzeitszeremonie. Wir hatten zuvor oft über diese Zeremonie gesprochen. Aber dass es so schön, so eindringlich, so unvergesslich sein würde, hatte ich nicht für möglich gehalten."

„Du wolltest erst gar nicht, dass wir alles mit der Kamera aufnehmen, weil sehr vertrauliche Szenen darunter waren. Aber auf solchen Festen wird für gewöhnlich viel gefilmt. Manche engagieren sogar einen Hochzeitsvideoservice!"

„Du hast Recht! Heute bin ich froh, dass uns alles als Erinnerung erhalten bleibt, obwohl sicher kein einziger Hochzeitsfilm wie der unsrige auf der ganzen Welt existiert. Wir haben uns schon damals so einmalig, so herausgehoben gefühlt." erinnerte sich Anja.

„Bis Mittag waren wir mit dem Standesamt durch und wir hatten alle Vorbereitungen hier zuhause abgeschlossen. Wir konnten mit unserem Teil beginnen."

Sie fuhr fort:

„Unser Reinigungsbad hat wahre Wunder bewirkt. Mit der Gründlichkeit, mit der wir einander reinigten, ließ tatsächlich alles Vergangene verblassen. Unsere beiden Körper, ja unsere beiden Seelen sollten nur noch einander gehören. Uralte Instinkte kamen an die Oberfläche, Vorstellungen von Gehorchen und Unterwerfung kamen mir in den Sinn; und diese Fantasien erregten mich. Ich wusste, dass du niemals solche Dinge einfordern würdest, daher ließ ich sie so furchtlos zu und erlaubte ihnen, in mir zu kribbeln. Als ich dich abtrocknete und deinen männlichen Körper betrachtete, dachte ich, von nun an wird es mich nur noch nach diesem Mann verlangen, und ich beschloss, reichlich davon Gebrauch zu machen."

„Ich erinnere mich daran; " sagte ich „ich bin nicht erschrocken! Es hat mich gefreut!"

„Und ich hoffe, du hast es nicht bereut!?" fragte sie.

„Nein, das habe ich tatsächlich nicht!" gestand ich. Wir schwiegen eine Weile, bevor sie versonnen fortfuhr:

„Danach haben wir uns noch einmal sehr sexy gekleidet, dem Anlass entsprechend. Weißt du noch, was ich getragen habe?"

„Und ob ich das weiß!" schwärmte ich. „Von tragen konnte da nicht so richtig die Rede sei. Es war ein Hauch von einem weißen Negligé, das dich umwehte; entsprechend fein wie Engelshaar die Trägerchen, kurz, sehr kurz und darunter nichts!"

„...und das alles vor laufender Kamera... Ich wollte ein Geschenk für dich sein und ich träumte von einem Geschenk für ein ganzes Leben. Daher habe ich mich so schön für dich verpackt! Übrigens, ich fand dich auch ganz schön aufregend. Ich weiß, du findest deinen männlichen Körper nicht so anziehend, ich dagegen schon. Dieses knappe weiße Tuch um deine schmalen Hüften, deine braunen Beine und deine breiten Schultern, das weckte schon einiges Begehr nach mehr! Dann dieses Rasierwasser... Ich weiß, ich hab's dir geschenkt, aber in Kombination mit deinem Geruch löst es einen verführerischen Zwang auf mich aus! Jedenfalls ich hatte dir dein Tuch schneller entwendet als du meins."

Anja lachte:

„Dadurch hatte ich auch das großartige Vergnügen, die erlesene Höflichkeitsbekundung deines Gentlemans entgegen zu nehmen, wie er sich erhob, um mich artig zu begrüßen.

Ich muss ihn wohl sehr mit meinem Outfit beeindruckt haben... Schatz, ich mag das, wie er auf meinen Einfluss reagiert!"

„Dann hast du ergreifende Worte gesprochen, die mich aus meiner Bewunderung erlösten, um Taten folgen zu lassen; ich packte dich, mein Geschenk aus. Du hast deine Arme hinter dem Kopf verschränkt, dich um die eigen Achse gedreht und gesagt: „Sieh mich an, das alles gehört jetzt dir, und nur dir! Vergiss das niemals!"

„Ich schloss dich in die Arme und du kuscheltest dich so fest an mich, als wolltest du in mich eindringen. Wir sanken aufs Bett und liebten uns zum ersten Mal als Ehepaar. Das hatte schon was, dieses erste Mal als Ehepaar. Unvergesslich!"

„Dem schloss sich eine Ruhephase an, in der wir uns süße und frivole Geständnisse machten. Wir sprachen von dem, was wir füreinander sein wollten. Du hast von deinen Pflichten als mein Ehemann gesprochen. Ich hab dir atemlos zugehört; es war wunderschön, worin du deine Aufgabe siehst. Dein Bekenntnis ist mir fast wortwörtlich im Gedächtnis geblieben!"

„Dann erinnere mich jetzt daran!" bat ich. „Und frisch es auf!"

Anja kuschelte sich in meine Arme und begann:

Du sagtest, es solle keine Beschränkungen, Verbote, Tabus oder Grenzen zwischen uns geben, allenfalls eine Mauer um uns herum, die uns vor negativen Einflüssen von außen und vor Eindringlingen schützen soll. Liebe und Sex seien eine Quelle für Gesundheit, Jugend und psychischer Ausgeglichenheit und je üppiger dieser Quell sprudeln werde, umso glücklicher werden wir sein. Daher sei dies dein tägliches

Vergnügen und dein Lebensinhalt! Deine übergeordneten Pflichten als mein Geliebter und Gemahl bestehen darin, mich grenzenlos glücklich zu machen, mich zu beschützen und für mich zu sorgen und zu umsorgen. Deine Aufgabe sei es, dich um mein körperliches, mentales und emotionales Wohlergehen zu kümmern. Du wirst mir körperliche Wonnen, Ausgeglichenheit, innere Ruhe, Wärme und tiefe Zufriedenheit verschaffen, so dass sich meine innere Stabilität und Emotionalität festigen kann. Es sei mein Geburtsrecht von meinem Ehemann geliebt zu werden, wann immer es mich danach verlangt. Es ist unser beider Geburtsrecht, miteinander glücklich zu sein. Liebe müsse immer gönnerisch und großzügig sein! Du bist dazu ausersehen, all meine emotionalen Wünsche zu erfüllen auch solche, die ich erst im Zusammenleben mit dir entwickeln werde. Alles was du von mir willst ist, dir meine Erwartungen mitzuteilen! Und daran habe ich mich gehalten!"

Ich war gerührt und küsste sie:

„Ich weiß! Dadurch, dass du so reichlich von meinem Angebot Gebrauch gemacht hast, hast du auch mich glücklich gemacht!"

„Darum solltest du auch wissen, warum mich die Natur so attraktiv ausgestaltet und mit so reichlichen Attributen versehen hat!"

Ich sah sie fragend an. Sie lächelte geheimnisvoll:

„Damit du ständig das Verlangen verspürst, dich mit mir zu paaren!"

Ich lachte. Sie sah mich strafend an:

„Lach' nicht über meine geheimen Ängste!"

„Wovor hast du denn Angst?" fragte ich ehrlich überrascht.

Sie schlug die Augen nieder:

„Davor, dass du dich an mir satt gesehen hast, meine Reize dich nicht mehr reizen, deine Sinne beginnen abzustumpfen und du deine Blicke abwendest oder gar anderen zuwendest."

Ich war mir nicht sicher, ob sie etwa nur kokettierte, oder ob sie mir ihre ernste Sorge schilderte. Daher schloss ich sie fest in meine Arme, streichelte über ihr Haar und ihren Rücken und beruhigte sie:

„Schatz, mach dir keine Sorgen, wo kein Grund besteht. Wir werden Mittel und Wege finden, damit umzugehen, wenn sich solch eine Ermüdung einstellen sollte. Ich verspreche dir, wachsam zu sein! Sieh es einmal so: Liebe und Sex sind ein essentielles Grundbedürfnis, so wie das Atmen und die Nahrungsaufnahme. Es dient unserer Gesundheit und unserer seelischen Stabilität. Unsere häufigen sexuellen Begegnungen mobilisieren auch unser Verlangen. Nicht umsonst hat die Natur dieses Verlangen an oberste Stelle gesetzt. Es dient immerhin der Arterhaltung. Vermutlich werden sich unsere Begegnungen im Laufe der Zeit in der Art und Weise des Auslebens verändern. Dass sich unsere Vitalität abschwächt, sehe ich allerdings nicht, auch wenn sie überdurchschnittlich hoch ist. Wir sollten uns nicht an der Statistik messen. Du tust mir gut, das ist alles, was zählt!"

Anja kuschelte sich reibend an mich und flüsterte:

„Du ahnst gar nicht, wie viel mir diese deine Worte immer wieder bedeuten. Wie sie mein Herz zum Jubeln bringen. Ich kann deine Geständnisse nicht oft genug hören. Ich weiß, ich bin eine Sorgennudel; wenn man so glücklich ist, wie ich es bin, befällt mich die Angst, alles könnte mir eines Tages wie Sand durch die Finger rinnen, sich in Luft auflösen, wie eine Seifenblase platzen. Verscheuche ich diese Bilder kommen neue Zweifel, Zweifel darüber, ob ich in der Lage bin, dich so glücklich zu machen, wie ich es bin, ob du einen Mangel verspürst. Könnte ich nur einmal, in deine Haut schlüpfen, um deine fernsten Winkel zu erkunden und deine geheimsten Gedanken und Wünsche erfahren. Bitte Schatz, lass sie mich wissen, auch wenn sie noch so absurd oder finster erscheinen! Nicht deine finstersten Gedanken ängstigen mich, es ist nur die Ungewissheit! Dann, seit ich dich kenne, bekomme ich ab und zu meine nymphomanischen Anwandlungen und ich fürchte, dass du mir eines Tages davonläufst."

Sie sah mich geradezu ängstlich an und ich versuchte sie zu beruhigen:

„Anja, mach dir bitte nicht unnötige Sorgen. Ich werde dich nie im Ungewissen lassen, auch dann nicht, wenn ich dir etwas wehtue! Das verspreche ich dir! Wenn du willst, können wir ja mal einen Tag der düsteren Konversationen einführen, um zu sehen, was mit uns geschieht, wenn wir über abwegige Fantasien sprechen."

Sie nickte eifrig:

„Ja, ich glaube, das sollten wir mal tun! So mag ich, wenn du mich ab und zu beißt, und der süße Schmerz langsam abklingt und mich ständig daran erinnert, dass du ihn mir zugefügt hast! Auch wenn du mich morgens nach dem Duschen ankleidest, spüre ich noch ganz lange deine zärtlichen Hände auf meiner Haut! Oder wenn du mich besonders heftig geliebt hast, dann spüre ich diese Wonnen noch ganz lange!"

Sie geriet ins Schwelgen:

„Unvergesslich dich zu erleben, wenn dich dein Orgasmus überwältigt... - dann möchte ich dich nie mehr gehen lassen. Dann sollst du bei mir bleiben, bis mein Wohltäter zu neuen Kräften gelangt ist. Ich möchte auch gerne unseren Zusammenkünften ein paar Ingredienzien beimischen, wenn du damit einverstanden bist?"

„Und die wären?" fragte ich neugierig.

„Nun, da Leidenschaft, Begehren und Sinnlichkeit bereits vorhanden sind, ich dir gehöre und dir gehorche, fehlt da noch eine Priese Ungeheuerliches: ich will dir gehören, ich will dein Besitz sein, von dir besessen sein, von dir abhängig sein, nach dir süchtig sein, mich dir unterwerfen. Die Leute sagen, das sei krank! Aber eine kleine Dosis sollten wir schon zulassen. Diese feine Dosis soll uns enthemmen wie alle Drogen!"

Anja lachte ausgelassen:

„Wo könnte ich denn schon vollkommen enthemmt sein, wenn nicht bei und mit dir. Das ist meine Lilith-Natur!"

„Adam fand sie unerträglich und bat Gott sie aus dem Paradies zu vertreiben!" belehrte ich.

„Streu' nun mal kein Sand ins Getriebe! Ihr Männer hattet genug Zeit, euch seit der Vertreibung aus dem Paradies weiterzuentwickeln. Jetzt könnt ihr froh sein, dass wir Engel vom Paradies herabsteigen und euch das Paradies auf Erden erschaffen!"

„Ich weiß, Anuschka, du hast recht!"

„Mein lieber Meister, ich möchte dir alles sein von der Dirne bis zur Göttin!"

„Das Talent dazu hast du ja!"

„Danke für all deine Ermutigungen. Doch nun würde ich gerne auch eine deiner Erinnerungen aus unserem erotischen Schatzkistchen hören!"

Ich brauchte nicht lange zu überlegen:

„Es ist noch gar nicht so lange her. Es war an einem warmen Spätsommertag. Ich hatte Lust, mich zu bewegen, mich zu verausgaben und hackte unten hinterm Haus Holz. Mir wurde heiß und ich zog mein Hemd aus. Dabei bemerkte ich, ohne dass du es bemerkt hast, dass du von oben hinter dem Vorhang zusiehst. Ich schwitzte, aber es machte mir Spaß! Ich stapelte das Holz für unseren Kamin im Schuppen, damit es gut durchtrocknet. Ich roch verschwitzt und wollte duschen. Du hattest mir schon ein frisches Handtuch hingelegt. Ich duschte sehr gründlich und als ich nach dem Handtuch griff, fiel ein Zettel heraus. Ich las:

„Bitte komm ins Wohnzimmer, bevor du dich anziehst!"

Es gab keinen Grund, dir diesen Wunsch abzuschlagen. Du hast im Sessel gesessen und in einem Magazin geblättert. Du sahst auf:

„Komm näher, mein Gemahl! Lass dich ansehen! Ich seh' ihn gern, deinen männlichen Körper! Ich möchte deinen Irrtum korrigieren, der männliche Körper sei nicht attraktiv, nicht schön. Ich sehe dich gerne so, wie du dich mir jetzt zeigst! Ich hätte dich gern als Adam in meiner Brieftasche, damit ich unterwegs bei Bedarf von dir zehren kann. Ich sehe gern deine kräftigen Beine, deinen festen Hintern und deine schmalen Hüften, unseren gemeinsamen Freund, der so viel dazu gelernt hat. Ich bin sehr mit ihm zufrieden, weil er mir mehr gehorcht als dir und auf meine Wünsche eingeht. Du verstehst es ausgezeichnet, mit ihm umzugehen. Ich mag deine männliche Brust, deine kräftigen Schultern. Sie strahlen so viel Wohlbehagen, Verlässlichkeit und Schutz aus. Der weiche Flaum kitzelt ein wenig, wenn ich mein Gesicht an deiner Brust vergrabe. Ich mag, dass du deinen Körper sehr pflegst und Haar an unpassender Stelle entfernst."

Während deiner Ansprache wanderten deine beiden Hände über meine Haut und betasteten mich; manchmal hast du kräftig zugegriffen, mal zärtlich sanft. Es sah wunderschön aus, deine tastenden, schlanken Hände mit den rot lackierten Fingernägeln. Ich versuchte, meine Reaktion auf so viel Zärtlichkeit zu verbergen.

„Tu das nicht!" hast du streng ermahnt. „Ich mag das und sei froh, dass du so gesund bist!"

Ich ließ dich gewähren.

„Versprich mir bitte, dass ich Fotos von dir machen darf: Adam in der freien Natur!"

Ich versprach es dir; du hast mir einen kräftigen Klaps auf meinen Hintern gegeben mit der Bemerkung: Für den Augenblick ist's genug!"

„Mein geliebter Mann, meine Absicht war es, dich zu ermuntern, auch mir eine Augenweide zu sein! In der griechischen Antike galt der nackte männliche Köper als sehr viel ästhetischer als der weibliche! Wusstest du das?"

Ich nickte. Wir kuschelten und schmusten eine Weile wortlos.

„Mit dir lernte ich, mich auch über die verregneten Wochenenden zu freuen. Als ich alleine lebte, machte mich der Wochenendregen immer so depressiv! Doch mit dir tagelang ununterbrochen im Bett zu bleiben, da konnte ich was erleben. Unsere Stretching-Gymnastik war nur der Anfang; es machte so viel Spaß, so nackt, so anregend, so erfrischend, so innig, so unschuldig und wohltuend. In unseren Ruhephasen tauchten wir ein in liebevolle, ernsthafte Gespräche über uns, unsere Vorlieben, unsere erotischen Fantasien, geheime Wünsche und besonders schöne Erinnerungen an unübertreffliche Wonnen. Mit der Zeit wuchs begehrliche Spannung in uns: necken, verführen, zur Sünde verleiten. Du überlässt dich gerne mir; ich darf mit dir spielen, dich erforschen bis du mich zu dir ziehst und in endlose Kussdialoge verwickelst. Da kommen keine Missverständnisse auf. Wie sollte ich dir den sonst erklären, welchen Rhythmus ich so liebe?"

Versonnen machte sie eine Pause.

„Wir sprachen über die Sünden in der Ehe und fanden heraus, dass das, was das Eheleben so sehr bereichert, vor und außerhalb der Ehe als Sünde bezeichnet wird, zumindest nach Auffassung der katholischen Kirche. Unsere Sünden waren ganz anderer Art: der Kuss, der nicht geküsst wurde, die Nacht ohne Liebe, das unausgesprochene Liebesbekenntnis.

Dann wieder diese seligen Stunden des Schweigens, der Stille, das wortlose in den Armen des Geliebten liegen."

Wieder schwieg sie und ich streichelte ihr Haar und küsste ihr Ohr. Tief atmete ich den Duft ihrer Haut ein und ließ mich von ihrem Haar kitzeln.

„Was mir ebenfalls in Erinnerung blieb war, als wir nach unserer Hochzeit bemerkten, dass sich unsere Begegnungen vertieften und intensivierten, und wie wir auch noch einmal unsere Erkundungen wiederholten. Wir wollten tiefer gehen aber höher aufsteigen. Unsere Begegnungen sollten wie ein Kunstwerk, zu einer Sinfonie werden. Wir wurden sensibler, verletzlicher, aber es wurde von Mal zu Mal schöner! All das mit dir ist mir unverzichtbar geworden. Ich genieße uns in vollen Zügen! Manchmal kann ich gar nicht glauben, was mit uns passiert! Aber ich erlebe es ja!"

„Ich liebe uns!" sagte ich versonnen.

„Ja genau, das ist es! Wir lieben uns – als Wir!" jubelte sie.

Ich fuhr fort:

„Während dieser Phase der Vertiefung unserer ehelichen Partnerspiele experimentierten wir auch mit unterschiedlichen Positionen..."

„Oh ja!" jubelte sie. „Mit dir machten mir plötzlich Dinge Spaß, für die ich mich vor anderen abgrundtief schämen würde. Erzähl' bitte nur niemals jemandem davon."

„Natürlich nicht! Das hatten wir uns doch längst versprochen!" beruhigte ich sie. „Auch mir wäre so manches ebenfalls äußerst peinlich – nur nicht vor und mit dir!"

„Das ist der Zauber an diesen unbeschreiblichen Dingen!" grinste meine Anja verschmitzt; und nach einer Pause:

„Besonders beeindruckte mich, wie wir deinen Baum pflanzten...; oder dieser einfache stundenlange Kuss, der uns total durcheinander wirbelte...!"

„Du kommst ja richtig ins Schwärmen!" lachte ich.

„Da kann man auch nur ins Schwärmen geraten! Und ich möchte die nächsten Jahrzehnte damit nicht aufhören!"

„Ich erinnere mich an unsere Position der verschiedenen Überraschungen, wo du nicht weißt, was dir geschieht!"

Anja lächelte:

„Das erinnert mich wieder an unsere Liebe in totaler Finsternis... Alle Sinne sind verstärkt!"

„Ich hab' dich gern über mir..."

„Ich weiß, dir zugewandt, aber auch mit dem Rücken zu dir! Es gibt da sehr pikante Varianten."

„Mit unseren Tantra-Ritualen und -Übungen stehen wir noch ganz am Anfang!"

„Das ist doch gut so!" meinte Anja. „Wenn wir unsere spontanen Einfälle hinzurechnen, sind wir gewiss noch reichlich beschäftigt! Möge dein Appetit auf mich nie vergehen!"

„Das wünsche ich mir auch!"

Wir erhoben unsere Gläser und wünschten uns eine blendende eheliche Zukunft:

„Auf gutes Gelingen!"

„Mein geliebter Mann, mach' dir nur keine Sorgen! Wir haben's doch längst begriffen: ein aufregendes Liebesleben ist immer das Werk von beiden! Dein Meißel hat Großartiges vollbracht; er wird auch in Zukunft noch schönere Kunstwerke schaffen!"

„Viellicht wechseln wir auch eines Tages das Metier und werden Musiker. Da soll es herrliche, noch ungespielte Liebessinfonien geben!" schlug ich vor. „Denn der Mensch, der liebt, beschädigt nicht die Welt!"

Wir beide lachten voll des Übermuts und begannen den wortlosen Teil unseres Dialogs zum ersten Hochzeitstag.

Scheidung

„Papa, sie sind wieder da!"

Ich rieb mir die Augen und knipste die Nachttischlampe an. In der Tür stand Annette.

„Wer ist wieder da, Schätzchen?" fragte ich verschlafen.

„Die Gespenster! Sie piesacken mich! Kann ich bei dir schlafen?" antwortete sie in klagendem Ton.

Annette war schon dreizehn, wurde sogar bald vierzehn, doch wenn sie so jammernd sprach, schlüpfte sie gern in die Rolle des kleinen hilflosen Mädchens.

„Na komm' her, Ännchen! Schlaf hier bei mir!"

Sie hüpfte erleichtert neben mich ins Bett, umfasste meinen Arm. Ihr Körperchen zitterte, schüttelte sich noch einmal heftig, als wollte er etwas loswerden und war mit einem kleinen Seufzer schon eingeschlafen. Sie tat mir so leid. Sie hatte viel durchgemacht die letzten Monate. Gewiss, ich auch – mir ging es alles andere als gut und war selbst nicht so recht in der Verfassung, ihr ausreichend Trost und Halt zu bieten. Ihre Mutter, meine Frau Veronica, hatte uns verlassen. Ich liebte Veronica sehr. Annette liebte sie natürlich auch auf ihre Weise. Vero war ein Vollblutweib. Wir lernten uns an der Uni kennen und hatten einen unbeschreiblichen, rauschhaften Sex miteinander. Sie holte das letzte aus mir heraus und ich wurde richtiggehend körperlich von ihr abhängig. Ich war stolz auf mich! Ich sagte es ihr und sie lachte nur und meinte, das sei gut so, ihr ginge es nämlich genauso. Wir tobten uns durch das erste Jahr, dann wurde sie schwanger. Annette wurde geboren. Naturbedingt reduzierten sich unsere sexuellen Begegnungen insbesondere in ihrer Intensität. Vero wurde launisch, zänkisch, aggressiv. Es kam zu häufigen Streitigkeiten. Sie nannte ihr Kind häufig „das Balg". Ich liebte mein Ännchen abgöttisch und sie mich. Vor ihrer Mutter hatte sie Angst. Doch allmählich kehrten die goldenen Jahre zurück, insbesondere während der gemeinsamen Ferien. Doch dann brachen aus heiterem Himmel, aus nichtigen Anlässen wieder heftigste hysterische Anfälle aus, während der sie grenzenlos Unrat über uns auskübelte. Die wahren Ursachen blieben mir unbekannt. Dennoch liebte ich sie, denn während der Versöhnungsphasen waren unsere erotischen Begegnungen die pure lodernde Ekstase. Doch sie zogen wie das ruhige Auge eines heftigen Wirbelsturms vorüber. Ihre Zerstörungskraft eskalierte. Eines Tages teilte sie mir eiskalt und mit ruhiger Stimme mit, sie werde mich verlassen und Annette könne ich behalten. Sprach's und verschwand. Ich hoffte, dass sie bald ihren Schritt bereuen werde und zurückkehren würde. Doch es geschah nicht. Das war inzwischen Jahre her – nicht das geringste Lebenszeichen.

Annette und ich litten. Ich glaube, ich hätte mir das Leben genommen, wenn Annette nicht gewesen wäre. Sie war von mir abhängig, ich für sie verantwortlich. So genasen wir nur äußerst schleppend. Erschwerend kam hinzu, dass Ännchen mit zunehmendem Alter ihrer Mutter immer ähnlicher sah. Mit jedem meiner Blicke wurde ich an Veronica erinnert.

Meine kleine, süße Annette hatte schreckliche Alpträume. Veronica hatte sie in ihren Ausbrüchen beschuldigt, ihr Leben zerstört zu haben. Ich musste ihr beweisen, wie sehr ich sie liebte und brauchte und welche Bereicherung sie für mich sei. Da ich selbst schlimm verwundet war, klang das nicht immer sehr glaubhaft. Sie schlief fast jede Nacht an meiner Seite und erinnerte mich durch ihre Präsenz, dass ich für sie verantwortlich war. Doch ihre Nähe gab auch mir hin und wieder Kraft und Mut. Sie spürte irgendwie auch, dass auch ich sie brauchte, denn wenn wir vor dem Einschlafen noch plauderten, fragte sie sehr genau nach, was in mir vorging. So plauderten wir uns langsam gesund und entfernten uns allmählich von unserer Tragödie. Sie wuchs mir sehr ans Herz und ihre Einfühlsamkeit beeindruckte mich. Ich gab ihr viele Kosenamen, die man aus Annette ableiten konnte. Das gefiel ihr, denn so erriet sie durch die Wahl ihres Namens meine Stimmung.

Wenn ich von der Arbeit nach Hause kam, flog sie mir um den Hals und küsste mich auf die Wange. Manchmal hatte sie eine Kleinigkeit für uns gekocht. Wir mochten beide Spagetti. Oder wir holten uns Pizza. Am Wochenende machten wir meist Ausflüge und gingen abends in ein Restaurant. Ich beobachtet sie oft. Sie war bezaubernd schön, obwohl das Leiden sie fragiler gemacht hatte. Bei uns beiden waren die Wunden noch nicht vernarbt. Aber wir hatten uns und wir hatten alle Zeit der Welt für uns. Als sie einmal für eine Woche auf Klassenfahrt war, fehlte sie mir sehr und ich drohte, wieder im schwarzen Sumpf der Erinnerungen zu versinken.

Wir fuhren auch gemeinsam in den Urlaub. Gelegentlich gab es Probleme und an der Rezeption wurden unsere beiden Pässe besonders sorgfältig überprüft. Zum Glück war sie noch als Kind bei mir eingetragen. Wir, das ungleiche Paar, weckten bei anderen offenbar schändliche Assoziationen. Ich wollte ihren kindlichen Überschwang nicht ausbremsen, wenn sie mir ab und zu vor aller Augen um den Hals fiel und mich herzhaft küsste. Ich schlug ihr vor, laut und deutlich nach mir „Daddy" zu rufen, damit die unausgesprochenen Unterstellungen alsbald versiegten. Wir erfuhren, dass man sich an der Rezeption über uns erkundigte. Man drohte sogar einmal mit einer Anzeige, weil wir in einem Zimmer schliefen. Als nach viel akrobatischem Misstrauen allmählich alle Missverständnisse und Unklarheiten beseitigt waren, kippte meist die Stimmung. Wellen der Bewunderung, Empathie und Mitgefühls rollten auf uns zu und über uns hinweg. Welch ein liebevoller, alleinerziehender Vater, und wie gut sein Töchterchen geraten ist! Besonders allein reisende Damen baten häufig, sich an unseren Tisch setzen zu dürfen. Darunter waren auch sehr hübsche Exemplare, die wussten, dass sie gefielen und unverhohlen flirteten. Obwohl ich sexuell vollkommen enthaltsam lebte, mochte ich auch nicht ein noch so eindeutig vorgebrachtes Angebot annehmen. Ich bemerkte einerseits den ängstlichen Widerwillen meines kleinen Engels und andererseits wollte ich nicht meine Restliebe mit jemandem unbekannten Dritten teilen. Ich brachte meine Ablehnung einigermaßen klar verständlich und nicht verletzend vor. Oft wurde mein Einwand nicht so positiv aufgenommen, wie er gemeint war. Die höflichste Erwiderung ist mir im Gedächtnis geblieben:

„Na, was noch nicht ist, kann ja noch werden. Dann lassen Sie es mich einfach wissen!"

Unsere Plaudereien im Bett wurden zu einem festen Bestandteil unseres Tagesausklangs, auch im Urlaub. Wir redeten über unsere Beobachtungen des Tages und werteten unsere Einschätzung aus. Wir hatten entsprechend unserer Lebenserfahrung zwangsläufig ein System vollkommener Vertrautheit und totaler Offenheit aufgebaut, was mir gut tat, da ich von all den Sorgen meiner Tochter erfuhr. Andererseits machte Anna eine beschleunigte Entwicklung zum Erwachsenwerden durch, weil sie sich sehr präzise nach meinem Wohlbefinden erkundigte, aufmerksam zuhörte und bei dem, was sie nicht verstand, nachfragte. Ihre Reife überstieg die anderer Mädchen ihres Alters. Sie informierte mich, wenn sich ihre monatliche Regel einstellte, damit ich mir über ihre erhöhte Gereiztheit und eventuellen Stimmungsschwankungen keine Sorgen machte. Ihr Leiden tat mir leid; ich konnte mich nur schwer in sie hineinversetzen. Die Mutter einer Mitschülerin war ihr behilflich und nannte ihr natürliche Mittel, Pflanzenextrakte und Tees, die sie entkrampften.

Annette wuchs zu einer wunderschönen, großen stattlichen Frau heran. Nicht nur ich bewunderte sie und war stolz auf sie. All die Albernheiten pubertierender Mädchen schien sie zu ignorieren ohne wegzuschauen. Sie beobachtete die Turbulenzen und Eskapaden ihrer Altersgenossinnen, aber sie gingen sie nichts an. Gelegentlich brachte diese Haltung ihr den Vorwurf der Hochnäsigkeit und Arroganz ein. Aber auch das ging sie nichts an.

Wenn wir ein Restaurant aufsuchten oder ins Theater, Kino oder Konzert gingen, behandelte ich sie stets wie eine Dame. Darüber freute sie sich riesig und sie strahlte ein Lächeln, das das der Mona Lisa übertraf, wenn ich galant ihre Hand küsste. Auch mir machte es Freude, mit einer solch charmanten Begleiterin auszugehen. Ich war so stolz auf sie und es hagelte Blicke der Bewunderung, der Neugier aber auch der Missgunst und des Neides auf uns nieder. Man tuschelte über uns! Wir hatten unseren Spaß und wir hatten ihn uns verdient.

Ich arbeite als Statiker für eine international operierende Baufirma. Immer häufiger kam es vor, dass ich zu Großprojekten ins Ausland geschickt wurde, um diese nach europäischen Standards zu überprüfen und in Betrieb zu nehmen beziehungsweise für den Betrieb freizugeben. Diese Tätigkeit konnte mitunter mehrere Wochen in Anspruch nehmen. Überall auf dem Bau wurde gepfuscht. Ständig war man bereit, mit Bestechungsgeldern die Mängel zu vertuschen. Auch meine Firma war involviert. Wegen meiner Standhaftigkeit und Korrektheit wollte man mich sogar einmal entlassen. Ich drohte mit dem Arbeitsgericht. Da nichts an die Öffentlichkeit gelangen durfte, wurde alles lieber unter den Teppich gekehrt.

Meine Standhaftigkeit wandelte sich in eine exzellente Reputation, die meine Firma als Wettbewerbsvorteil vermarktete, da sie von mir immens profitierte. Doch wirklich geschätzt wurde ich nur in den skandinavischen Ländern, in Nord- und Mitteleuropa, Japan und Nordamerika.

Ich war alleinerziehender Vater und meine Tochter juristisch noch nicht volljährig, auch wenn sie durchaus schon so aussah. Wir waren uns einig, dass sie mich auf meine längeren Auslandsreisen begleiten sollte. Andernfalls wäre sie allein zu Hause, wo niemand auf sie aufpasste. So nahm ich sie öfter von der Schule und schickte sie auf lokale europäische Schulen. Sie machte dadurch ihr deutsches Abitur erst zwei Jahre später als ihre einstigen Mitschülerinnen. Sie verstand es aber, sich überall die kulturellen Perlen einer jeden noch so kleinen Nation anzueignen. Sie lernte sehr rasch viele Sprachen, wurde weltoffen, verstand zu improvisieren, sich rasch zu orientieren und sich einzuleben. Und das wichtigste war, wir waren stets zusammen und unsere gegenseitig inspirierende Kraft war immer mit uns. Etwas wuchs zwischen uns, dass sich mit keinem Wort beschreiben lässt; am nächsten kamen noch die Begriffe: eine totale Verlässlichkeit und im wahrsten Sinne blindes Vertrauen. Ich belog Anna niemals und sie verbarg nichts vor mir. Wir lebten in einem Raum, in dem auch im übertragenen Sinn keine Tür verschlossen war.

Dennoch begann es zu knirschen. Wir beide empfanden es. Ich witterte eine Gefahr: Wir könnten, vielleicht auch nur aus Unachtsamkeit – unsere gewohnte Vertraulichkeit nach draußen tragen. Aber unser Geheimnis durfte auf keinen Fall nach draußen gelangen. Gewiss, es geschah nichts zwischen uns, was nicht geschehen durfte. Aber sah das ein unsichtbarer, fanatischer Sittenwächter auch so? War Annette schon reif für ein Gespräch über das Pulverfass, auf dem wir saßen? Vater und Tochter schliefen in einem Bett; ich war oft sehr liebevoll und zärtlich zu ihr, so wie sie mich vom ersten Augenblick ihres Lebens auf diesem Planeten kannte. Warum sollten wir daran etwas ändern, gerade dann, wenn wir beide es elementar brauchten?

Ich erinnere mich noch an einen sehr positiven Fernsehbericht über das Verhältnis des ehemaligen Brandenburgischen Ministerpräsidenten Stolpe zu seiner Tochter. Es habe zwischen ihnen eine Phase gegeben, während der sie ihre Mutter als Rivalin empfand und sehr in ihren Vater verliebt war. Beide Elternteile haben die Situation richtig eingeschätzt und ihrer Tochter gestattet, sie auszuleben. Das habe sich sehr vorteilhaft auf ihre spätere Entwicklung zur Ehefrau und Mutter ausgewirkt, wurde berichtet.

Als ich begann, Annes Offenheit für eine solche Unterredung auszuloten, stellte sich heraus, dass auch sie diese Gedanken bewegten aber nur nicht wusste, wie ein solches Gespräch zu beginnen. Unsere totale Offenheit half uns weiter. Zudem hatte ich mich etwas belesen – sie auch.

Natürlich ist es nicht verboten, wenn ein Vater mit seiner Tochter unter einem Dach lebt, für sie sorgt und sie erzieht. Das Kindswohl ist allem übergeordnet. Auch ist es ein natürlicher Vorgang, wenn sich ein Kind in einer bestimmten Entwicklungsphase in den jeweiligen andersgeschlechtlichen Elternteil verliebt, der Sohn in seine hübsche Mutter, die Tochter in ihren warmherzigen Vater. Es sei sogar entwicklungsfördernd, wenn der jeweilige Elternteil geschickt und einfühlsam auf das veränderte Verhalten der Heranwachsenden eingeht. Der Vater sollte mit seiner Tochter schon einmal ausgehen, als sei sie die tatsächliche Partnerin, um emotionale Episoden zu befrieden. Warum sollten Mutter und Sohn nicht einmal in Urlaub fahren, wenn beide es so wollen? Man könnte ein solches Verhalten auch geradezu zelebrieren, gewissermaßen als Abschied von der Kindheit.

„Also, liebe Anne, wo liegt überhaupt das Problem?" beschloss ich meine kurze Ausführung.

Sie antwortete sofort:

„Papa bitte, lass uns vollkommen ehrlich mit einander reden."

Ich nickte:

„Ja natürlich, so wie immer!"

Sie legte ihre Hand auf mein Knie:

„Wir sind uns kein Problem! Ich sehe keinen Konflikt zwischen uns. Die Spannungen kommen von außen! Allerdings, ich kann mich nicht in dich verlieben…"

Ich sah sie an.

„…ich liebe dich bereits, seit Kindesbeinen an. Doch während der letzten Jahre mischte sich etwas unmerklich hinzu!"

Ich musste schmunzeln, denn es hätten meine Worte sein können:

„Schatz, mir geht es genauso!"

Sie sah mich an, etwas streng:

„Bitte Daddy, dann sag es!"

„Mein Ännchen, ich kann mich auch nicht in dich verlieben, ich liebe dich von der ersten Sekunde deiner Ankunft in meinem Leben. Ja es stimmt, es war während der letzten Jahre etwas hinzugekommen."

„Danke Papa, ich höre das sehr gerne! Du bist der erste Mann, der mir seine Liebe gestanden hat. So etwas ist ganz schön aufregend!"

Mein Ännchen war tatsächlich etwas errötet. Das rührte mich und ich legte meinen Arm um ihre Schulter.

Sie fuhr fort:

„Wann hast du bemerkt, dass sich etwas dazugesellte, was zuvor nicht vorhanden war?"

„Das kann ich dir ganz genau sagen! Aber wann das war, daran kann ich mich nicht mehr erinnern."

Ich zögerte einen Moment:

„Es hatte mich irritiert, als du mir zeigtest, dass sich erster Flaum bei dir gebildet hatte. Ich hielt es deiner Unschuld zugute. Er war blond..."

Annette lachte:

„Ich gebe zu, da war ich etwas übermütig und unschuldig, naiv. Aber irgendwie war es bezeichnend für die Qualität unserer Beziehung; ich wollte dich in alles einweihen, was mich betraf. Du hast mich auch nicht zurechtgewiesen. Auch über die Entwicklung meiner weiblichen Brust habe ich dich um Rat gefragt, schließlich bist du Statiker. Ich wollte wissen, ab wann ich einen BH tragen sollte."

Sie lachte schallend aber nicht spöttisch und fuhr fort:

„Du warst so süß und ich so übermütig. Später in einer unserer Plauderstündchen haben wir darüber gesprochen und du hast mir erzählt, was in dir vorging. Armer Daddy!"

„Anna, ich war niemals arm, seitdem du mir so nah bist. Ich vermutete, dass du nicht so richtig über die männlichen Emotionen Bescheid wusstest. Daher habe ich dich informiert."

„Daddy, männliche Emotionen interessieren mich weniger! Deine schon! Ich habe dich ganz schön ausgefragt! Stimmt's?"

„Ännchen es ist alles in Ordnung! Ich wollte nur, dass du weißt, wie Männer so ticken!"

„Ich weiß, Daddy, manches wollte nur einfach raus, und wenn nicht bei dir, wo sonst?"

Ich drückte meinen kostbarsten Schatz fest an mich:

„Ich weiß, deshalb sollten wir auch nicht von Schuld sprechen. Du bist einfach mein Allerliebstes auf der Welt und warum sollte ich dich und dein Temperament ausbremsen? Zu keinem Zeitpunkt hast du mir Schaden zugefügt und ich hoffe, ich dir auch nicht! Und so soll es auch bleiben!"

„Danke Ernst!"

„Warum nennst du mich jetzt beim Vornamen!" fragte ich verwundert.

„Weißt du, du bist längst viel mehr als mein Papa, mein Freund!" antwortete sie verträumt.

Wir schwiegen eine ganze Weile, ergingen uns in Erinnerungen. Dabei streichele ich ihr Haar.

„Weißt du noch", begann ich wieder „damals vor zwei Jahren auf den Malediven?"

„Du segelst gerne und wir hatten einen Katamaran geliehen und sind hinaus auf den Ozean gesegelt! Wir waren ganz allein auf der Welt, mit Wasser, Wind und Sonne!"

„...und Delfinen!" ergänzte ich.

„Es gehört zu meinen schönsten Erinnerungen, die ich je in meinem Leben hatte! Wir hatten eine großartige Zeit – alles hat gestimmt!" schwärmte sie. „Aber ich habe dich gefragt!"

„Das hast du, Ännchen! Aber konnte ich dir den Gipfel deiner überschäumenden Lebensfreude verwehren? Es bedeutete dir alles; das konnte ich von deinen Augen ablesen!"

„Ich habe dich aufgefordert, es mir gleich zu tun!" sagte sie

„Auch das stimmt, Ännchen. Niemand macht dir auch nur den geringsten Vorwurf. Aber ich konnte es nicht tun!"

„Ich weiß! Damals wusste ich es theoretisch auch schon, aber es war mir im Augenblick nicht bewusst, dass es dir ein Problem war! Tapfer hast du mir noch geraten, den Bikini gut festzubinden, damit er nicht über Bord ging!"

„Schön und erhaben wie eine Göttin bist du am Bug gestanden. Deine Haare flogen im Wind; du hast die Arme ausgebreitet, als wolltest du jeden Moment abheben."

„Du hast mich ermahnt, die entblößten Partien meines Körpers gut mit Sonnenschutz einzureiben. Ich bat dich, das für mich zu tun!"

„Ich weiß! Ich lehnte ab. Ich musste mich ums dahinrasende Boot kümmern, damit nichts passiert. Du bist mit einem Wonneschrei einfach über Bord gesprungen. Ich war erschrocken, aber du hast beruhigend gewinkt und so habe ich das Ganze als ein Mann-über-Bordmanöver verstanden."

Sie wisperte mir ins Ohr:

„Mein lieber Daddy, es war ein Frau-über-Bordmanöver, allenfalls ein Mädel-über-Bordmanöver. War dir das nicht aufgefallen, oder hast du in der Aufregung nicht so genau hingesehen?"

„Doch, ich versichere dir, ich habe genau hingesehen!"

„Du siehst mich in letzter Zeit immer häufiger an!"

„Du bemerkst es?" Ich musste schmunzeln.

„Natürlich bemerke ich es! Es gefällt mir!"

„Du lässt im Bad die Tür auf, wenn du vor dem Spiegel stehst!"

„Ja! Das steht im Einklang mit unserem Konzept der offenen Tür! Außerdem hast du mich einst ermahnt, es sei gefährlich, die Tür zum Badezimmer zu verschließen, wenn ich dusche! Es könnte etwas passieren."

„Das ist richtig, mein Schatz! Aber zwischen einer Tür schließen und einer Tür verschließen besteht ein Unterschied!"

„Das hab ich schon verstanden, mein lieber Ernst! Dann gesteh' ich es dir eben: ich mag es, wenn du mich ansiehst! Deine Blicke auf meiner Haut tun mir gut!" belehrte sie. „Du schließt die Tür, wenn du duschst!"

„Aber ich schließe nicht ab, weil das unter Umständen gefährlich wäre!" belehrte ich zurück.

„Daher muss ich sie auch immer öffnen, ohne anzuklopfen, weil du es nicht hören würdest, um nachzusehen, ob du ein frisches Handtuch hast und falls nicht, damit ich dir eins bringe! Ich seh' dich gerne unter der Dusche! Dir ein Handtuch zu bringen, ist ein guter Vorwand! Findest du nicht?"

Ich lachte:

„Sind wir nicht ein ausgezeichnetes Team?"

„Das sind wir! Von uns könnten viele Paare lernen." bestätigte sie charmant.

„Umso unverständlicher ist mir der Argwohn, der uns gelegentlich von außen entgegenschlägt!"

„Sollten wir ihn denn dann nicht einfach ignorieren?" schlug sie vor.

„Gerne würde ich das tun! Immerhin schädigen wir niemanden; das, was wir tun und nicht tun, steht in vollkommenem Einklang mit meinem Rechtsverständnis. Doch andere könnten das anders sehen und Sünde wittern. Daher sollten wir wachsam sein und uns bemühen, keine schlafenden Hunde zu wecken."

„Also hier drinnen in unseren vier Wänden, könnte es durchaus grenzwertig zugehen? Draußen sollte aber nichts Missverständliches geschehen!"

Ich nickte.

Sie lächelte versonnen:

„Damit bin ich vollkommen einverstanden; das ist in meinem Sinne! Ich werde mich wohlfühlen!"

„Genauso soll es sein! Genau das ist es, was ich will!"

„Ernst, ich werde auch alles tun, damit du dich wohlfühlst! Das ist auch mein Anliegen und mein sehnlichster Wunsch!"

Sie biss mir sanft ins Ohr und küsste mich auf die Wange. Ich bekam eine Gänsehaut.

Wenige Tage nach diesem Gespräch kam sie mit einer ungewöhnlichen Bitte zu mir. Sie setzte sich auf meinen Schoß, schlang die Arme um meinen Hals. Sie duftete!

„Papa, ich möchte dich bitten, mir eine Bescheinigung, besser eine schriftliche Erlaubnis auszustellen."

Ich sah sie fragend an.

„Ich möchte dich bitten, mir dein Einverständnis zu erteilen, dass ich eine Methode der Empfängnisverhütung anwenden darf."

Ich erschrak. Sie spürte es.

„Warum erschrickst du? Ich bin achtzehn, werde dieses Jahr sogar neunzehn!"

„Eben! Du bist volljährig. Du brauchst mich nicht zu fragen!" klärte ich sie auf.

„Das weiß ich ebenso wie du. Dennoch möchte ich deine Erlaubnis, damit du es weißt und ich möchte sie dem Arzt vorlegen, damit er weiß, dass du es weißt!"

„Hast du jemanden kennengelernt, mit dem du gerne deine..."

„... Mädchenzeit beenden willst? Papa, das ist doch der wahre Grund, weshalb du erschrocken bist. Nein, ich habe keinen Jungen kennengelernt; schon gar nicht, um diesen Schritt zu vollziehen. Wenn ich jemanden kennen lernen sollte, wirst du der erste sein, der davon erfährt. Versprochen! Unser Bündnis bleibt unangetastet: keine Geheimnisse voreinander!"

Ich war beruhigt und stellte ihr die gewünschte Bescheinigung aus. Wie so oft, war ich auch bei diesem Schritt emotional hin- und hergerissen. Sie berichtete ein paar Tage später, dass der Arzt über die Bescheinigung erstaunt gewesen sei aber zufrieden gelächelt habe. Er setzte ihr ein winziges Implantat ein, das bis zu fünf Jahren verhüten soll, etwas ganz Modernes eben. Ich wollte nur nicht, dass meinem Mädel etwas geschieht oder als Versuchskaninchen für Neuentwicklungen der pharmazeutischen Industrie missbraucht wird.

Unser Leben setzte seinen gewohnten Gang fort. Im Hause waren wir entspannt, außerhaus dagegen ständig auf der Hut. Annettchen tauschte ihre Kinderschlafanzüge gegen hübsche Nachthemden, die mitunter ganz schön sexy kurz oder durchschimmernd waren. Sie wolle mir mit ihrem Anblick ständig eine Freude bereiten, meinte sie. Meine männliche Reaktion wird ihr wohl kaum unbemerkt geblieben sein.

Zu Weihnachten und zum Jahreswechsel planten wir nach Österreich in den Schnee fahren. Die Feiertage bildeten in diesem Jahr eine ideale Brücke zu den Wochenenden. Wir hatten schon einmal oberhalb von Innsbruck wunderschöne Sommerferien verbracht. Der Betreiber des traditionell im Landesstil gestalteten aber sehr komfortablen Hotels meinte, im Winter sei es noch schöner. Wenn wir wollten, könnten wir jetzt schon buchen und uns bis zum ersten Sonntag im Dezember die Option offen halten und kostenlos zurücktreten. Wir konnten uns jetzt schon das schönste Etablissement auswählen und wir reservierten.

Wir reisten mit der Bahn an, um uns Stress zu ersparen. Ein Taxi fuhr uns vom Hauptbahnhof Innsbruck hinauf nach Igls. Der Dunst über Innsbruck lichtete sich mit wachsender Höhe und kurz hinter Vill strahlte ein rosiger Abendhimmel und tauchte die verschneiten Berggipfel in pures Gold. Wir waren überwältigt. Das Taxi schlängelte sich zu unserem Hotel und sobald der Hotelchef von unserer Ankunft erfuhr, eilte er uns entgegen.

„Herzlich willkommen in meinem Hotel, gnädige Frau und Herr Gruber! Ich hoffe Sie hatten eine angenehme Anreise." Er verbeugte sich zu einem Handkuss. „Ich freue mich aufrichtig, dass Sie beide unsere Gäste sind. Sie werden uns und den anderen Gästen eine Bereicherung sein. Wir werden Ihnen und der Frau Gemahlin den Aufenthalt so angenehm wie möglich gestalten, und hoffen, Frau Gruber, dass Sie alles so vorfinden, wie Sie es erwartet haben."

Er winkte einen Pagen herbei, der unser Gepäck ins Haus trug. Er geleitete uns zur Rezeption. Dort reichte man uns ein Glas Champagner.

„Euch Österreichern hat man wohl den Charme mit in die Wiege gelegt!" sagte mein Ännchen galant lachend trotz der leichten Abgespanntheit von der Reise.

„Das mag schon sein! Aber in Ihrem Fall, gnädige Frau, kommt es spontan von Herzen!" antwortete Herr Mooslechner.

Wir erhielten ein großzügiges Zimmer ganz oben mit ein paar schrägen Wänden aber einzigartiger Aussicht nach Südwesten zur Serles und nach Norden zur Nordkette, dem Karwendelgebirge und bei klarer Sicht auf Innsbruck.

„Hast du gehört?" sagte Anne „Der Chef hat mich deine Gemahlin genannt!"

„Das habe ich gehört!" erwiderte ich. „Das klingt gut und schafft Ruhe unter den Gästen und Sicherheit bei uns!"

Wir ruhten etwas, bevor wir zum Abendessen die Gaststube aufsuchten. Beim Essen verabredeten wir, dass wir während dieses Kurzurlaubs früh zu Bett gehen wollten, um am nächsten Tag frisch für Unternehmungen zu sein.

Am nächsten Tag fuhren wir mit dem Bähnchen hinunter nach Innsbruck, um Weihnachtsgeschenke für Anna zu kaufen. Sie wünschte sich eine schlichte Perlenkette und einen Oberarmreif. Der Verkäufer fragte, ob er die beiden Schmuckstücke für die Gattin als Geschenk hübsch verpacken solle? Wir baten darum. Mein Engel wollte auch mir eine Kleinigkeit schenken, aber ich erinnerte sie daran, dass sie das größte Geschenk für mich sei, was durch nichts übertroffen werden könne; sie ahne anscheinend gar nicht, wie sehr ich mich jeden Tag an ihrer Gegenwart erfreute.

Die folgenden Tage machten wir ausgedehnte Spaziergänge, Ausflüge und sogar Wanderungen. Es hatte zu schneien begonnen. Die Natur schmückte sich zu den bevorstehenden Festtagen. Überall funkelte und glitzerte es, als sei die ganze Welt mit winzigen Diamanten übersät. Einmal kamen wir vom Weg ab. Unerwartet heftiger Schneefall hatte die Wegmarkierungen verschüttet. Das Waten im Tiefschnee war mühsam und kräftezehrend. Ziemlich erschöpft und durchgefroren fanden wir kurz nach Sonnenuntergang und damit einsetzendem strengem Frost zum Hotel zurück. Herr Mooslechner schlug entsetzt die Hände überm Kopf zusammen:

„Das hätte böse ausgehen können! Wir machten uns schon Sorgen!"

Wir entschlossen uns, sofort ein heißes, sehr heißes Bad zu nehmen, um unangenehmen Folgen vorzubeugen. Wir nahmen es gemeinsam; sollte denn der andere währenddessen vor innerer Kälte bibbern? Es war unser erstes gemeinsames Bad. Es war wunderschön! Es war für uns die natürlichste Sache der Welt, gemeinsam zu baden. Annette lag in meinen Armen, legte meine Hände auf ihren Bauch und träumte. Fast wären wir vor Wohlbehagen eingeschlafen. Liebevoll trockneten wir einander ab.

„Was bittere Kälte doch so alles an Positivem hervorbringen kann!" meinte Anne.

Ich musste ihr zustimmen.

Heiligabend saßen wir mit ein paar anderen Gästen beim Raclette. Meine Anne hatte sich hübsch gekleidet. Sie trug die Perlenkette und den Armreif. Ständig trafen uns bewundernde, wohlmeinende und neugierige Blicke. In einem großen Kamin knisterten brennende Holzscheite. Draußen war alles tief verschneit und still. Es war sehr gemütlich, obwohl wir beide, Annette und ich, im Mittelpunkt des allgemeinen Interesses standen. Angespannte Erwartung, also passend zum Heilen Abend. Die Bescherung schien gewiss. Niemand fragte direkt. Eine Frau kommentierte charmant:

„Sie sind ein solch bezauberndes Paar mit einer wunderbaren Ausstrahlung. Darf ich fragen, wie Sie sich kennengelernt haben?"

Ich sprang ein:

„Ganz prosaisch, am Gepäckband eines Flughafens. Mein Gepäck kam nicht, ihres schon. Ich kam nicht an meine Unterlagen, konnte am Abend also nicht mehr arbeiten. Keiner wartete auf uns und wir hatten beide zu Hause nichts zu essen. Wir verabredeten uns zum gemeinsamen Dinner in einem Restaurant."

„Aber der Altersunterschied?" hakte die Neugierige nach.

Anne genauso spontan wie ich:

„Ich mag das Väterliche am Mann. Diese jungen, balzenden Hitzköpfe sind mir nur schwer erträglich. Daher haben wir schon sehr bald geheiratet, weil alles stimmte!"

Die Neugierige wollte weitere Information und Einblicke:

„Und Sie sind beide berufstätig?"

„Nein!" antwortete Anne. „Ich studiere noch!"

„Sie sind sehr glücklich! Das spürt man! Haben Sie Kinder?" Ihr Mann stieß sie mit dem Ellbogen an. Sie schwieg. Ich war froh, denn ich war nicht an den Lebensumständen ihrer Enkel und Neffen oder ihrer Haustiere interessiert.

Ein älterer Herr versuchte es offenbar auf seine humoristische Weise, um an unser Geheimnis heranzukommen:

„Und Sie sind ihr Herr Professor?" er lachte über seinen originellen Beitrag, als Einziger.

„Nein, ich bin Statiker bei einer internationalen Baufirma!" antwortete ich korrekt.

Unsere Tischgenossen kamen nicht weiter bei ihrer Inquisition, denn ich ahnte, ihre Neugier bezog sich einzig und allein auf die unausgesprochene Frage: Wie ist das denn so bei einem solchen Altersunterschied?

Annette und ich tranken noch einen kräftigen Rotwein vorm Kamin und gingen zu Bett.

Zwischen Weihnachten und Silvester schien eine gleißende Sonne von einem dunkelblauen Himmel. Die Welt war übersät mit funkelnden Diamanten. Tagsüber weinten lange Eiszapfen. Nachts war es bitterkalt. Wir versuchten es mit Schlittschuhlaufen. Wir holten uns beide einige blaue Flecken zum Glück nur an für die Allgemeinheit unsichtbaren Körperstellen. So konnte meine Annette zu Silvester ein elegantes und ein bisschen sexy Kleid tragen, schwarz, figurbetont mit schmalen Trägerchen. Sie sah atemberaubend aus. Ich bestand darauf, auch das elegante silbergraue Jäckchen umzulegen, damit sie nicht friere. Aber es war sehr warm im Festsaal. Als wir den Saal betraten, stockte jegliche Unterhaltung. Alle Blicke waren auf uns gerichtet. Jemand klatschte, andere fielen mit ein; schließlich nahmen wir unter begeisterndem Applaus an unserem Tisch Platz.

Ein mehrgängiges Menu wurde serviert. Ein Pianist spielte bekannte Melodien im Barmusikstil. Gegen zweiundzwanzig Uhr erschien eine kleine Kapelle und eröffnete den Silvesterabend mit einem Wiener Walzer. Auch wir tanzten, obwohl das Tanzen nicht zu unseren Stärken zählte und schon gar nicht der Walzer. Annette bat mich, die Silvesterparty zu verlassen. Sie wollte mit mir den Jahreswechsel allein begehen. Das war auch ganz in meinem Sinne. Zu Silvester neige auch ich stets zu etwas Melancholie, weniger zur Ausgelassenheit. Wir versorgten uns mit einer Flasche Champagner. Auf dem Flur und der Treppe begegneten wir einigen Paaren, die offenbar aus dem gleichen Grund die Party verließen. Wissend lächelnd nickten wir einander zu.

Als die Tür unseres Zimmers hinter uns zufiel, fiel auch all die Anspannung von uns ab. Warum sollten wir mit anderen ein ausgelassenes Sylvester feiern, das nicht unserer Vorstellung entsprach? Hier atmete ich nur Annettes Parfum und ihren Duft ein. Hier lauschte ich der Melodie ihrer Stimme und ihrem Schweigen. Ich schob zwei Sessel zum großen Fenster.

Anne setzte sich auf meinen Schoß. Ihre Strümpfe knisterten. Sie sah mich an, warm und liebevoll und legte ihre Arme um meinen Hals. Sie streichelte mein Haar und sprach mit leiser Stimme:

„Mein Lieber, ich habe einen Wunsch, den nur du mir erfüllen kannst!"

„Und der wäre?" fragte ich.

Sie machte eine kleine Pause:

„Ernst, bitte schlaf' heute Nacht mit mir!" sagte sie.

Es durchfuhr mich wie ein Blitz:

„Aber Ännchen, ich bin dein Vater!"

Sie lachte:

„Das weiß ich doch, und noch dazu der beste Papa der Welt. Du warst mir alles! Als ich ein kleines Mädchen war, hast du mich getröstet, wenn ich schlecht geträumt hatte und du hast mir meine kleine Welt wieder zusammengesetzt. Als ich älter wurde, warst du mein großer Bruder, der mich vor allem und jedem beschützt hat und du hast Spinnen weggeschafft, vor denen mir so graute. Du warst mir mein bester Freund, der alles bewahrte, was ich ihm anvertraute. Ich hörte aufmerksam zu, wenn du zu mir redetest, denn es war von großer Bedeutung. Du warst mir mein bester Lehrmeister, denn es fiel mir leicht, von dir anzunehmen, weil es zu meinem Besten war. Du hast mich dein Lieben und Leiden miterleben lassen, als uns Mama verließ. Ich lernte, dass Liebe beides beinhaltet: grenzenlose Freude und schmerzvollstes Leid. Warum solltest du nun nicht auch mein erster und einziger Liebhaber sein, der mir die Tür zur Liebe zwischen Mann und Frau öffnet? Du besitzt als einziger den Schlüssel, der mich und diese Tür zu dieser neuen Welt öffnen kann!"

Sie küsste mich sanft.

„Ännchen, du sagst wunderschöne Dinge und es ehrt mich, all diesen Lob aus deinem Mund zu hören. Ich habe offenbar bewirkt, was ich wollte, dir Sicherheit zu geben und dich zu einer starken und selbstbewussten Frau zu machen. Aber es ist vor dem Gesetz verboten, wenn Vater und Tochter zusammen schlafen und es macht biologisch Sinn. Inzest führt in den meisten Fällen zu behinderten Nachkommen."

„Daddy, wir werden keine Nachkommen zeugen. Das erste Mal ist für ein Mädchen wichtig und unvergesslich. Ich möchte aus vollem Herzen, dass du es tust. Du bist mir der liebste, zärtlichste und intimste Mann; niemand steht mir näher als du! Ich wünsche mir so sehr, dass du mich zur Frau machst und niemand wird jemals davon erfahren. Ich bin alt genug, reif genug und ich weiß, dass du der einfühlsamste Mann sein wirst, der mir je in meinem Leben begegnen kann. Ich liebe dich!"

Sie sprach mit fester aber sanfter Stimme. Als Mann weiß ich, dass man einer Frau den Wusch nach körperlicher Liebe niemals abschlagen sollte! Aber seiner Tochter...? Mir fehlten die Worte, daher schwieg ich und schüttelte nur etwas den Kopf. Gedankenverloren murmelte ich:

„Alles hatte ich erwartet, nur nicht das!"

„Du vielleicht nicht, aber dein Unterbewusstsein schon. Mir ist deine männliche Reaktion nicht entgangen, wenn ich mich im Schlaf in deine Arme schmiegte, und es hat mir gefallen! Als wir neulich zum ersten Mal zusammen badeten, konnte ich ganz deutlich deine Reaktion auf mich spüren und verstohlen habe ich sie mir angesehen. Es erregte mich. Falls ich dich mit Worten nicht erreichen und gewinnen kann, werde ich dich jetzt küssen, wie ich dich noch nie zuvor geküsst habe!"

Ich lachte, was mich etwas entspannte. Natürlich hatten wir schon einander geküsst, doch selten auf den Mund. Anna wartete. Sie ahnte es, ich fand sie sehr reizvoll, reizend, anziehend und sexy. Das konnte ich mir eingestehen. Aber nie hatte ich dahingehende Fantasien gehabt. Ich hatte sexuelle Fantasien nach all den Jahren der Enthaltsamkeit, aber nie mit ihr. Mein Tabu war tiefschichtig angelegt. Andererseits hatte ich mir schon oft Gedanken gemacht, wie ihr Erster mit ihr wohl umgehen würde. Ich wollte ihn verprügeln, falls er sie nicht liebevoll behandelte. Auch beeindruckte mich die Klarheit, die Natürlichkeit, die Direktheit, der Mut, die unwiderstehliche Bestimmtheit, mit der sie ihre Interessen vertrat. Gewiss, es würde nie jemand davon erfahren. Irgendwie taten ihre Pheromone ein Übriges. Sie war unwiderstehlich. Ihre Lippen näherten sich; sie befeuchtete sie mit ihrer Zungenspitze; sie befeuchtete meine Lippen mit ihrer Zungenspitze; ihre erste zarte Berührung elektrisierte mich und sie. Dann küsste sie mich mit all der erwachten Leidenschaft und ich erwiderte ihren Kuss mit all meiner wiedererwachten Leidenschaft. Unsere Zungen spielten miteinander und tanzten. Unser Atem flog. Alle Bedenken, alle Widerstände und Argumente verpufften. Ich hielt eine glühende Frau in meinen Armen und ihr Feuer griff auf mich über. Wir lösten uns aus erster Turbulenz. Anna lachte und freute sich über ihre weibliche Macht:

„Wenn du jetzt den Reißverschluss meines Kleides öffnen würdest?"

Ich tat es.

„Den Rest tu' ich allein!" erklärte sie. „Ich will mich dir schenken, mich dir hingeben!"

Sie hatte jetzt alle Zeit und Geduld, um sich langsam vor mir zu entkleiden. Sie vergaß auch ihren Schmuck nicht, auch nicht ihre Ohrringe.

Als sie vollkommen nackt vor mir stand, meinte sie:

„Wenn du dich jetzt nicht auch auszieht, wird das nichts so recht mit uns beiden!"

Sie half mir dabei und sah prüfend an mir herunter.

„Das sieht ja schon sehr vielversprechend aus!" lachte sie. „Nun komm, mein Geliebter, hinein ins Bett, da wo wir hingehören!"

Wir sanken in die Kissen, um zu küssen, endlos und immer wieder. Wir erregten einander. Anna spornte mich an. Sie war ganz aufgeregt:

„Mein Liebster, sieh mich an, gefällt dir mein Körper? Sprich mit mir! Ich bin vollkommen unerfahren! Zeig mir alles, was ein Mann mit seiner Geliebten im Bett tut! Sieh mich an, betrachte mich! Berühre mich auch da, wo du es noch nie getan hast!"

Ich beruhigte sie, soweit es mir gelang:

„Mein Engel, ganz ruhig; es wird ein ganzes Leben dauern, dir all das zu zeigen, was ein Mann und eine Frau zu ihrer Freude im Bett zusammen tun können. Heute wirst du nur erst mal die Aufnahmeprüfung bestehen müssen. Aber ich bin sicher, du bist ein Naturtalent. Du kannst nichts falsch machen. Ein einfaches Rezept, lass ganz einfach mit dir geschehen, was geschehen will. Es bedarf keiner Anstrengung!"

Sie legte ihr rechtes Bein über meine Hüften und küsste mich stürmisch und sprach dabei in meinen Mund:

„Lehre mich die Liebe! Lehre mich das, was ein Mann braucht! Lass mich wissen, was du brauchst! Findest du mich sexy? Was gefällt dir am meisten?"

Ich beugte mich sanft über sie:

„Du siehst bezaubernd aus und du bist aufregend, du bist erregend und du bist sexy! Doch deine Augen übertreffen alles, wenn du diese gewisse Botschaft, diese Bereitschaft ausstrahlst, wenn du nach dem Wunsch zur Paarung duftest..., wenn jede Zelle deines Körpers vor Lust glüht, wenn du liebst und dich hingibst!"

Dieses Geständnis ließ meine Anne weiter aufglühen. Ein denkwürdiger „Zufall" ließ uns in dem Moment explodieren, als draußen die Glocken das neue Jahr einläuteten und Raketen zum Himmel aufstiegen, um dort die Neuigkeit zu verkünden. Wir lachten schallend, wenn auch aus unterschiedlichen Gründen; Anna betrat befreit einen neuen Lebensabschnitt; ich selbst hatte seit sehr vielen Jahren keine dieser wunderbaren Begegnungen mit einer Frau. Ich fühlte mich prächtig – keine Spur von einer Katerstimmung, auch am nächsten Morgen nicht, nachdem wir prächtig geschlafen hatten.

Als wir engumschlungen wie ein frisch verliebtes Paar zum Frühstück hinuntergingen, wandte ich mich kurz unserem Zimmermädchen zu, das schon emsig bei der Arbeit war und steckte ihr einen großzügigen Fünfzigeuroschein zu. Mein Engel sah mich fragend an. Ich erklärte ihr:

„Ich habe ihr in unserem Namen ein frohes Neues Jahr gewünscht und ich bat sie, das Laken zu wechseln. Uns sei ein kleines Missgeschick passiert!"

„Das hast du gesagt? Uns?" fragte meine Anne.

Ich nickte; sie hauchte einen Kuss auf meine Wange. Nach dem Frühstück unternahmen wir einen Spaziergang im Kurpark unter gleißender Sonne zum Neujahrstag. Die Augen tränten von der Funkel- und Glitzerflut. Wir gingen Arm in Arm untergehakt wie ein Liebespaar. In der Tat wir waren sehr verliebt. Annette sagte:

„Ich bin so glücklich, dass wir es getan haben, das kannst du dir gar nicht verstellen! Ich fühle mich prächtig, wie neu geboren. Ich hatte nicht gedacht, dass das schon beim ersten Mal schon so schön sein wird."

Ich drückte ihren Arm:

„Du wirst sehen, es wird von Mal zu Mal schöner!"

„Heißt das, dass wir jetzt öfter solche wunderbaren Begegnungen haben werden?" strahlte Annette.

„Ich glaube schon... – und ich wünsche es mir. Wir haben einmal gesündigt! Wenn wir öfter sündigen, wird unsere Sünde nicht größer! Du hast mir auch so gut getan!"

„Wirklich?"

Annette riss sich los. Voller Übermut griff sie in den Schnee und warf ihn nach mir. Sie tobte und jubelte wie ein junger Hund. Sie bewarf mich mit Schneebällen. Ihre Ausgelassenheit brachte mich zum Lachen:

„Wenn du so weiter machst, wird dein Mann deine Attacken nicht überleben. Du weißt, ein toter Lover ist ein lausiger Lover!"

Anna kam angerannt und umarmte mich. Ihr Atem flog:

„Oh vergib, mein Liebster. Natürlich brauch ich dich lebendig, sehr lebendig! Ich freu mich nur so, dass wir nun öfter solch schöne Stunden haben werden."

Ihr saß der Schalk im Nacken:

„Wollen wir die anderen Gäste ein bisschen irritieren, provozieren, indem ich dich bei Tisch „Papa" nenne? Mal sehen, wer den Mut hat, nachzuhaken. Viele denken, du könntest sehr wohl mein Vater sein…"

„Annette bitte nicht! Wir wollen keine schlafenden Hunde wecken!" bat ich.

Heute, am Neujahrsabend, zog sie mich der traditionellen Plauderstunde vor dem Kamin vor. Sie wollte mit mir allein sein, gemeinsam im Bett. Heute waren wir deutlich entspannter.

„Wie magst du mich am liebsten?" fragte sie.

Ich brauchte nicht lange zu überlegen:

„Ich mag dich als starke, mutige, selbstbewusste Frau, die glücklich und stolz ist, eine Frau zu sein!"

„Möchtest du mich im Bett nicht auch mal als sehr gehorsam erleben, damit ich dir all deine Wünsche erfülle!"

„Sieh dich vor, du Schlingel, dass du nicht Geister weckst, die wir dann nicht beherrschen können!" lachte ich.

„Papa Ernst, ich möchte alles über dich wissen! Allein zu wissen, dass es du bist, der sich mir zeigt, macht es so wertvoll!"

Wieder einmal hatte sie mich beeindruckt. Immer wieder äußerte sie ein und dieselbe Sorge:

„Papa Ernst, kann ich dir geben, was du brauchst? Oder vermisst du etwas?"

„Nein, wie kommst du nur immer wieder darauf? Du bist so wie du bist! Du machst mich sehr glücklich!"

Sie küsste mich:

„Darüber bin ich unendlich froh! Du hast mir im Laufe meines Lebens so viel gegeben. Wenn immer ich dich brauchte, warst du für mich da. Du hast alles hintangestellt, wenn es um meine Belange ging. Du warst zuverlässig, warst mir Halt und Stütze selbst dann, als du dich selbst kaum auf den Beinen halten konntest. Ich bin dir sehr dankbar für das, was du aus mir gemacht hast; du hast mich wachsen und gedeihen lassen. Es gab Zeiten, da war ich richtig froh, dass Mama gegangen war. Ich musste deine Liebe mit niemandem teilen. Ich hatte dich für mich allein! Du hattest keine Affären und du hast dir keinen Sex gekauft. Ich bin dir dankbar für all deine Liebe, die du mich hast erleben lassen und jetzt erleben lässt. Du bist der Inbegriff aller Väterlichkeit! Daher freue ich mich, dass ich's dir ein bisschen vergelten kann.

Ich glaube nicht, dass Liebe bedingungslos ist! Wenn in einer Paarbeziehung dein Gefährte dich unentwegt verletzt und Unrat über dich entleert, oder dich nicht respektiert, wirst du, wenn du ehrlich bist, früher oder später deine Liebe verlieren. Meine Liebe zu dir ist gewachsen. Als Kind konnte ich dir wenig zurückgeben. Umso mehr freue ich mich jetzt, deine Liebe als Frau zu erwidern. Daher möchte ich wissen, was dir gut tut."

Wie fast jeden Abend liebten wir uns tief und innig. An verregneten Wochenenden blieben wir oft all die Tage im Bett, um auch unbekannte Dinge zu erkunden und miteinander zu experimentieren. Anne war sehr neugierig und verspielt, spielte gerne mit der reichen Empfindsamkeit ihres Körpers, nahm gerne verschiedene Positionen ein, spielte gerne mit unseren Emotionen und Stimmungen. Es war nie langweilig mit ihr. In vielem erinnerte sie mich an ihre Mutter, ihre Vitalität und ihre Freude an intimen Begegnungen. Immer wieder fand sie Wege, wie wir uns besser gegenseitig erkunden konnten. Am liebsten hätte sie gerne die Rollen getauscht, sie wäre gerne ich und ich sollte sie sein, um zu erfahren, wie wir in unserem tiefsten Inneren ticken, wie sie es nannte. Da das nicht ging, schlug sie vor, diesen Rollentausch zu spielen: zum Beispiel, wie würde ich handeln, wenn ich die Frau wäre, oder, was würde sie erwarten, wenn sie der Mann wäre. Auf diese Weise erfuhren wir eine Menge erstaunlicher Geheimnisse voneinander und wir hatten sehr viel Spaß dabei in unserem Bett. Rollenspiele bereicherten unser Repertoire. Wir sprachen auch über finstere Varianten der Erotik, auch über Gewalt, überschritten aber selbst niemals diese rote Linie.

Da mein Ännchen mitunter sehr laut werden konnte, wechselten wir sogar unsere Wohnung. Wir zogen in einen anderen Bezirk am Rand der Stadt, wo man uns von Anfang an stillschweigend als ein sehr ungleiches, aber immerhin als Ehepaar akzeptierte. Da konnte schon einmal ein eindeutiger Laut dem selbstverständlichen Umgang eines Ehepaares zugeordnet werden und erweckte keinen Argwohn.

Wir sprachen auch hin und wieder über unser ungewöhnliches Liebesverhältnis, damit es nicht aus unserem Bewusstsein verschwindet, denn wir wollten keine Probleme. Wir fanden auch heraus, dass unsere Konstellation schon oft und seit Jahrtausenden in der Literatur und auch später in Filmen thematisiert wurde. Drama oder Tragödie blieb uns bislang erspart.

Unsere sehr häufigen und intensiven sexuellen Aktivitäten wirkten sich sehr positiv auf unser Befinden und unsere Gesundheit aus. Annette lachte einmal vor dem Spiegel und rief, ich sei ihr bester Kosmetiker. In der Tat, sie sah blendend aus, sie blühte und glühte und schien, niemals zu verblühen oder zu verglühen. Wir beide waren psychisch und physisch wunderbar ausgeglichen. Ich erzählte Anne einmal, dass es die Aufgabe eines guten Ehemannes sei, für das physische, mentale und emotionale Wohlergehen, eine ausgeglichene Stimmung und innerer Harmonie seiner Gattin zu sorgen. Anne erwiderte, dass das auch ihre Aufgabe sei und dass es unser beider Geburtsrecht sei, zu lieben und geliebt zu werden. Später las ich in einer populärwissenschaftlichen Zeitschrift, dass durch häufigen, erfüllenden Sex Botenstoffe ausgesendet werden, die dem Körper signalisieren, dass diese Frau schwanger werden möchte. Der Körper honoriert diese Absicht und bereitet sich auf Empfängnis und Schwangerschaft vor. Er stattet sie mit einer vorzüglichen Gesundheit und innerer emotionaler und psychischer Harmonie aus, alles beste Voraussetzungen für einen vorteilhaften Schwangerschaftsverlauf und risikofreier Geburt. Auch der Mann wird für seinen kleinen Beitrag großzügig mit innerer Stabilität, Stolz auf seine Männlichkeit und Solidarität mit seiner Frau belohnt.

Anne arbeitete tagsüber sehr konzentriert und effizient an ihrer Universität. Sie studierte Sprachen und ihr Talent und frühen Erlebnisse segneten sie mit Erfolg. Während Kommilitoninnen häufig über ihre Spannungen in Paarbeziehungen schimpften und dadurch unter Arbeitsstörungen litten, konnte Anne durch ihre Ausgeglichenheit und Gelassenheit ungestört an ihrer Studienarbeit voranschreiten. Früher als andere wird sie mit hervorragenden Ergebnissen ihre Examina bestehen. Das späte Abitur fiel in ihrer Biographie nicht mehr ins Gewicht.

Es gab einfach nichts, was Ännchen ausließ; sie war quietschvergnügt und erlebte, wie Liebe heilt und beflügelt. Auch unsere Urlaubsziele suchten wir danach aus, wo wir unsere erotische Verspieltheit in der Natur ausleben konnten. Es war herrlich mit ihr, und alles schien, kein Ende nehmen zu wollen. Wir lebten einen nicht enden wollenden Honeymoon.

In dieses Idyll eines glücklichen und gesegneten Lieveslebens schlug eines Tages aus heiterstem Himmel der Blitz ein und sorgte für gewaltige und unangenehme Turbulenzen. Der

Blitz verkleidete sich als ein hellgrauer Briefumschlag, der eines Tages per Einschreiben zugestellt wurde. Der Absender war ein RA Werner Hinze, also ein Rechtsanwalt. Ich ahnte nichts Gutes. Hatte jemand uns beobachtet und angezeigt? Mit zitternden Händen öffnete ich den Umschlag. Ich überflog das Schreiben. Meine Frau Veronica beantragte die Scheidung. Da wir alle Bedingungen befolgten, wir seit vielen Jahren nicht den geringsten Kontakt zueinander hielten, ich nicht einmal wusste, wo sie wohnte, sie sich nie nach ihrer Tochter erkundigt hatte, war der Scheidungstermin schon sehr zeitnah anberaumt. Der Anwalt ließ mich wissen, dass meine Frau eine einvernehmliche Scheidung wünsche. Doch wird sie Unterhaltsforderungen stellen, oder gar das Sorgerecht für Annette beantragen?

Annette kam wie immer fröhlich nach Hause, spürte aber sofort, dass etwas nicht stimmte. Ich berichtete und auch bei ihr zog Gewölk auf. Am nächsten Tag rief ich den Anwalt an. Er hatte eine sehr sympathische und konziliante Stimme. Der Gesetzgeber sehe eine Unterhaltszahlung des geschiedenen Ehegatten vor, um wirtschaftliche Verwerfungen auszuschließen und auch das Sorgerecht für die gemeinsame Tochter wird verhandelt und werde Teil des Urteils sein. Meine Tochter sei zwar schon volljährig aber noch in der Ausbildung. So sei nun mal die Rechtslage. Ich bat um eine Unterredung mit meiner Frau. Seine Mandantin hatte das ausdrücklich ausgeschlossen. Ich war geklatscht. Unser Liebesleben litt.

Der Scheidungstermin nahte. Ich war bereits eine knappe Stunde vor dem anberaumten Termin im Gerichtsgebäude. Veronica war schon da. Nein, sie wartete noch nicht lange, sagte sie mit belegter Stimme. Sie hatte sich sehr verändert, doch sie bat, nicht über die Vergangenheit zu sprechen. Ihr Anwalt habe ihr auch geraten, keine Absprachen oder Vereinbarungen vorab zu treffen.

„Ich mach' mir Sorgen um Anne!" drängte ich dennoch.

Sie antwortete sehr ruhig:

„Ich habe Erkundigungen über sie einholen lassen. Ich weiß, es geht ihr gut; sie ist bei dir in guten Händen. Sie ist volljährig! Sie studiert..."

„...und wird in diesem Jahr noch ihren Abschluss machen!" Ich war unruhig.

„Ja, das wird sie! Doch lass das Gericht sprechen!"

Wir schwiegen. Gab es nichts zu sagen nach all den Jahren?

Ein Verhandlungstermin sei ausgefallen, meinte ein herbeieilender Gerichtsdiener. Falls alle Beteiligten anwesend seien, könnte man schon jetzt beginnen. Der Anwalt sei bereits im Gerichtssaal.

Nachdem die Personalien überprüft waren, nahmen wir Platz. Veronica und ich saßen nebeneinander und strahlten Einvernehmlichkeit aus. Der Anwalt Veronicas, Herr Hinze, nickte freundlich zu uns herüber. Er verlas den Antrag. Seine Mandantin wünscht eine einvernehmliche Scheidung. Sie wünscht keine Unterhaltszahlungen von Herrn Gruber.

Der Richter sah zu uns:

„Sie sind sich beide einig, sich scheiden zu lassen?"

Wir beide bejahten.

„Dennoch wird das Urteil anders lauten müssen, weil das Gesetz es bindend so vorsieht. Herr Gruber, sie werden insbesondere für die Altersversorgung Ihrer Frau, Unterhaltszahlungen leisten müssen. Die Höhe bestimmt die Rentenversicherung. Inwieweit sie später die Zahlungsmodalitäten regeln, bleibt Ihnen überlassen. Hinsichtlich des Sorgerechts für die gemeinsame Tochter Anne, liegt mir folgender Schriftsatz vor:

Seit der Trennung lebt die Tochter ausschließlich bei ihrem Vater. Zu keinem Zeitpunkt hatte die Mutter Kontakt zu ihrer Tochter aufgenommen. Der Tochter geht es gut und wird liebevoll und aufopfernd von ihrem Vater aufgezogen und versorgt. Sie wird in Kürze ihr Universitätsstudium abschließen. Die leibliche Mutter hat keinen Antrag auf das Sorgerecht gestellt. Ist das alles so, wie ich es verlesen habe, korrekt?"

Wir beide bejahten. Ich freute mich.

Der Richter fuhr fort:

„Gut! In den meisten Fällen wird das Sorgerecht der Mutter zugesprochen, aber ich habe den Eindruck, dass in ihrem speziellen Fall alle drei Betroffenen sehr unglücklich wären!

Frau Gruber, Sie sind nach der Scheidung wirtschaftlich abgesichert?"

Veronica bejahte ohne Einzelheiten zu benennen.

Nach einer Pause:

„Somit erkläre ich die Ehe zwischen Ernst und Veronica Gruber für geschieden. Das alleinige Sorgerecht wird dem Vater Ernst Gruber zugesprochen!

Damit erkläre ich die Sitzung für beendet!"

„Einen Augenblick bitte, Herr Vorsitzender!" bat der Rechtsanwalt. „Frau Gruber möchte noch eine Erklärung abgeben!"

Der Richter blickte misstrauisch:

„Das ist nicht zulässig! Hat diese Erklärung etwas mit dem Urteil zu tun, dann muss ich sie zurückweisen!"

„Nein, Herr Vorsitzender! Bitte Frau Gruber, geben Sie Ihre Erklärung ab!"

Veronica erhob sich. Sie begann langsam und deutlich zu sprechen:

„Ich habe diese Möglichkeit, meine Erklärung vor Gericht abzugeben, gewählt, um den Wahrheitsgehalt meiner Aussage zu unterstreichen. Annette, meine Tochter, ist nicht die Tochter ihres Vaters Ernst!"

Ein glühender Stahl bohrte sich mir durchs Herz.

Veronica fuhr fort:

„Vor und nach unserer Eheschließung hatte ich auch sexuellen Kontakt mit anderen Männern. Nach Annas Geburt konnte ich anhand eines Vaterschaftstest den wahren Vater benennen. Dieser weigerte sich, den Test anzuerkennen und Unterhalt zu zahlen. Er verschwand einfach. Ernst, mein Mann, war beständig, zuverlässig, gefestigt; er freute sich riesig über Annas Ankunft. So behauptete ich oder besser, ich ließ ihn im festen Glauben, dass das seine Tochter sei. Er kümmerte sich rührend um sie, während ich meiner Sucht nachging, von der er nichts ahnte. Ich verließ beide eines Tages und sah ihn nicht wieder bis auf den heutigen Tag."

Der Richter kommentierte ihre Aussage nicht. Wortlos verließen wir den Saal. Ich sah Veronica nicht an. Der Anwalt drückte mir wortlos die Hand. Stumm saß ich zu Hause, machte kein Licht, als die Dämmerung heraufzog. Ich berichtete Anna mit monotoner, verzweifelter Stimme. Doch sie schien keineswegs beeindruckt:

„ Aber Schatz, nun überleg doch mal!"

Sie hatte mich noch nie „Schatz" genannt. Sie fuhr fort:

„Offenbar ist mein Hirn etwas flotter als deins. Das ist doch hervorragend. Hey du, wach auf! Du bist nicht mein Papa! Wir sind nicht verwandt! Unsere sexuellen Begegnungen sind nicht verboten. Unser Sex wird im Nachhinein legitimiert. Wir haben keinen Inzest begangen, keine Blutschade!"

Ich wachte auf und hob den Kopf. Mein Töchterchen hatte Recht, sie war nicht mein süßes Töchterchen. Sie war, wie der Volksmund sagt, ein Kuckucksei, wovon weder sie noch ich etwas ahnten. Da musste das Abendessen schon einmal warten. Ich wollte sogleich am nächsten Tag den Anwalt Werner Hinze anrufen.

„Ich hatte Ihren Anruf schon erwartet!" sagte er sogleich. „Sie sind nach Aussage Ihrer Ex-Frau nicht der Vater Ihrer Tochter Annette. Sie hatte mir auch ein glaubwürdiges Gutachten vorgelegt, das das bestätigt. Dennoch rate ich, diesem Gutachten zu mistrauen. Es könnte ja auch sein, dass Ihre Ex-Frau aus welchen Gründen auch immer, Ihnen noch eins kräftig auswischen wollte. Und das schien ihr ja, auf den ersten Blick auch gelungen zu sein. Demnach sind Sie mit Ihrer Tochter nicht verwandt. Ich rate Ihnen, schleunigst einen Vaterschaftstest zur Überprüfung vorzulegen. Es sollte von einem renommierten Institut absolut zweifelsfrei bestätigen, dass Sie nicht der Vater Ihrer „Tochter" sind und dass Sie nicht verwandt sind. Das wird schon etwas kosten, aber ich nehme an, die Sache ist es wert!"

Ich berichtete meinem Ännchen.

„Sag nie wieder Papa oder Daddy zu mir!" schloss ich lachend.

„Auch nicht zum Spaß?" fragte sie.

„Doch mein Schatz!" Ich streichelte ihr Haar.

Sie dachte nach:

„Was bist du nur für ein Mann? Was warst und bist du mir alles! Wir lebten unwissentlich eine intakte Vater-Tochter-Beziehung, mental, emotional, wie sie nicht hätte besser sein können. Du warst mir der beste Papa der Welt. Du warst mein bester Freund und treuster Kamerad, wie ein großer Bruder. Dann mischte sich die Liebe ein. Ich dachte so oft darüber nach, ich konnte keinen anderen noch so netten Jungen oder Mann lieben. Du hast mich zur Frau gemacht, was ich zu keinem Zeitpunkt bereue. Ich habe den fantastischsten Sex der Welt! Jetzt kannst du mich tatsächlich sogar noch zu deiner Ehefrau machen!"

„Vorsicht!" mahnte ich. „Den negativen Vaterschaftstest werden wir auf alle Fälle durchziehen und das Ergebnis abwarten!"

„Das werden wir!" bestätigte mein hübsches Ännchen.

„Und wir werden ein juristisches Gutachten einholen müssen! Adoptivkinder können auch nicht so einfach heiraten, auch ihre Eltern nicht. Sie sind den leiblichen Kindern vollkommen gleichgestellt!"

„Du hast mich nie adoptiert! Ich bin ein Kuckucksei!" lachte sie fröhlich.

„Liebling! Ich möchte deine Fröhlichkeit keinesfalls ausbremsen. Ich werde den Anwalt konsultieren. Er hat sein Hilfe angeboten! Bis dahin soll sich nichts ändern!"

„Komisch!" lachte sie verwundert. „Sobald die Männer so etwas vom Heiraten hören, dann gehen sie in Habachtstellung und sind alsbald bereit zur Flucht!"

„Der Anwalt wird etwas Zeit brauchen. Das Gutachten wird auf sich warten lassen!" bat ich zu bedenken.

„Ich las, dass in der Kriminalistik eine DNA-Analyse in drei Minuten vorliegt!" sagte sie.

„Das mag sein! Da geht's um Übereinstimmung. Bei uns geht's um höchste Nichtübereinstimmung. Wir werden beide in diesem Testlabor erscheinen müssen; schließlich könnten wir ja auch x-beliebige Proben einschicken. Dort werden sie Speichelproben entnehmen oder uns Haare ausreißen. Die Auswertung ist komplizierter. Wir müssen warten. Es wird sich zwischenzeitlich nichts zwischen uns ändern. Ich rate nach wie vor zur Vorsicht und Achtsamkeit. Ich möchte nicht, dass uns noch etwas Unwillkommenes geschieht."

„Danke, mein liebster Papa-Freund-Bruder-Gatte, dass du dir Sorgen um uns machst."

Sie küsste mich unmissverständlich.

Mit der Zeit glätteten sich die Wogen. Der gewohnte Alltag gewann wieder die Oberhand. Da kam der Anruf des Anwalts schon wieder fast überraschend. Wann ich denn Zeit für eine Unterredung hätte. Ich nahm mir die Zeit, wann ich sie brauchte. Ich brauchte sie jetzt und traf mich mit Herrn Hinze am Freitag um siebzehn Uhr. Mit Anna wollte ich mich danach in unserem Lieblingsrestaurant treffen. Sie möge warten, bat ich, auch wenn's ein bisschen später werden sollte.

„Ich möchte Ihnen berichten, was ich in Ihrer Angelegenheit in Erfahrung bringen konnte. Die Dunkelziffer ist hoch. Sogenannte Kuckuckseier gibt es recht häufig. Die Tatsache als solche kommt aber nur selten ans Licht. Insofern sind kaum Präzedenzfälle bekannt. Bei Adoptionen liegen juristisch konkrete Erfahrungen vor. Adoptierte Kinder dürfen einen ihrer Adoptionseltern nicht heiraten. Sie sind rechtlich vollkommen den leiblichen Kindern gleichgestellt. Eine Adoption kann aber rückgängig gemacht werden. Erst wenn sie erloschen ist, können solche Eheschließungen eingegangen werden. Allerdings ändert sich dann auch die Erbfolge.

In Ihrem Fall liegt aber keine Adoption vor. Sie beide haben aber in treuem Glauben als Vater und Tochter zusammengelebt. Ich hörte heraus, dass ihr beider Zusammenleben sehr harmonisch verlaufen sei, so dass der Gedanke nahe liegt, Ihre Beziehung auf andere Weise zu ergänzen. Das ist legitim und ich sehe keine juristischen Hindernisse. Auf alle Fälle sollten Sie aber das Gutachten des Labors abwarten. Hiermit steht oder fällt alles! Falls Sie sich tatsächlich mit dem Gedanken tragen, eine Ehe zu schließen, könnte es seitens des Standesamtes Komplikationen geben. Immerhin ist Ihre Tochter als Ihre Tochter standesamtlich eingetragen. Dieser Eintrag müsste mit Hilfe Ihres Gutachtens korrigiert werden. Die Namensgleichheit... ja nun, denken Sie sich eine Geschichte aus, wie Sie Anfragen im Alltag begegnen. Gruber ist kein seltener Name aber auch kein häufiger. Denken Sie sich was aus. Bitte melden Sie sich bei mir, wenn Ihr Gutachten vorliegt!"

In diesem Sinne verblieben wir und ich berichtete meinem Ännchen wahrheitsgemäß. Es hieß weiter warten.

Dann kam das ersehnte Schreiben. Ich öffnete es mit zitternden Fingern. Anna war noch nicht zu Hause. Dann konnte ich es lesen. Ich überflog die Methodik, die fremden Formulierungen und unverständlichen Ausdrücke. Ich las das Ergebnis und das bestätigte, dass ich zweifelsfrei und eindeutig nicht der Vater meiner Tochter sei. Da hämmerte mein Herz und jubelte vor Freude. Als sie die Tür aufschloss, ließ ich einen Champagnerkorken knallen. Der Begrüßungskuss fiel ungewöhnlich stürmisch aus. Wir kühlten unsere Lippen mit dem eisgekühlten Getränk. Anna erkannte den Grund.

„Hallo, fremder Vertrauter! Haben wir's geschafft?"

„Jeder Makel ist abgewaschen!" jubelte ich.

Noch in dieser Nacht hielt ich um ihre Hand an. Sie zögerte gespielt, sie wolle nur zustimmen, wenn ihr Verhältnis zu ihrem Daddy, ihrem Freund, ihrem Bruder und ihrem Geliebten erhalten bleibe. Sie sei auch nicht mehr unberührt und schon ganz schön erfahren in diesen Dingen, die Eheleute so miteinander treiben. Wenn mich das nicht abschrecke, dann wolle sie gerne meine Frau werden.

Ich bezeichnete ihre vermeintlichen Mäkel als Vorzüge und wir beschlossen, alsbald das Standesamt aufzusuchen. Der Standesbeamte türmte wie erwartet Bedenken auf, wollte aber sein Bestes geben, damit alles sein Recht und seine Ordnung habe. Das erklang ermutigend. Ein lapidares Schreiben vom Amt bescheinigte, dass der Eintrag, dass ich der leibliche Vater von Annette Gruber sei, gelöscht beziehungsweise korrigiert wurde. In den neuen Personaldokumenten müsste es dennoch heißen: Annette Gruber, geborene Gruber.

Von unserer Hochzeit sollte niemand erfahren, nur gezwungenermaßen das Finanzamt; keine Gäste, keine Feier. Dennoch wollten wir sie besonders feierlich begehen. Unser Zeremoniell sollte uns unvergesslich bleiben. Es sollte mit unserer Vergangenheit abschließen und die Tür zu einer neuen Lebensqualität aufstoßen.

Wir vollzogen ein einzigartiges Ritual, nachdem wir vom Standesamt in unser Haus zurückkehrten. Wir trugen nun beide Eheringe und ich trug mein Ännchen über die Schwelle. Ein geheimnisvoller Zauber hatte von uns Besitz ergriffen. Wir hatten den Rahmen unseres Rituals abgesprochen, doch er ließ viel Raum für Überraschungen. Der opulente Brautstrauß kam in eine schicke Vase in den Flur. In unserem Badezimmer wartete eine eisgekühlte Flasche Champagner. Wir halfen einander aus unserer festlichen Kleidung, die wir für den Besuch beim Standesamt angelegt hatten. Wir küssten uns lange und kühlten unsere heißen Lippen mit einem kühlen Schluck Champagner. Wir begannen, einander unter der Dusche gründlich und zärtlich zu waschen. Alles Belastende, alles Behindernde, jede unnötige Bürde aus der Vergangenheit sollte weggespült werden. Frei und gereinigt wollten wir unseren neuen Lebensabschnitt beginnen. Meiner Meinung nach verfestigen sich Rituale stärker als Worte oder Absprachen. Rituelle Handlungen mit ihrer magischen Symbolkraft prägen sich stärker ein als jedes Wort. Ähnliche Intentionen verfolgen beispielsweise auch Taufrituale verschiedener Religionen. Liebevoll trockneten wir einander ab, legten blütenweiße Bademäntel an und begaben uns in unser schön dekoriertes Liebesnest. Dort schenkten wir uns einander, indem wir unsere Bademäntel zu Boden fallen ließen und uns in die Arme schlossen. Eng umschlungen setzten wir uns aufs Bett und gestanden unsere Erwartungen und Wünsche. Trotz aller verspielter Romantik ermahnte Anna mich:

„Ernst, ich bin jetzt deine Ehefrau, und ich möchte das auf Augenhöhe mit dir sein. Unsere körperlichen, psychischen, mentalen und emotionalen Unterschiede sollen jetzt der Grund unserer gemeinsamen Freude sein, weil sie uns ergänzen und bereichern. Wie in allem warst du mir auch im Bett ein großartiger Lehrmeister. Ich möchte dir die denkbar beste Frau in unserem Ehebett und an jedem Ort sein, wo du mich begehrst. Lass mich genauso initiativ sein, wie du es bist. Für uns sollen keine gesellschaftlichen Normen gelten. Wir wollen kein traditionelles Rollenverhalten befolgen. Ich möchte teilhaben an deiner gesamten männlichen Welt, selbst wenn darin düstere Visionen schlummern. Solang du es bist, ist alles willkommen. Ich bin erwachsen und ich weiß, Geheimnisse zu hüten. Düstere Fantasien müssen wir ja auch nicht ausleben. Ich will dir auch den totalen Einblick in meine weibliche Welt geben. Es ist das besonders Schöne bei uns, dass wir schon eine Menge wissen. Doch nun darf auch das der Jugend Verbotene zugelassen werden. Nie wollen wir urteilen oder gar verurteilen. Ich heiße dich total willkommen!"

„Ännchen, ich stimme dir in allem zu. Auch ich heiße dich total willkommen in meiner Welt!"

Wir küssten uns und liebten uns mit unbekannter Leidenschaft. Als wir sanft zu Boden trudelten, meinte Anne:

„An dich und deine Art, mich zu lieben, kann ich mich sehr gewöhnen. Wenn ich davon abhängig werde, wird es nicht mein Leid sein. Schließlich kann ich dich jetzt auch stets an deine ehelichen Pflichten erinnern!"

Ich lachte:

„Eine Pflicht, der ich nur allzu gern nachkomme!"

Noch auf einem anderen Gebiet schloss sich der Kreis. Anna ließ sich nach Abschluss ihres Examens als freiberufliche Dolmetscherin registrieren. In dieser Eigenschaft begleitete sie mich stets auf meinen Auslandsreisen und meine Firma honorierte ihre Übersetzertätigkeit. Ihr bezaubernder Charme sorgte in zahlreichen Fällen für positive Vertragsabschlüsse, was ihr seitens der Geschäftsleitung große, zusätzlich ideelle und finanzielle Anerkennung einbrachte.

Allerdings, und trotz allem, was wir auch unternahmen, gelang es uns nicht, unsere ganz persönliche Vergangenheit vollständig zu eliminieren. Es blieb uns nichts anderes übrig, als sie versöhnlich anzunehmen. Und so spielten wir ab und zu unser ehemaliges emotionales Muster, die Liebe zwischen Papa und seiner kleinen süßen Tochter. Wir lernten unsere glückliche Vergangenheit als einen Ort zu verstehen, von dem wir uns auf eine abenteuerliche Reise hinauswagten. Eigene Kinder wollten wir nicht. Wir wollten sie uns ersparen, und wir wollten ihnen uns ersparen. Wir waren uns Erfüllung genug – und Kinder gibt es schließlich auch weiß Gott genug!

Me-Too... - männlich!

Lieber Leser,

Sie, liebe Leserin, Sie halten sich diesmal bitte raus, auch wenn's schwerfällt!

Ich möchte hiermit eine Debatte vom Zaune brechen, vielleicht sage ich besser, eine Latte vom Zaun brechen, kurzum einen Stein lostreten, der schon längst locker und damit überfällig, geradezu abgängig ist – und ich wundere mich, warum das nicht schon längst geschehen ist – ich meine, und vielleicht ahnen Sie es schon (?), ich meine die Me-Too-Debatte. Jetzt ist es raus!

Ich meine nun nicht die Me-Too-Debatte, die Frauen beklagen, sondern die der Männer und ich bin mir sicher, viele haben schon diese Erfahrung gemacht, dieses aus heiterem Himmel deutliche und durchaus schmerzhafte in den Po kneifen seitens einiger weiblicher Täter; wir haben aber bisher geschwiegen. Nun sind uns da einige Frauen zuvorgekommen.

Nun, es gibt ja bei beiden Geschlechtern auch gewisse Unterschiede in den Vorgehensweisen aber auch Parallelen wie zum Beispiel die sexuelle Nötigung, wie wir noch sehen werden. Dass wir Männer so lange geschwiegen haben, liegt zum einen daran, dass wir mit solchen weiblichen Übergriffen besser umgehen können, und zum anderen daran, dass unser tapferes Erdulden oder Gewährenlassen sich kaum karrierefördernd auswirkte. Ich vermute, dass wir solche diskreten Ereignisse anders einordnen, so mehr im Sinne eines durchaus willkommenen Moments im eintönigen Einerlei eines Männerlebens. Ich will mich hier aber keineswegs zum Sprecher aller aufschwingen, Ihnen vielleicht Worte in den Mund legen, die sie niemals so ausgestoßen hätten. Ich sollte und will von meinen eigenen Erfahrungen sprechen, und Sie entscheiden danach, inwieweit Sie sich mir anschließen können.

Lassen Sie mich nun dieses heikle Thema beim Namen nennen, ich spreche vom weitverbreiteten manchmal schmerzhaften in den Po des Mannes kneifen seitens einiger Frauen. Meiner Erfahrung nach, hält sich dieses Phänomen bislang in Grenzen, ist auch vom Aufenthaltsort abhängig. In der Großstadt, in Bus und U-Bahn ereignen sich solche Vorkommnisse häufiger, weil nicht jeder Mann einen schützenden Sitzplatz erbeuten kann und wenn er einen erhält, bietet er ihn selbstverständlich einer Dame an. Auf dem Lande geschieht es meist nur gelegentlich in der Scheune, oder bei der Weinlese, wenn er mit weit ausgestreckten Armen nach den süßen Trauben greift und eigenartigerweise bei der Spargelernte. Vermutlich regt der frisch gestochene Spargel die Fantasie der Erntehelferin an.

Auch scheint es berufs – bzw. milieuabhängige Faktoren zu geben. Im kuscheligen Ambiente eines warmen Operationssaals mit gemischt-geschlechtlichem Personal in leichter, nicht beengender Kleidung und der zwangsläufig großen menschlichen Nähe, gelangt die Hand der Schwester unmissverständlich auf gewisse Körperpartien des Oberarztes, aber unbeabsichtigt versteht sich, denn der Chirurg darf ja nicht zucken. Falls doch, fällt schon mal eine Klemme oder ein Skalpell zu Boden und die aufmerksame Schwester bückt sich rasch, um das Objekt aufzuheben. Dabei versorgt sie den Chirurgen kurz mit belebenden optischen Signalen und gibt ihm neue Kraft. Sein Lächeln und kurz darauf sein Augenzwinkern beweisen seine Dankbarkeit, deutlich erkennbar trotz Mundschutz

Männer werden sehr häufig durch ein entsprechendes Outfit des weiblichen Personals und durch ein kunstvolles Weglassen von unerwünschter Rock- oder Kittellänge attackiert. Selten geben Männer zu, dass sie durch derartige optische Reize ihren gesamten Fantasiebedarf befriedigen. Frauen dagegen werden durch komplementäre Reizüberflutung deutlich unterversorgt. Das gilt natürlich und ganz besonders auch im Biotop eines Operationssaales.

Dazu ein kleines Beispiel: Ich erinnere mich noch deutlich an Schwester Bianca. Sie war nicht, wie der Name vermuten lässt, hellhäutig sondern von deutlich dunkler Hautfarbe, wodurch sich die Nachricht, dass Schwester Bianca nur einen Tanga unter ihrem kurzen weißen Kittel trug, sehr rasch verbreitete, was zu etwas Unruhe unter den Hähnen beitrug. Warum sollte ein so vielseitig Verantwortung tragendes Wesen, wie ein Chirurg, sich zusätzlich und absichtlich aufregen? Wie viele Fehlschnitte und falsche Knoten könnten unterbleiben?

Doch zurück zu unserem Kernthema: den vorsätzlich und geplanten Pogriff bis hin zum deutlichen Pokniff. Wie sie vielleicht schon herausgehört haben, arbeite ich in solch einem beruflichen Milieu mit erhöhtem Gefährdungspotential. Ich kann inzwischen damit umgehen. Ich gebe sogar zu, dass ich es genieße, anderen hin und wieder als Lustobjekt zu dienen. Ich versuchte sogar zu ergründen, was mein rückwärtiges Körperteil so anziehend macht. Ich arrangierte sorgfältig einige Spiegel derart, dass ich mein Hinterteil bequem betrachten konnte. Ich konnte aber nichts Besonderes daran entdecken. Mir fehlte es auch an vergleichbarem Anschauungsmaterial, da ich mich mehr für weibliche Hinterteile interessiere. Offenbar haben andere Menschen einen anderen Geschmack. Kurzum, ich beklage mich nicht über die gelegentlich vorkommenden Kneifereien der Frauen. Sie werden es kaum glauben, aber eine von ihnen habe ich sogar geheiratet!

Einmal, ich erinnere mich noch recht genau, kniff mich etwas sehr heftig in einem Fahrstuhl, so dass ich laut aufschrie. Hinter mir stand neben ein paar wenigen seriös gekleideten Herren eine Frau.

Ich fragte sie, warum sie denn so heftig zukniffe?

Es sei einfach so über sie gekommen, meinte sie.

Ich wandte ein, sie hätten doch jemand anderen kneifen können.

Da sei zu wenig Hintern in den Hosen gewesen, meinte sie. Und warum ich denn so aufgebracht sei, schließlich könnte ich mich ja auch freuen, weil sie mich selektiert habe. Selektion sei schließlich ein Begriff aus der Evolutionstheorie.

Das konnte ich nicht so stehen lassen:

„Wenn ich Sie nun in den Hintern gekniffen hätte, wäre das Geschrei doch groß gewesen wegen der sexuellen Übergriffe und so. Vielleicht hätten Sie sogar die Gerichte bemüht!"

„Gewiss, das hätte geschehen können! Aber das sei auch etwas ganz anderes. Schließlich habe die Frau das Privileg des ersten Kniffs. Bekanntlich ist der Kniff eine dezente, vielleicht sogar eine zart schüchterne Aufforderungen zur Paarung. Da die Frau die eventuellen Folgen einer tatsächlichen Paarung zu tragen habe, sei es nur gerecht, wenn sie den Prozess in Gang setzte!"

Ob ihr Kniff denn eine Aufforderung zur Paarung gewesen sei, fragte ich nach.

Anfangs schon, aber nun sei sie zu dem Schluss gelangt, dass es mit mir zu kompliziert sei.

Wir verabschiedeten uns höflich:

„Na dann vielleicht beim nächsten Mal!"

Ergänzend sollte ich vielleicht hinzufügen, wäre in diesem Fahrstuhl keine Frau anwesend gewesen und nur Männer, wäre ich fuchsteufelswild geworden. Denn nur Männer wissen wie Männer fühlen. Von denen mag ich keinen Kniff! Allerdings, das sollte ich hier ehrlicherweise zugeben, war einmal einer darunter, der mehr griff als kniff, sodass mir sogleich eine Gänsehaut über den Rücken lief.

Vielleicht erinnern Sie sich noch an diesen tschechischen Schwarzweißfilm, dessen Titel ich vergessen habe, der auf einer abseits gelegenen Bahnstation spielte, wo sich der männliche Diensthabende die Zeit damit vertrieb, den Po der hübschen weiblichen Kollegin zu bestempeln. Die Mutter entdeckte die Zierde des jungen Mädchens und meldete die „Schande" der örtlichen Polizeidienstelle. Die Beamten untersuchten sehr eingehend den Tatort, fragten nach weiteren Schäden und kamen nach eingehender Beratung zum Schluss, dass kein sittenwidriges Verhalten des Bahnbeamten vorliege, aber eine durchaus ahndenswerte Straftat wegen der Zweckentfremdung mehrerer Dienstsiegel.

Ach, ich bin wieder abgeschweift!

Über das Jahr gemittelt blieb die Zahl der Kniffe pro Monat fast immer konstant. Sie war auch unabhängig von der Jahreszeit. Nur zu Zeiten des Faschings stieg diese Zahl fast exponentiell an. Gewiss, viele Täterinnen hatten sich auch verkniffen, aber deswegen kann ich sie nicht aus der Statistik herauslassen, da dies aufzuklären äußerst schwierig wäre.

Ich gebe zu, ich bin nicht sehr einfallsreich bei der Wahl geeigneter Faschingskostüme. Auf einem unserer legendären Faschingsbälle an unserer Klinik saß ich an der Bar. Ein üppig ausgestattetes Bunny gesellte sich zu mir. Ein Bunny ist, Sie wissen, ein hübsches Wesen in einem knappen trägerlosen Korsettchen mit Puschel hinten, Netzstrümpfen und hochhackigen Schuhen und natürlich mit hochgestellten Hasenohren, von denen eins bei ihr allerdings herunterhing.

„Na," fing sie an, „was soll denn deine Verkleidung bedeuten?"

Ich war erstaunt:

„Aber das sieht man doch!"

„Weißt du, ich bin nur ein kleines dummes Häschen! Hilfst du mir auf die Sprünge? " kokettierte sie.

„Nun, ich bin als Vulkan verkleidet! " belehrte ich sie.

Sie schien dennoch noch nicht verstanden zu haben, denn sie legte das Köpfchen schief, sodass ihr blondes Haar in mein Rotweinglas fiel:

„Wie das jetzt? Könnte es bitte etwas mehr an Information sein?"

„Ist doch ganz einfach, schwarze Hose, rotes Hemd. Das sieht doch jeder!" sagte ich etwas zu arrogant.

„So, so! Du bist also ein Vulkan? Das trifft sich gut! " sagte sie.

„So? Was trifft sich gut?" fragte ich nun meinerseits aus Mangel an verständlicher Information.

Sie antwortete nicht sogleich, spannte mich gewissermaßen auf eine Folter. Ich bat sie, ihr Haar aus meinem Rotweinglas zu nehmen. Sie entschuldigte sich artig und schleuderte gekonnt ihr Haar auf den Rücken. Dabei ließen sich ein paar Tropfen Rotwein auf ihrer Schulter nieder. Ob das nun mit

Absicht oder zufällig geschah, konnte ich nicht beurteilen. Sie sah mich fragend an:

„Könntest du mir bitte dein Taschentuch leihen? " fragte sie mit einem gewissen missbilligenden Augenaufschlag.

„Ich führe keines mit mir!" sagte ich bedauernd.

Sie rollte verwegen mit den Augen, griff mit beiden Händen meinen Kopf und führte meine Lippen zu ihrer besudelten Stelle. Ich verweilte etwas länger als notwendig.

„Siehst du, geht doch mit etwas gutem Willen!" lobte sie versöhnlich.

„Was trifft sich gut?" nahm ich den Faden wieder auf.

„Also, du bist ein Vulkan und ich bin eine Vulkanologin. Ist das nicht phantastisch?" belehrte sie mich.

„Ach, welch Zufall!" Zu mehr Intelligenz war ich im Augenblick nicht fähig.

„Das finde ich auch! Ich kenne mich also aus mit dem gewaltigen Druck, unter denen solche Berge stehen können. Man sieht es ihnen meist nicht an, ob sie kurz vor einer Eruption stehen."

„Aber du siehst gar nicht wie eine Vulkanologin aus, eher wie ein süßes Häschen!"

„Das ist zwar richtig! Weißt du, das ist meine Verkleidung! Denn wenn mich ein Vulkan bemerkt und mich als Vulkanologin identifiziert, dann läuft er womöglich vor Schreck davon!"

„Und, was wäre so schlimm daran, wenn der Vulkan sich vor dir versteckt?"

„Nun, er könnte womöglich woanders ohne meine Aufsicht ausbrechen und mich meiner wissenschaftlichen Erfahrung berauben!"

„Das ist ein gutes Argument!" wandte ich ein.

Sie rückte näher und legte ihre rechte Pfote auf meinen Oberschenkel. Sie tastete und drückte, unterließ aber das Kneifen, was auf eine gewisse Sensibilität schließen ließ und mir einen blauen Fleck ersparte.

„Das Magma scheint erheblich unter Druck zu stehen!" vermerkte sie sachlich.

„Warum nimmst du die Druckmessung vorne vor und nicht hinten, wie es die anderen tun?" fragte ich mit ehrlichem Interesse.

„Messungen an der unteren Rückseite sind meist ungenau und erlauben keine korrekten Rückschlüsse über die wahren Druckverhältnisse. Eine exakte Vorhersage über den genauen Zeitpunkt der Eruption kann man schon gar nicht machen. Meist ereignet sich eine Eruption zu früh. Nur Anfängerinnen verlassen sich auf solche Abschätzungen. Ich will's schon genauer wissen, daher prüfe ich vorne, näher am Ort des Geschehens, weißt du!"

Ich war beeindruckt über so viel Professionalität und beschränkte mich auf ein karges Aha.

„Wenn du einverstanden bist, setzen wir meine Studien zuhause fort; dort verfüge ich auch über mein Sortiment an Arbeitsgerät. Schließlich konnte ich ja nicht ahnen, dass mir ausgerechnet heute ein so schmucker Vulkan über den Weg läuft!"

Klar war ich einverstanden und stolz darauf, der Wissenschaft zu dienen. Ein gelbes Fahrzeug mit einem beleuchteten

Häubchen, das sofort erlosch, als wir den Innenraum bestiegen, fuhr uns zu ihrem Laboratorium.

Die Wissenschaftlerin, die übrigens Heike hieß, reichte mir zuhause sogleich ein Glas Champagner, gewissermaßen um die Leichtigkeit meiner Kooperation zu steigern, erklärte sie. Sie legte ihr Bunnykostüm ab und wirkte sogleich sehr viel wissenschaftlicher, zumal sie die hochhackigen Schuhe anbehielt. Sie riet mir, das gleiche zu tun und auch die Schuhe abzulegen und keine Angst zu haben. Sie erklärte:

„Meine Studie befasst sich mit der Option, die Eruption eines Vulkans so weit wie möglich hinauszuzögern, so dass es möglich wird, zum einen das Schauspiel der sich aufbauenden Spannung maximal zu genießen und zum anderen Vorkehrungen zu treffen, um unschuldige Menschenleben zu verhindern.

Das klang einleuchtend. Sie kramte einen Schreibblock hervor und notierte ein paar Basiswerte, wie sie es nannte, Name, Telefonnummer, Alter und natürlich die Höhe des Vulkans von unten bis zum Kraterrand. Dann legte sie den Block beiseite, setzte sich dicht neben mich und erklärte ihr Forschungsvorhaben:

„Ich werde dir nun erklären, wie ich dieses Experiment gestalten werde. Du brauchst dich nicht zu fürchten; ich werde dir keinen Schmerz zufügen. Du legst dich einfach auf den Rücken und greifst nicht ein. Du wirst es dir leicht merken können: Alle Gewalt geht nun vom Weibe aus! Vielleicht kommt dir einiges bekannt vor. Ich sagte es bereits, ich will herausfinden, wie lange und durch welche Maßnahmen sich ein Vulkanausbruch trotz Reizung hinauszögern lässt. Ich verwende eine sogenannte Multifunktions- und Sensorsonde, die ich über den Kraterrand stülpen werde, so dass sie ihn umschließt und dann abgesenkt wird. Ich vollziehe eine Serie kontrollierter Bewegungen und beobachte. Hin und wieder werde ich Notizen machen, falls ich dazu in der Lage bin. Deine Aufgabe besteht darin, einen Ausbruch so lange wie möglich aufzuschieben. Es soll zu unser beider Vergnügen sein – wenn du verstehst, was ich meine? Bist du bereit?"

„Aber gewiss doch!"

„Gut! Dann also geht's los!" Sie drückte auf eine Stoppuhr und grätschte sich in die rechte Position.

Sie senkte behutsam und sehr langsam die benannte Multifunktions- und Sensorsonde ab und begann mit einer Serie von Prüfkontraktionen. Der Vulkan empfand dies als angenehm, widerstand aber der Versuchung. Sie wechselte zu einer sanften wellenförmigen Auf-und-ab-Bewegung mit gelegentlich unerwarteten heftigeren Wellenbergen. Dies erforderte Standhaftigkeit. Die Überleitung in eine elegante Kreisbewegung überraschte und ließ Freude aufkommen – wegen der zusätzlichen optischen Reize. Sie begann virtuos all meine Sinne zu fesseln – wie in einer Hypnose – zumal sie ihre Glocken eindrucksvoll über mir schwingen ließ. Sie leckte mehrmals ihre Lippen, fast so als stünde sie kurz davor, mich zu verspeisen. Als sie all diese Varianten mischte und zu einer einzigen ekstatischen Sinfonie an entzückenden Bewegungen überlagerte, entrückt ihre Augen verdrehte, ihre Sonde mich fest umschloss, damit kein Messwert verloren gehe, da erfasste auch mich fundamentale, aus der Tiefe heraufdrängende Erschütterungen, die sich nicht mehr aufhalten ließen. Ich kannte Ähnliches vom Nießen. Entgegen der ursprünglichen Absprachen, ermunterte mich die Wissenschaftlerin Heike, doch nun endlich gemeinsam mit ihr in die Sphäre jenseits der Wolken zu schießen. Vulkane sollen dabei erstaunliche Höhen erreicht haben.

Ich fing sie auf, als die Ermattete herabfiel, aus allen Wolken.

„Ähem, ja!" sagte sie, „Ich müsste da mal kurz ein paar Notizen machen!"

Ich reichte ihr Block und Stift, so dass wir uns nicht trennen mussten.

„Ein letzte Frage hätte ich da noch!" sagte sie und kaute am Stift. „Wie hoch war der Spaßfaktor beim Vulkan?"

„Der war großartig, Spitze, atemberaubend, phantastisch...!" antwortete ich, wahrheitsgemäß.

Es geht nichts über ein sorgsam vorbereitetes und prächtig verlaufendes Experiment. Sie kuschelte sich an mein Ohr:

„Dann spräche ja wohl nichts gegen eine gewisse Wahrscheinlichkeit über das Auftreten eventueller Nachbeben... nach einer abzuwartenden Erholungsphase, versteht sich! Ich spreche von gewissen Restaktivitäten!?"

„Wir sollten durchaus den erneuten Spannungsaufbau im Auge behalten!" bestätigte ich.

Sie führte ihr Ohrläppchenkauen fort, um mich über ihren heißen Atem auf dem Laufenden zu halten, den sie mit kaum verständlichen verbalen Leckereien anreicherte. Tatsächlich waren Restaktivitäten vorhanden, die sie geschickt steigerte. Sie war eben eine talentierte Wissenschaftlerin: vielleicht war's auch unser engagierter Teamgeist, der zu diesen unerwarteten, sensationellen Resultaten führte. Nachdem schließlich die letzte Restaktivität zum Erliegen kam, ging ich deutlich ermattet aber guter Dinge aus dem Haus. Eine neblige Februarsonne bekam mein grinsendes Gesicht mit, strahlte sodann wie im Frühling und versuchte den ganzen Tag, mehr zu erfahren.

Heike hatte zwar meine Koordinaten notiert, ich aber nicht ihre, so dass ich untätig bleiben musste. Schließlich war ich an den Forschungsarbeiten interessiert und inwieweit sie sich im

Vergleich mit der Vielzahl anderer Messreihen einordneten. Da ertappte ich mich. Ich wollte es nicht wissen! Ich wollte der beste gewesen sein – unvergleichbar gut. Gewölk zog innerlich auf und ich tat nichts, um die Erinnerung an diesen Fasching wach zu halten. Man hatte mich wissenschaftlich missbraucht und längst vergessen. Diese Episode hatte sich nicht fördernd auf meine Entwicklung ausgewirkt. Me too! – zürnte es in mir.

Doch da kam sie, im Frühsommer, die Einladung zu einer Doktorfeier, die unter dem Motto stand:

Es kommt zu einer Krise, wenn kein Magma fließe!

Heike bat um telefonische Zusage. Ganz plötzlich verrauchte aller Groll und neues Leben schoss in meine Lenden.

Ich erschien pünktlich mit einem Geschenk unterm Arm, ein Bildband mit Darstellungen von extrem farbenprächtigem Abendrot als Folge von Vulkanausbrüchen.

„Wie stilsicher!" lobte Heike im Bademantel. Sie habe sich schon immer ein Erröten nach einer Eruption gewünscht. Allerdings habe sie nicht mit meinem so pünktlichen Erscheinen gerechnet; sie bat um etwas Geduld, sie müsse sich noch etwas aufstylen. Sie erschien nach etwa siebenundzwanzig Minuten im Wohnzimmer, wo ich mich aufbewahrte. Ich fragte:

„Wo bleiben denn all die anderen Gäste?"

„Die haben alle abgesagt!" sagte sie, „Daher musste ich auch mit meiner Garderobe umdisponieren!"

Ich sagte mein sattsam bekanntes: „Aha!"

Sie fiel mir um den Hals:

„Ach, wie ich dieses ‚Aha' vermisst habe! Nun ist es wieder da! Ist es nicht fantastisch, dass wir beide alleine sind?"

Bei ihrem letzten Satz setzte sie zwischen jedes Wort ein Küsschen, die jeden Widerspruch im Keim erstickten. Ich hatte ohnehin keine Widerworte. Gekocht habe sie auch nichts, sie wolle sich mir gewissermaßen als kalte Platte anbieten, die ich im Laufe des Abends vernaschen soll. Mit diesen Worten zupfte sie an der Schleife des eleganten Bademantels, der zu Boden fiel.

Was ich sah, war alles andere als eine kalte Platte! Da war alles hübsch appetitlich angerichtet und lecker herausgeputzt. Mit einem hauchzarten Tuch waren die Auslagen abgedeckt. Mir fiel die Kinnlade herunter und fast die Augen aus dem Kopf. Innerlich stellte ich mir die einzig bedeutende Frage: Wie schaffte es eine kalte Platte, mich derart zu erhitzen? Sie tippte mit dem Zeigefinger sanft gegen meine Brust und ich fiel rückwärts in einen Sessel. Wie von Zauberhand änderte sich das Licht, nur noch schüchterne, indirekte Beleuchtung und das Knistern des Kaminfeuers auf dem 4k-Fernsehschirm in Endlosschleife. Ein eleganter, scheinbar unbeabsichtigter Hüftschwung und das zarte Gewebe lockerte sich von selbst und schwebte zu Boden. Sie stellte zuerst den linken Fuß danach den rechten Fuß auf mein Knie und bat mich, sie von den unbequemen Hochhackigen zu erlösen. Wenn ich das täte, brauche sie sich nicht zu bücken, was ich gewiss als schamlos empfunden hätte. Doch davon konnte keine Rede sein. Doch ich schwieg aus atmosphärischen Gründen. Da sollte kein Missklang das Vorspiel trüben

Sie setzte sich auf meinen Schoß, legte mir die Arme um den Hals und sah mich an. Ich sah erwartungsvoll zurück:

„Ich muss dir was gestehen!" begann sie. „Ich bin ein unstetes Mädel. Nicht, dass ich liederlich sei... Nein! Ich habe mich nur anders orientiert. Nach unserem gemeinsamen Experiment hat sich einiges in mir umgeordnet. Meine Interessen haben sich verlagert. Kurzer Rede langer Sinn, ich habe eine neue, dauerhafte Beschäftigung im Focus. Ich will mich zur Sommelierin ausbilden. Klingt das nicht fantastisch?"

Ich sah sie fragend an, so dass sie in schallendes Gelächter ausbrach und ihre hübschen Zwillinge vor meinen Augen hüpften.

„Nein, ich werde nicht die Staatsbürgerschaft Somalias annehmen. Ich will Weinverkosterin werden."

„Aha!"

Sie kicherte:

„...und du sollst mich darin unterstützen, indem ich mit dir übe!"

„Ich bin dafür völlig ungeeignet! Ich habe selbst keine Ahnung....!"

Nach altbewährter weiblicher Art fiel sie mir sogleich ins Wort:

„Stell' dich nicht so an! Deine Vielseitigkeit hat mir schon einmal imponiert. Ich will mit dir das Öffnen von Champagnerflaschen und das verlustfreie Einschenken von Champagner in den engen Kelch üben."

„Aha!"

Als von meiner Seite nicht mehr folgte, setzte sie ihre Information fort:

„Ich werde mir nun ein kleines weißes Schürzchen umbinden. Auch ein Häubchen... Das ist stilechter! Du gehst in die Gaststube. Dort findest du eine Handglocke und du klingelst ganz einfach nach der Bedienung und bestellst eine Flasche Champagner!"

Die Gaststube kannte ich schon. Es stand das gleiche französische Bett darin. Es war aufgeschlagen und ein kleines Glöckchen stand unübersehbar auf dem kleinen Nachttisch. Ich klingelte und sofort erschien die Sommelierin Heike im kleinen weißen Schürzchen und einem reinen, weißen Tuch über dem Unterarm. Sie half mir freundlich aus meinem Outfit, damit ich mich entspannter fühle. Sie fragte alsdann nach meinem Begehr.

„Bringen Sie mir bitte eine Flasche Champagner!"

„Sehr wohl, der Herr!"

Sie hob das Gewünschte elegant aus dem Behältnis und entfernte mit dem reinen Tuch ein paar Tropfen:

„Das ist nur etwas Eiswasser und Kondensat! Es soll sich nicht mit dem Inhalt mischen!"

Alsdann packte sie den Flaschenhals mit kräftiger Hand, entfernte geschickt das knisternde Häubchen und machte sich am nichtvorhandenen Verschluss zu schaffen. Dabei vermied sie Erschütterungen. Der Korken knallte, der Inhalt ergoss sich verlustlos aber nicht lustlos in den Kelch. Wir ließen zu unser beider Vergnügen an diesem Abend noch so manchen Korken knallen. Auch als nichts mehr zu kommen schien, half kräftiges Schütteln.

In der Erholungsphase erzählte sie von einem Phänomen, von dem sie gelesen habe aber es kaum glauben konnte:

„Es gäbe nämlich auch weibliche Vulkane. In ihren Magmakammern schlummern weit größere Mengen an glühend heißem Magma bereit zur Eruption mit noch verheerenderen Folgen als bei männlichen Vulkanen. Richtige Kataklysmen!"

Ich bezweifelte die Wahrheit dieser Nachricht. Doch Heike beharrte:

„Weibliche Vulkane sind seltener! Aber wollen wir uns nicht mal auf die Suche danach machen? Vielleicht entdecken wir etwas wirklich Großes."

„Bitte aber heute nicht mehr!" bat ich. „Denn, falls die Nachricht wirklich stimmt, wecken wir womöglich Ausbrüche, die wir dann nicht mehr beherrschen können und uns in Gefahr bringen!"

„Na, na... So schlimm wird's schon nicht werden. Allerdings der Suchtfaktor, der Lustfaktor? Man kann nie wissen."

Bald darauf verließ Heike die Stadt und wir telefonierten noch eine Weile. Wir verbrachten sogar einige Urlaubswochen gemeinsam, die mich allerdings völlig erschöpften. Der Winter kam und dann wieder die Faschingssaison. Den letzten Fasching hatte ich in guter Erinnerung behalten, so dass ich mein Erfolgskostüm ein weiteres Mal zum Einsatz bringen wollte.

Tatsächlich, unser Klinikfasching gestaltete sich ähnlich, wie im Jahr zuvor. Diesmal trug ich sehr kurze, enge schwarze Hosen und das bewährte rote Hemd. Die kurzen Hosen steigerten die Zahl der kniffigen Übergriffe enorm. Erschöpft ruhte ich an der Bar. Etwas Hellgrünes mit hochgestellten Fühlern gesellte sich sehr bald zu mir. Ich fragte, als was sie denn wahrgenommen werden wolle.

„Das sieht man doch auf Anhieb! Als Wurm"! sagte sie etwas enttäuscht.

„Da fehlen dir aber noch etliche Beine!" entgegnete ich wenig charmant.

„Mir genügen zwei!" sagte sie mutig. „Ich bin keine Raupe! Und da du kein Vogel zu sein scheinst, habe ich es gewagt, mich dir zu nähern. Vögel verspeisen Würmer.

„Von Vögeln scheinst du was zu verstehen!"

„Wer ergänzt schon gern die Speisekarte von jemand anderem!" erklärte sie und belehrte: „Wer nicht mit am Tisch sitzt, steht meistens auf der Speisekarte! Aber was kann ich denn in dir erkennen?"

„Ich bin ein Vulkan!" sagte ich wenig zielorientiert.

„Dann glühst du?"

„Gewiss doch! Für Würmer bin ich allerdings zu heiß!"

„Das glaub' ich jetzt nicht!" lächelte sie und kitzelte mich mit ihrem Fühler im Gesicht. „Da hast du etwas Entscheidendes übersehen!"

„Und das wäre?"

„Du errätst es sowieso nie, deshalb verrat' ich es dir!" Ihr grün geschminktes Gesicht näherte sich meinem ungeschützten Ohr, wobei sie sich mit feuchter Hand auf meinem bloßen Oberschenkel abstützte. „Ich bin ein Glühwürmchen und ich leuchte im Dunkeln!"

„Echt?"

Sie nickte: „Hier ist es allerdings zu hell. Aber ich mach' den Vorschlag, du kannst dich davon in meinem abgedunkelten Schlafzimmer überzeugen. Wir könnten gemeinsam glühen!"

„Du glühst auch, wenn du dein Kostüm ablegst?" fragte ich.

Sie nickte; der Schalk war nicht zu übersehen:

„Du auch?"

„Ich auch!"

„Dann lass uns diese feindselige Helligkeit verlassen!" raunte sie mir ins Ohr und biss. Fasching zieht immer einige Verwundungen nach sich!

Schon im dunklen Taxi konnte ich tatsächlich ein leichtes Glimmen erkennen. Bei ihr zuhause, als sie ihr Wurmkostüm abstreifte, glühte sie nur noch im Gesicht und an den Händen, eben da wo die fluoreszierende Creme aufgespachtelt war. Im Halbdunkel ihres Schlafzimmers sah sie grotesk aus, eine schwebende grüne Maske und davon losgelöste Hände. Das, worauf es ankam war unsichtbar. Ich war vor Lachen zu nichts anderem mehr fähig. Sie wechselte die Rolle:

„Als Alternative zum Wurm kann ich dem Löwen die Löwin anbieten, oder dem Hänsel die Hexe, oder dem Knaben die Tanten... das Wunderhorn... übrigens ich bin Elke!"

„Die Tanten?"

„Ganz einfach, ein Löffelchen für Tante Anna, ein Löffelchen für Tante Berta, ein Löffelchen für Tante Else, ein Löffelchen für Tante Martha, ein Löffelchen für Tante Gerlinde..."

„Und du hast viele Tanten?"

„Das stimmt! Aber ich spiele sie alle für dich und du bist mein rüstiger Knabe mit dem bereits erwähnten Wunderhorn!" kicherte sie.

„Und was erwartet den Hänsel?" fragte ich neugierig.

„Nun, die Hexe hat sich große Mühe gegeben, damit der Hänsel zu Kräften kommt. Männliche Pfefferkuchen genügen ihr nun nicht mehr. Sie hat ihren Ofen ordentlich eingeheizt und nun will sie ihren Hänsel, mit Haut und Haaren..."

„Das klingt ja gruselig!"

„Du denkst immer nur ans Überleben!" schmollte sie.

„Gut, dann sei meine Löwin! Da habe ich eine Chance, mit dem Leben davon zu kommen!"

„Gut, wie du meinst!"

Sie ging kurz in sich, dann war sie außer sich. Sie brüllte und fauchte mich an, um mich wissen zu lassen, dass sie läufig sei! Sie lockte und bot sich an, doch wenn ich zugreifen wollte, entwand sie sich, biss und kratzte, so dass ich wenigstens meine Exponate schützen musste. So war ich ihren Krallen ausgeliefert und trug so manche Blessur davon. Doch wenn ich mich abwandte, lockte sie noch offensiver. Ich musste sie überwältigen, unterwerfen und in eine Position zwingen, damit ich zum Zuge kam. Offenbar war es das, was sie wollte; ihr Fauchen ward zum aufmunternden Hecheln; gutturales, aus der Tiefe aufsteigendes Grollen kündete vom Wohlbehagen. Als ich schwächelte, wurde sie unduldsam und einfordernd. Etwas besänftigen konnte ich sie schon, nur als ich aufgab, ließ mich Elke wissen, dass ein echter Löwe einige dutzend Male könne. Ich schlug ihr vor, das zu überprüfen.

Geschlagen schlich ich vom Hofe. Ich beschloss, die Vulkanrolle nie wieder einzusetzen, um nicht zu suggerieren, was ich nicht einlösen konnte. Nächstes Jahr sollte es etwas Dezentes, Unauffälliges sein. So kleidete ich mich ein Jahr später in eine sensationslose, sandfarbene Hose und in ein tarnendes khakifarbenes Hemd. Ich versteckte mich an der Bar, so gut es ging. Es meldete sich sehr bald eine selbsternannte Samba Lady mit viel zu viel Füllung in viel zu kleinen Behältnissen. Sie sprach innerlich getrieben:

„Na, du kleiner Schüchterling, vor wem versteckst du dich denn? Versteckst du dich vor der weiblichen Attacke? Deine Tarnung macht mich scharf. Ein Wolf im Schafspelz ist zwar nicht erkennbar, aber als was hast du dich denn verkleidet? Was ist es nur, was mich so anlockt? Bedrängen dich meine Auslagen?"

Sie biss sich auf die Unterlippe. Ich bemerkte die lange künstliche Pfauenfeder an ihrem Po, die nur schwer im Gewühle zu manövrieren war. Sie zitterte ganz aufgeregt.

„Sieht man das denn nicht?" sagte ich ganz scheu. „Ich gehe als Wanderdüne, beige halt und in der Wüste..."

„Das ist aber originell! Du hast Fantasie und ich habe deine Kreativität geweckt. Nur um meine Wissenslücken zu schließen... Du wanderst so durch die Wüste und begräbst klamm und heimlich ganze Oasen unter dir?"

„So in etwa! Das ergibt sich so mitunter, kommt drauf an, wie der Wind so weht, verstehst du? Es ist nicht meine Schuld!"

„Oh, du wüster Schlingel! Was muss ich als Oase tun, damit du mich so ganz und gar unter dir begräbst?" wollte sie wissen.

„Ganz einfach! Du musst dich mir in den Weg stellen und auf günstige Winde hoffen!" erklärte ich.

„Das will ich denn auch tun! Aber wenn du mich ansiehst, wirst du erkennen, dass ich so gar nicht nach Oase aussehe! Woran erkennst du, dass ich dennoch eine Oase bin?"

Ich überlegte:

„An deiner Üppigkeit!"

„Du magst es üppig?"

„Und wie!"

„Dann sollten wir keine Zeit vertun. Wir reisen in meine Wüste, und dort breite ich mich vor dich hin!"

„Und dann?" fragte ich, die Wanderdüne die weibliche Oase.

„Dann packt dich die Reue!"

„Welche Reue?"

„Das wirst du dann schon sehen! Nun komm' schon, die Winde müssen wir auch noch wecken und in die richtige Richtung drehen!"

Ich folgte meiner Neugier.

Sie hatte recht, im Liegen kam ihre Oasennatur so richtig zur Geltung. Sie verstand es, eine Wanderdüne zu begeistern. Ein geheimnisvoller Wind riss mir die Kleidung vom Körper. Die Oase spürte Furcht vor dem, was sich ihr langsam näherte. Dennoch bot sie Üppigkeit und Augenweide – einfach Wonne.

Ein zweites Mal hatte sie recht, mich erfasste Reue. Was hatte ich getan? Ich hatte all ihre anregenden Reize einfach unter mir begraben. Sie erkannte meine Ratlosigkeit und bot ihren Rat:

„Du solltest nun nach Wasser bohren und fleißig ans Wiederaufforsten gehen; das bist du mir schuldig, nachdem du mich unter dir begraben hast. Die Wüste lebt, die nährende Feuchtigkeit nah an der Oberfläche... Heraus mit deinen Stecklingen, einen nach dem anderen, eins aufs andere, nur munter ans Werk, die Wüste wird's dir danken."

Wir hatten beide mächtig viel Spaß am Pflanzen; das Lachen hielt uns munter. Schon erstaunlich, welch verschlungene Pfade die Natur geht, um ans Ziel zu gelangen. Kommt die Wanderdüne nicht zur Oase – so kommt die Oase zur Wanderdüne! Abschließend bat sie um meine Telefonnummer, wegen eventueller Reklamationen oder so. Ich ging mit einem guten Gefühl vom Acker, hatte ich doch etwas zum Wohle aller getan.

Irmgard rief recht bald an, nicht wegen etwaiger Reklamationen, sie erinnerte mich ans Düngen, damit sich kräftige Wurzeln bilden. Sie stellte einen Zeitplan zum regelmäßigen Düngen auf, das sei besonders zu Beginn wichtig. Wir halten bis heute einen engen Zeitplan zum Düngen konsequent ein. Das wirkt sich auf ein gesundes Gedeihen aus.

In Mußestunden denke ich oft daran, warum so manche Frau, die Me-Too-Debatte so leidenschaftlich befeuert. Plattes Gebalze kündet Übergriffe oder gar Attacken des Unritterlichen doch an. Da bleibt doch noch genügend Zeit, um Zugbrücken hochzuziehen; man kann sich abwenden, sogar fliehen. Frechheiten kann man mit Ohrfeigen vergelten. Auch ein Macho ist bei entsprechender Anleitung wandlungsfähig. Wenn Mama den Macho noch gewähren ließ, darf sich jetzt jede Frau entwicklungsfördernd hilfreich betätigen.

Abschließend, lieber Leser, ersparen Sie mir bitte all das niederzuschreiben, was ich mir anhören musste, wenn ich einfach sagte: „Nein danke!" ...weil ich allzu viel Aufdringlichkeit einfach als lästig empfand.

Ich mag es, wenn weibliche Signale und Aufforderungen meinen Alltag bereichern. Da darf schon mal ein schmerzhafter Kniff darunter sein. Der Einfallsreichtum der Frauen ist schon erstaunlich. Da können wir noch was lernen. Schade nur, wenn es mir nicht gelingt, ihre Erwartung zu erfüllen. Ich bitte um Vergebung.